中国で反戦平和活動をした日本人

鹿地亘の思想と生涯

井上桂子

八千代出版

鹿地 亘

第三庁庁長郭沫若（左）とその秘書翁沢永。写真は翁沢永夫人倪愛如女史提供。

魯迅の葬儀で柩を運ぶ鹿地ら12人の担柩者。右側の先頭が鹿地亘。写真は上海魯迅記念館提供。

郁達夫の姪で『救亡日報』元編集員の郁風氏（画家）。北京で筆者取材。

上海脱出からの模様を書いた鹿地亘の文章「私の戦闘の日々はこのように始まった」。『救亡日報』に掲載。

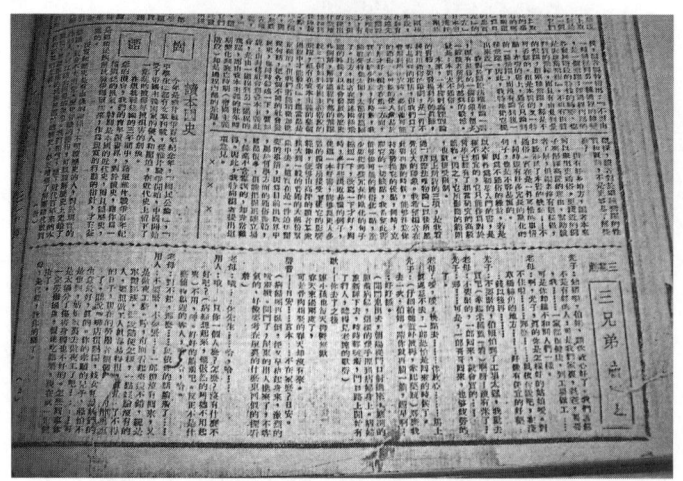

新聞『救亡日報』に掲載された鹿地亘の反戦劇『三兄弟』。

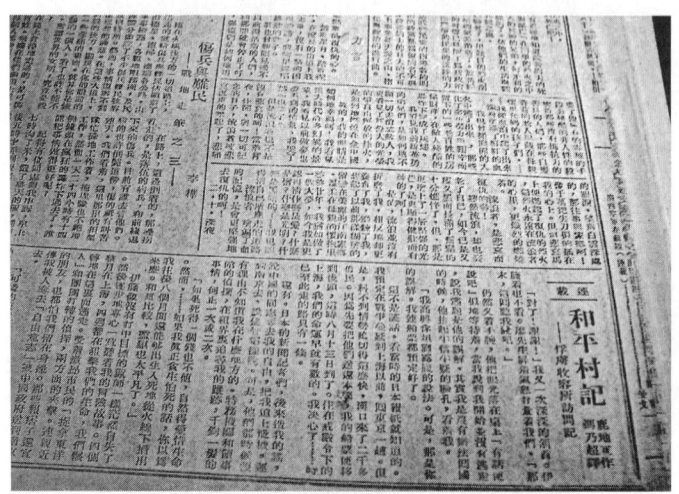

新聞『救亡日報』に連載された鹿地亘の捕虜収容所訪問ルポルタージュ『平和村記』。馮乃超が翻訳をした。

上海市虹口区の「景雲里」には民国期の著名文化人の旧居がたくさんある。

散歩中の鹿地亘がアメリカのキャノン機関に拉致された藤沢の江ノ電鵠沼海岸付近の現場。

まえがき

　本書の研究は、1986年にすでに始まっていたと筆者は考えている。
　この年に、恩師である王暁秋北京大学歴史学部教授が訪問学者として慶應義塾大学を訪れた時、王教授は知人の紹介で瀬口允子鹿地亘夫人を訪ねた。鹿地亘は4年前に亡くなっていたが、中国から来た歴史学者ということで、夫人は中国での鹿地の活動資料、手紙や写真を見せてくれた。そして夫人は、これら資料の研究を王教授に手伝ってほしいと希望した。1985年に北京の資料館で康有為の貴重な資料を発見し、中国近代史の空白を埋める研究に取り組んでいた王教授は、「当時私は自身の研究任務があり夫人の希望にこたえることはかなわなかった」。
　鹿地亘が中国から持ち帰った大量の資料は、その後調査を経て13巻の『日本人民反戦同盟資料』（1994～1995年出版）に編まれ、国民党支配地域（国統区）における日本人反戦運動の重要資料となった。王教授は鹿地亘資料調査刊行会の委員で友人の故丸山昇氏（当時桜美林大学教授）の求めに応じて、この資料集の推薦文「近代中日関係の貴重な資料」を書いた。以来師の気がかりは、中国でこの13巻の資料を十分に活用した国統区の反戦運動の研究成果が出ないことだった。鹿地夫人との面会から十数年後、筆者は恩師の日本人院生第1号になった。待っていましたとばかりに鹿地ら国統区の日本人反戦運動の研究を提案された。
　研究は86年に始まっていたというのは、こうした恩師の深い思い入れが筆者の背中を押し励まし続けてくれたという意味である。
　本書は日中戦争時期、国統区の桂林、重慶で行われた鹿地亘と日本人捕虜による反戦運動が何を目指した運動だったのか、目的達成のために戦後に至るまで彼らが実行した運動の重点はどこに置かれたかの解明を重視した。鹿地亘が組織した「日本人民反戦同盟」の組織体とその運動の実態解明を踏まえつつ、彼らの活動が当時の中国社会と中国人に与えた影響と反響の分析に

も力を入れた。

　在華日本人の反戦運動においては、延安など中国共産党根拠地域の日本人反戦同盟の研究が、国統区のそれよりも周知されている。

　両地域の日本人反戦運動の研究は日中両国ともに1980年代に始まった。その後共産党地域の研究蓄積は順調に進んだ。その背景にあるのは中国共産党政権の支持のもと、安心して研究を進めることができたからだけではない。国統区の重要な中国人関係者はみな80年代初期に早世したのに対して、共産党地域の中国人関係者の多くは長寿で、かつ饒舌であったという幸運にも助けられた。

　鹿地の身近で国統区の日本人反戦運動に最も深くかかわった中国人は馮乃超だった。中国側から日本人の反戦運動を俯瞰できる人物であるはずの馮は、短い回想文を数編記しただけである。彼の研究書『黙黙的播火者』の書名が示す通り、彼は寡黙な文人であった。郭沫若、夏衍、林林、陽翰笙など、残された国統区関係者の記述や述懐は戦後発表された文章で、それらは知識人らしい、ほどよい距離感というか客観性を堅持し、主観や心情吐露とは遠いところにある。鹿地のように憤慨、理想、主張を素直に記しているものは、国統区の資料ではむしろ珍しいのである。

　本書では一人称で語られた日中の資料の収集に努めた。その理由は、国民党政権下であれ、現在の共産党政権下であれ、中国が上の中央から末端の地方まで派閥が相克する社会であることは、当時も今も変わっていない。国民党と共産党の両党と、軍閥勢力間の闘争に翻弄され、国統区の日本人反戦運動は押しつぶされた。しかしそんな時代環境の中でも、青くさく理想を堅持し続けた鹿地と「反戦同盟」の軌跡と「声」は、現在にも通じる遺戒だと考えるからである。

　本書が、今後の鹿地ら国統区の日本人反戦運動研究の一助となることを心から願う。

　最後に、第三庁職員の生存者で、鹿地の通訳として前線活動や反戦劇公演に同行した張令澳氏の探索に協力してくれた筆者の先輩である胡連成華僑大

まえがき

学准教授、古希を迎える王暁秋教授、研究の道を示してくれた日本大学国際関係学部学部長の佐藤三武朗教授、石渡利康名誉教授に感謝いたします。そして八千代出版社の大野俊郎氏、深浦美代子さんはじめ皆さまのご尽力に御礼を申し上げます。

2012年6月　　　　　　　　　　　　　　　　　　井上桂子

目　　次

まえがき　　i

第1章　鹿地亘の反戦思想の形成　　1

第1節　思想の淵源　　1
第2節　反戦平和思想の形成　　7
第3節　反戦平和思想の表現　　12

第2章　上海の鹿地亘　　23

第1節　中国への逃亡　　23
第2節　魯迅ら中国の友人との交流　　30
第3節　「捕虜構想」の萌芽　　36
第4節　香港逃亡から武漢へ　　38

第3章　国民党支配地域における鹿地亘の反戦平和活動　　47

第1節　国民政府と政治部第三庁第七処　　48
第2節　日中戦争と日本人捕虜　　63
第3節　鹿地亘の捕虜政策と「反戦同盟」の設立　　73

第4章　鹿地亘と在華日本人民反戦同盟　　91

第1節　在華日本人民反戦同盟西南支部の成立　　91
第2節　在華日本人民反戦同盟重慶総部の成立　　107
第3節　国民党支配地域における「反戦同盟」成立の意義　　125
　1．国際的反響の大きさ　　126
　2．中国国内での影響　　128

第5章　鹿地亘の反戦平和活動の継続　141

第1節　「反戦同盟」解散後の鹿地亘と
　　　　「反戦同盟」員の反戦平和活動　141
第2節　戦後の日本はどうあるべきか　157
第3節　帰国後の鹿地亘と同盟員の日中友好運動　178

むすび　鹿地亘らの反戦平和活動とは　213

1. 平和で民主的な日本建設のために　213
2. 中国人民の理解と援助　216
3. 中国の歴史に忘れられた鹿地亘　218

鹿地亘略年譜　223
索　　引　233

第1章 鹿地亘の反戦思想の形成

第1節　思想の淵源

　鹿地亘は1903（明治36）年、大分県国東半島の入り口にある海沿いの小村、三浦村（現在の豊後高田市堅来町）で生まれた。三浦村は平安時代に近在の八幡総本宮・宇佐神社荘園として拓かれ、村の南側には国の重要文化財の熊野磨崖仏が位置する。周防灘の海岸線を囲むように低い山々の稜線が走り、現在も海浜にそって田や畑が広がる、静かな半漁半農の村である。

　鹿地亘が生まれたこの土地は、保守的で男尊女卑の傾向が強いといわれる土地柄である。鹿地は三浦村の大地主で素封家である瀬口家の一人息子として生まれ、家族中から大切にされ"お坊ちゃん"として何不自由なく育てられる。そして地域の誰も受けたことがないような高い教育を受け東京帝国大学に入学する。

　若いころ鹿地の家とよく行き来した、鹿地より12歳年下の当地の直系の親戚瀬口孫二氏は「そのころ（鹿地亘が育った当時）このあたりで東京帝大に行ったのは鹿地だけです。当時は、中学に進学する者もクラスで2、3人、その上の高等学校に進む者はさらに少なく、ひとりいるかどうか、そんな時代のことです。田舎の人たちは鹿地のことを、"神童"とか"故郷の誉れ"とか言っていたこともありました」と話してくれた。

　大切に育てられ"故郷の誉れ"と土地の人々に敬われた鹿地亘は、その後中国に渡り、祖国日本の中国軍事侵略に公然と反対し、自身の反戦平和活動を展開する。当時の日本社会からすれば天皇に弓を引く"国賊"[1]といわれる行為に鹿地亘を駆り立てたものは何だったのだろうか？

1

この章では、鹿地亘の思想の淵源とその変化を考察する。鹿地の育った環境、地理、家庭、教育が鹿地の思想形成、中国観にどのような影響をもたらしたのかをみてみよう。

　文章家の鹿地だが自身の生い立ちや家族についての記述は、戦後日本に戻ってから書かれたいくつかの小文や、娘への手紙(『娘への遺書』、中央公論社、1953年) の中で断片的に、簡単にふれられているだけである。限られた鹿地の記述を補足するために、鹿地の生地の親族、長女、現夫人、従妹、直系の親戚を訪ね、口述を収集した。

　鹿地亘[2]は本名瀬口貢、1903年5月1日大分県西国東郡三浦村で父真喜郎と母春の長男として生まれた。下に、ひろ、えりの2人の妹がいる。瀬口家は代々三浦村の地主で、農業とともに商業も手広く営む同地の素封家であった。しかし、素封家瀬口家にもままならぬものがあった。瀬口家はふしぎにも代々女の子ばかり生まれる女系の家で、鹿地亘の「祖父も養子、父も養子だった[3]。直系の親戚瀬口孫二氏によると瀬口の一族は、鹿地の家以外もみな女系だったようで、「私の実兄も鹿地亘の親戚筋にあたる別の瀬口家の婿養子に入りましたから」と語ってくれた。

　一族が女系の瀬口家で、何代目かにしてやっと生まれた待望の男子が瀬口貢・鹿地亘であった。鹿地が生まれ家中が大喜びをした。幼年時代、ことに祖父にかわいがられ、大事にされ (中略)、だからまったくの世間の不幸を知らぬ坊ちゃん育ちで幼時をすごしたといってよかった[4]と鹿地は述懐している。

　鹿地亘が育った当時の三浦村は、村人の多くは零細な農民で貧しかった。農民は米の裏作で麦、芋を作り、芋畑の周りに櫨(はぜ)の木を植えた。その櫨の実を絞って作る蝋燭が、この地の特産品であった。鹿地の母春の家は地主だったが「三浦屋」という屋号で蝋燭の問屋もやっていた。「また村の前海香々地港は、当時はここから船で大阪に特産の竹を送りだしていたから、鹿地の家の「三浦屋」は船も持って、廻船問屋のようなこともやっていた。とにかく手広くやっていたようだ」(瀬口孫二氏口述)[5]。

2

第1章　鹿地亘の反戦思想の形成

　鹿地亘は、長女にあてた手紙の中でも、祖父に溺愛された幼少期の思い出を語っている。「お父さんは、そのころお父さんのおじいちゃんの大へんな秘蔵孫だった（中略）、大分のおじいちゃんは、小さいお父さんを眼にいれてしまいたいほどに、自分のところから離そうとしなかった。でも、私が四つの時に、私は両親に連れられて、おとうさん（お前たちのおじいちゃん：筆者注）の任地の姫路にいってしまった。おじいちゃんは私がいなくなると、何か物忘れしたようにぼんやりしてしまって、間もなく、孫をみてくるといって、だしぬけに姫路にやってきたのだった。（中略）それから半年ごとにおじいちゃんはお父さんの休暇を待ちきれずに、（お父さんの大好きな：筆者注）砂糖きびをつめた柳行李をもって、私を見に来てくれた」[6]。家族の中でも特別にかわいがられた鹿地の幼児期の思い出の中では、祖父、父と自分の関係が多く語られている。九州という男尊女卑傾向の強い土壌で育てられた鹿地は祖父、父といった家の男子との接触が多く、彼らを通しての躾や家庭教育が鹿地に大きな影響を与えるのは自然のことであった。

　鹿地亘の最後の夫人瀬口允子氏によると、鹿地を溺愛した祖父は「御殿医だった」。また「鹿地の父は東京の高等師範学校の漢文科で中国古典を学んだひとで朱子学の研究をしていたと聞いた」。鹿地の祖父も父親も、高い教育を受けた知識人だった。

　鹿地亘の初期の思想形成の重要な要素として、漢学者で教育者であった父瀬口真喜郎（1880-1973年）の影響があげられる。彼は、母の春と同じく大分県の国東半島の出身で、実家は東国東郡櫛来の豊かな家であった。しかし実家が没落し、真喜郎は春の実家瀬口家の養子となり学業を続けさせてもらい、1902年東京高等師範学校本科国語漢文科に入学した。卒業後、瀬口家の要望で真喜郎は春と結婚し、瀬口家の婿養子となる。姫路中学校や小倉高女の教諭となり、校長にまで昇進するのだが、1934年2月、東京にいる息子鹿地亘が治安維持法違反で捕まり、裁判にかけられ犯罪者となったことが原因で、1935年自ら辞職届を提出し職を辞して三浦村に戻った。真喜郎は田舎の三浦村に家を建て、春とともに読書をしたり和歌や俳句、漢詩を作って[7]

〔写真1-1〕 1924年鹿地亘大学入学当時の一家の写真。左から父瀬口真喜郎、上の妹ひろ、母の春、鹿地本人、下の妹えり。写真は母方の従妹、野本岸子氏提供。

〔写真1-2〕 大分県東国東郡三浦村（現在の大分県豊後高田市堅来町）にあった鹿地亘の故郷の家。2005年6月に取り壊された。写真は鹿地亘の長女坂田暁子氏提供。

目立たぬように静かに余生を送っていたが、日中戦争が始まると、新聞で息子鹿地亘は"国賊""売国奴"と書きたてられ、その上中国にいるその息子の居場所や動向を探るために警察や憲兵が日夜頻繁に家に訪れ、「実にうるさかった」と述懐している[8]。

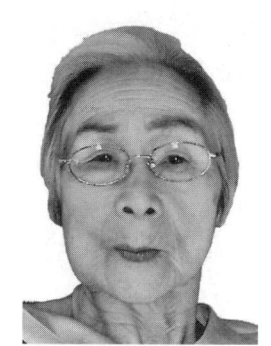

〔写真1-3〕 鹿地亘の母方の従妹野本岸子氏

当時の真喜郎と春の様子を知る親戚の瀬口孫二氏は、「鹿地亘の父真喜郎さんは学者肌で博識の人でしたが、ここ（三浦村）に戻ってきてからは、田畑を持っていたので村の農地委員会の委員はしていましたが、それ以外の役職にはつかなかった。目立たないようにしていたのだろうと思います。日中戦争時代は、息子鹿地亘の支那での華々しい活動が新聞に出るものだから、村の人たちは真喜郎さんの家には近づかなかった。母親の春さんは優しい人で、村の人の評判がよかった。鹿地のやさしい顔立ちは母親似です」と話してくれた。

東京帝国大学に入学し"神童""村の誉れ"と称えられた鹿地亘の評価は、日中戦争時代は一転して"国賊"となり、故郷で暮らす両親を孤立させていたことを中国の鹿地は知る由もなかった。母方の従妹野本岸子氏も戦争中の鹿地の家族の様子を話してくれた。

「母親の春さんは熊本の女学校を出てから、地元の小学校の教師をしていました。貢さん（鹿地亘）が生まれたころおば（春）はまだ学校の先生をしていたので、私の母（春の妹）が貢さんのお守りをしたそうです。それで貢さんは私の母が大好きで、学校の休みの時はよくうちに遊びにきておりました。日中戦争時代私も中国にいまして軍人の主人から貢さんのことを聞きましたが、あまりふれないようにしていましたし、中国で貢さんに会うことはありませんでした。おばはもう一度貢さんに会いたいと話していた、と母から聞きました」。

日中戦争時期の中国での鹿地亘の行動は、報道や人づてで故郷の人々はみ

な知っていたが、両親も親戚もそのことにはふれないようにして、息をひそめるように生活していた。

"国賊""売国奴"と叩かれた鹿地亘は戦後、日本の社会が変わると、一転して大勢の新聞記者にとり囲まれ"凱旋将軍"のように里帰りをした。母親の春は病床にあった。この時、やさしい春にしてはめずらしく怒りを露わにして、「戦争中はあれほど酷いことを書きたてたくせに」(坂田暁子氏口述)と、手のひらをかえしたような日本の新聞社への不信を口にし、「彼らの取材に決して応じようとしなかった」(坂田暁子氏口述)。

息子の逮捕を聞いて教職を辞した鹿地亘の父は、家庭では息子の教育に熱心な読書家だった。前出の母方の従妹野本岸子氏によると「おじ(真喜郎)は家ではいつも本を読んでいました。私が遊びに行った時も、午前中はおじと話をしてもらえませんでした。おじは頭を下げて「おはよう」というと、すぐに自分の部屋に入って勉強し、昼食やお茶の時間になってはじめて私たちはおじと話をすることができました。そんなわけで、おじの家にはびっくりするほど大量の本がありました。おじの部屋の離れは、もとは客間でしたが、おじの書庫になってしまいました」。

小学校を出ると漢学私塾に通い、大学の漢文科に進んだ真喜郎は、中国語を読むことができたという。鹿地亘夫人の瀬口允子氏は夫から聞いた話として「漢語を読むことができた鹿地の父親の書棚には、中国の書籍もたくさんあったそうです。(中略)父親は教育に熱心で息子の将来に夢を持っていて、鹿地に自分を越える学者になってほしいと願っていました。それで父は鹿地が欲しいという本はお金を惜しまず買い与えたそうです。鹿地は勉強もよくしたようですが、絵や音楽といった芸術も好きで、これは茶道や芸術、文化を愛した母親譲りでしょう。特に絵画に興味を持っていました。小さいころから独学で絵をかいていたらしく、晩年もよく家で絵を描いていた」と話してくれた[9]。教育熱心な父と、潤沢な父の蔵書、専門の漢学書籍も身近にある環境の中で鹿地は次第に文学にひかれていった。

少し横道にそれるが、堅来港を田畑が抱きかかえるように続くのどかな農

村の鹿地の生地は、同じ九州人で孫文の辛亥革命を全力で支援した宮崎滔天[10]のふるさと熊本県荒尾の風景と、どこか似ている。明治期、この九州北半県からは多くの中国支援者（大陸浪人）を出した。そんな歴史に連なる共通した地域性が、鹿地と滔天のふるさとにある。西尾陽太郎は論文「中国辛亥革命と九州人士」で、「「国父与日本友人」[11]にあげられている（中国を支援した代表的な日本人：筆者注）三十一名についてみても、その出身県は九州地域が半数に達しており、ことに九州北半に集中している」[12]と指摘する。そして九州地域に特徴的な"土壌"として、「九州人の表現—海外問題への挺身」[13]をその理由としてあげている。ここでいう海外とは主として中国である。

飛行機での移動が始まるまで、九州北半地域は中国への海の玄関口で日中交流の前線基地だった。当時は「多くの長崎・上海間定期航路の船が、片道十七時間で往復していた」[14]と鹿地亘自身も書いている。このような地理的環境とこの地が育んだ日中交流の歴史は、無意識のうちに鹿地の中国観に影響を与えたであろう。

第2節　反戦平和思想の形成

鹿地亘は福岡県の小倉中学（北九州市小倉区）から鹿児島県の第七高等学校に進み、1924年東京帝国大学文学部国文科に入学する。専攻は江戸文学。「江戸期の文学——近松と歌舞伎」で卒論を書いた（瀬口允子氏口述）。大学2年のころ、吉野作造東京大学教授とその学生宮崎龍介らが1918年に設立した社会民主主義研究とその普及を目指す組織「東大新人会」（以下「新人会」と略記する）に参加し、「新人会」から新潟の農民闘争支援に派遣されたのを機に、文筆活動と政治運動にのめりこんでいく。1931年満洲事変が始まると、鹿地は仲間たちと一緒に中国への武力侵略に反対する各種運動に挺身していく。

ここまでは「新人会」の先輩宮崎龍介が戦争反対から1937年停戦の可能

性を求めて中国に行こうとした過程と似ているが、大きく異なる点は、日本に対する絶望感の深さだ。宮崎龍介は盧溝橋事件勃発（1937年7月7日）後の7月19日、父宮崎滔天の知人蒋介石に停戦を打診する使者として、近衛文麿の側近の依頼を受け秘密裏に渡中を企てる。しかし情報がもれ神戸で憲兵隊に捕えられ平和工作は失敗に終わる。鹿地はこれよりも2年早い1935年、「大陸には、さしせまる日本の侵略の手にたいして、民族解放ののろしがあげられており、そうした大きな闘いのなかに死に場所をもとめられたら」[15]という覚悟で、剣劇一座の中国公演に紛れこみ中国への逃亡を果たした。そしてその後10年間中国の地にとどまり、日本の侵略戦争に反対し、独自の反戦平和活動を続けた[16]。鹿地は日本に対して、「この国ではいきがつけないのに絶望して」[17] 海を渡った。

　対戦国の陣営に参加して戦争に反対するという過激な行動に鹿地を突き動かしたものは、何だったのだろうか。青年期の鹿地の思想変化と時代の変化を考察しながら叙述を進めたい。

　日本社会が日中戦争に突き進んでいく1926～1936年、鹿地亘が挺身した文学を通しての政治活動というスタイルは、後に鹿地が中国で行う反戦平和活動の初期のスタイルと重なる。まず中学、高等学校、大学時代の鹿地はどのような環境の中にあったのか。

　「籠の鳥で不幸を知らぬ坊ちゃん」[18] であった鹿地亘は、中学、高等学校時代文学に没頭した。「文学書をひとりで読みあさっていた。友達は少なかった。幾人かの文学仲間は高校のころからもあったが、どちらかといえば、私は仲間から取り残されていた」[19]。「四角四面の定規のような教育者の家庭のなかで、世間というものにほとんど触れたことがなかった私は（中略）、学校のもうひとかどの大人になっている仲間たちに比べて、自分がどんなに世の中をしらぬ不能者であるかに気がつき、気後れした（中略）、私は人のやることは何でも真似をした。小説を耽読し、歌を作り、酒をあおり、あらゆるスポーツをやった。しかし、深刻な顔つきをして、哲学を論じたり、社会問題を研究することだけは、どうもしょうにあわなかったようである」[20]。小

第1章　鹿地亘の反戦思想の形成

倉中学入学を機に家を離れて寮暮らしを始めた鹿地は、仲間と比べて世間知らずの自分を羞恥しながらも、大人びた顔で社会問題を論じる仲間たちには違和感を持った。

允子夫人によると学生時代の鹿地は、文学ばかりではなくスポーツにも熱中した。「野球、テニスなどスポーツは何でもやったといっていた」。鹿地が、桂林の日本語要員養成学校「日本語訓練班」で教師をしていた時の学生張令澳[21]（その後張令澳は軍事委員会政治部第三庁科員となり鹿地亘の通訳となる）は、「鹿地亘と馮乃超[22]が中心となって桂林で開いた日本語訓練班で勉強していた時鹿地は私たち学生に時々「相撲」などのスポーツも教えてくれた」（張令澳氏口述）と話した。鹿地亘は160㎝前後と小柄で痩身だったが、大学卒業後、政治運動で警察に捕まり拷問を受けた時、特高（特別高等警察）から「ひ弱そうで、案外とつよいなあ。胸が苦しくなったらいえよ。心臓麻痺で多喜二（小林多喜二：筆者注）の二の舞やられちゃあ困るからな」と言われたという。見かけによらぬ粘り強い体力は、学生時代のスポーツ好きのたまものだろう。

関東大震災の翌年1924年4月に、鹿地亘は東京帝国大学文学部国文科に入学する。入学当時の鹿地は、高校時代と同じく大学の同級生たちからも、社会に関心が薄く思想のない学生と見られていた。ある日、大学の同級生の友人が言った言葉に鹿地は衝撃を受ける。「"君は社会のことにまるで関心をもたないね。芸術に没頭しているとでもいうのかい？　なら聞くが、いったい芸術にたいする愛とは何かね？　この社会とはまるで関わりのないものなのだろうか？　そうじゃないだろう。芸術にたいする愛とは、社会の正義にたいする愛と、まさしく裏腹の関係にあるのじゃないのか？"。これは私にとってまさに晴天のへきれきであった」[23]。友人の指摘に胸を突かれた鹿地は神田の洋書店にとんで行き、その友人が薦めた1冊の洋書を買う。「その後の私の人生のきっかけとなった」[24]英語とドイツ語で書かれたレーニンの『国家と革命』だった。当時の日本では社会主義の本は輸入禁止だったにもかかわらず、神田の本屋で学生の鹿地が簡単にレーニンの本を買うことができた背景には、日本社会における社会主義の盛りあがりがあった。

関東大震災（1923年）の前年、日本共産党（1922年11月）、日本農民組合（1922年4月）など無産者支援の全国組織が相次いで設立された。これら共産主義・社会主義の全国的運動組織と、「大正デモクラシー」運動から生まれた学生、知識青年たちの研究会組織が連帯し、鹿地亘が大学に入った1924年ごろは、社会主義運動と階級闘争が大きな盛りあがりをみせていた。

　関東大震災の発生は、鹿地亘が大学に入る前年の1923年9月1日だった。死者、行方不明者あわせて約10万5000人という大災害が日本の首都圏を襲った。死者、行方不明者10万人強という数は、日本が先の日露戦争（1904～1905年）で失った死傷者数と肩を並べる。

　空前の大災害によって、一瞬にして交通、通信、電気、水道といった生活基盤を失った日本の首都圏社会は、混乱を極めた。当時の日本社会が被った巨大な物理的損失もさることながら、この大災害の衝撃は、日本社会と日本人に大きな精神不安をもたらした。大学入学を直前にひかえていた鹿地亘は、この時の社会の変化に「不気味」さを感じたという。

　「震災が起こった時、鹿地は故郷の大分の家にいたそうですが、新聞などから社会の様子は知っていたのでしょう、大学に入るために東京に行く汽車のなかでいま世の中がおかしくなっているなと感じた、と話していました」（瀬口允子氏口述）。

　関東大震災の時、最も早く日本に着いた救護船のひとつが、中国の支援船「新銘号」だった。後に中国で鹿地亘の反戦平和活動を支援した元中日友好協会会長の夏衍25（当時明治専門学校・現在の九州工業大学の学生）は、中国人留学生のひとりとして「新銘号」の救護活動に加わった。「新銘号」が神戸に着いた時の様子を夏衍は次のように書いている。「新銘号が神戸に着いたとき、（日本の：筆者注）市政当局、赤十字会、華僑、そして中国留学生を含む百人以上の歓迎をうけました。葉慎斉、徐可陞らが災害救援物資の明細書をわたし、慰問文を読み上げると、群集のなかから歓声と拍手があがり、また大勢の人が涙を流すのを目にしました。「新銘号」は震災後の日本にいちばん早く着いた救護船でしたから、この罹災後の日本人の心情はよくわかりまし

た」[26]。次いで夏衍は中国人留学生の目に映った当時の日本社会の混乱も記している。「当時は日本の社会全体の秩序が乱れ、鉄道と道路は手ひどく破壊されてしまい、災害救済団や調査団が東京に出向くにしても、困難だらけでした。そのうえ上陸しますと、神戸の華僑ら留学生が林騤団長に朝鮮人虐殺事件についてこもごも話すものですから、林騤は私に東京には行かないほうがいいと勧めました。すでに九月も中旬となり、学校もはじまるはずでした。というわけで、神戸で二、三日つぶしたわたしは戸畑に折り返しました」[27]。

　日清戦争後初めての日中協力の姿が出現した一方で、震災による混乱で掻き立てられた人々の不安と鬱積の矛先が日本社会の中で弱い立場にあった朝鮮人や中国人、さらには社会主義者に向き、悲惨な事件が起こった。「朝鮮人が暴動を計画している」、「朝鮮人が井戸に毒をまいている」、「裏で、ソ連と社会主義者が糸を引いている」という「流言」が飛び交い、それを信じた人々が朝鮮人、中国人を無差別に襲った。吉野作造が朝鮮罹災同胞慰問班による調査としてあげている数字では、震災時虐殺された朝鮮人は2613人、中国人行方不明者は600～700人（中国公使館調査）。政府によって保護された朝鮮人は全国30府県で2万3715人にのぼった。

　さらに社会主義者の弾圧について、今井清一他編の『日本の歴史』は「軍隊では震災直後から、この機に社会主義者を徹底的に弾圧しようとする方針を決めていた」[28]と指摘している。震災から半年後には「大杉栄事件」など当局による一連の白色テロが起き、日本社会は鹿地亘が東京に行く汽車の中で感じたように、「おかしな」方向に向かっていったのである。

　このような社会状況の中で読んだレーニンの『国家と革命』は、現実の社会問題に関心を持てなかった青年鹿地亘を一変させる。「（私は：筆者注）第一頁から、すっかり魅了され、魂をひとつかみにされ、全身がぞくぞくするような戦慄にしばしばおそわれた。そこには、たくましい意欲に貫かれた人生の真理が述べられて、偉大な情熱が脈打っていた」[29]。「その思想は、よりどころを求めていた私の心に、ひとつひとつ打ち当たってきた。もちろん

その時、私がそこに書かれてあることを、すぐに読み取れたはずはない。(中略) だがとにかく、探りおろした足が、今はっきり地面に触れたのを感得した」[30]、と鹿地は新しい思想に目を開かれ足を踏みだす感動を記している。この文章は、戦後鹿地が日本に帰ってきてから出版した『自伝的な文学史』の中の述懐なので、文筆家鹿地が後日加えた誇張や修飾があるとしても、鹿地に新たな関心対象が出現した瞬間を示している。

　鹿地はレーニン、マルクス、エンゲルスの著作を次々と読破し、大学の「社会文芸研究会」[31] に入会する。「社会文芸研究会」は、学内の社会主義啓蒙活動のための「新人会」の兄弟組織である。鹿地はその後2年生のころ「新人会」に加わる。そして「「新人会」の人たちと一緒に始めていた、マルクス主義芸術研究会に加えられ、グループとして、そのころ発刊されて間もない『無産者新聞』の応援に乗り出していくことになった」[32] のである。鹿地は急速に社会主義文学運動に傾倒していき、『無産者新聞』への投稿を契機にプロレタリア作家としての地歩を固めていった。

第3節　反戦平和思想の表現

　文筆活動を通して政治活動にも乗りだし始めた鹿地の前に、日本と中国の戦争の危機が差し迫る。鹿地ら「新人会」のメンバーが支援する『無産者新聞』は、1925年9月20日に創刊された共産党の"機関紙"で、同紙は日本政府が発令した「治安維持法」により地下活動を余儀なくされた日本共産党の合法的拠点のひとつだった。創刊時の発刊は月2回刊で4頁だったが、講読者数をのばしてすぐに週刊となり、2年後には5日刊になった。全国各地に支部が作られ、発行部数も最盛期には4万部に達するほど、戦前の社会運動機関紙、雑誌の中でも発行部数が多かった。監視を受け発行の半分近くが発禁処分となる政党色が強いその新聞に、若き日の鹿地は同級生の中野重治らとともに精力的に論文や小説を発表していった。

　『無産者新聞』は「対支非干渉」の論陣を張っており、鹿地はその様子を

第1章　鹿地亘の反戦思想の形成

自著『自伝的な文学史』の中で「日本共産党と労働者、農民は早くからこの戦争（日中戦争：筆者注）に反対した。はじめは対支非干渉同盟の運動、つぎにはそれが発展した赤色反帝同盟日本支部の運動を展開し、「支那から手をひけ」、「帝国主義戦争反対」を合言葉に、1933、34年の荒れ狂うファッショの弾圧の中で、その組織的抵抗が破滅にいたるまでたたかい通した」[33]と書いている。

鹿地の上記文章にある「「支那から手をひけ」、「帝国主義戦争反対」を合言葉に――」のくだりは、『無産者新聞』創刊号（第1号）の1面トップに掲げられた記事「支那から手をひけ」を指したものと推測される。記事の主な内容は「「支那から手をひけ」の合言葉は全世界の階級意識あるプロレタリアの合言葉となっている。我々日本のプロレタリアは、無産政党の行動要綱「弱小民族に対する帝国主義政策の排撃」に則し、支那に対する帝国主義的政策に反対する」[34]というものだ。

翌1926年12月、日本が中国満州に出兵すると『無産者新聞』は、再建された日本共産党と一丸となり、さらに激しく日本政府と軍部の中国侵略を糾弾する。そして日中関係がいよいよキナ臭くなった1927年2月5日の『無産者新聞』は、日本帝国主義の干渉戦争に反対する「国際的共同戦線を作れ」という文章を1面に掲げる[35]。この2月5日の新聞には、当時23歳の鹿地亘の一文も掲載されている。左翼文壇で注目されるきっかけとなった鹿地の論文「所謂社会主義文芸を克服せよ」である。

「今日のプロレタリア運動は、昔の作品行動、即ち芸術運動とは根本的に異なっている。（中略）その任務は、決定的行為の組織運動でなくてはならない。芸術の役割は、組織されていく大衆の進軍ラッパとなることであり、決定的行為の鼓舞者となることであり、換言すれば、大衆を組織する契機となる政治的暴露を助ける副次的な意義を持つものに過ぎない。我々は、芸術的行為を過重評価してはならない」[36]、とプロレタリア文芸運動はもっと政治闘争と結合し、文芸と政治闘争は双脚であれとはっぱをかける鹿地の一文は、文学とイデオロギー活動をよりあわせて発展させていくことを信じていた

23歳の気負った思想と社会へのスタンスを示している。

「所謂社会主義文芸を克服せよ」で鹿地は文芸界に一躍その名を知られるようになる。同年（1927年）末には、ロシア十月革命を記念したイベントとして築地小劇場で、鹿地の最初の戯曲『1927年』[37]が佐野碩の演出で上演された[38]。この時期鹿地は、中国を題材にした小説も数編発表している。中国戦場に補充兵として送られる若い日本人兵士の悲哀を描いた短編小説『兵士』、日本に占領された朝鮮を舞台にした『太平の雪』などである。差し迫る中国との全面戦争の足音を描いた鹿地は、中国内地の情報をどのようにして得ていたのだろうか。同時代の中国人作家の記述にそれをうかがわせるものがある。

当時早稲田大学に留学していて中国左翼作家連盟東京分連盟結成にも参加した作家林林（前中日友好協会副会長）[39]は、中国左翼作家連盟と日本のプロレタリア作家たちとの交流を次のように書き記している。

「1934年春、広範な留日学生たちが中国左翼作家連盟東京分盟をひそかに結成し活動をはじめた。私の記憶するところでは左翼作家連盟の上海の総本部と北京支部の同盟員たちが東京で集結し、私もその（上海グループ）中のひとりだった。（中略）メンバーは約二十人で、東京分盟は三つの雑誌を発行した。その中の「東風」は、秋田雨雀に「創作技術問題」の文章を書いてもらったりした。私は徳永直の短編小説『不滅の輝き』、中条百合子の小文「東京までの一時間」などを翻訳した」[40]。盛明の論文「異軍突起（突然現れた新しい勢力：筆者注）、左連東京分盟」[41]にも、「1930年に中国左翼作家連盟が成立するとすぐ、日本でも中国左翼作家連盟東京分盟が成立した。東京分盟は成立後すぐに日本プロレタリア作家同盟と連絡をとり、互いの国の進歩的文化界の現状や闘争状況を伝え合い、活動に参加したり、秋田雨雀ら進歩的作家を訪問しその「訪問記」を中国に紹介したりした」というくだりがあり、林林の記述と符合している。

1930年の中国左翼作家連盟成立に参加した夏衍（前述10頁）は「左連（中国左翼作家連盟の略称：筆者注）綱領の起草準備で、準備委員会の大半のメンバー

が日本語ができたので、主に（1928年に成立した：筆者注）日本のナップの綱領を参考にした」[42]と書いており、日本の左翼作家組織と中国の左連が密接な交流関係を持ち、情報を交換していたことがわかる。当時すでにナップ（「全日本無産者芸術連盟」）[43]の中心メンバーのひとりであった鹿地は、日中の左翼文芸組織の交流を通して中国情報を得ていたと考えられる。

1926年5月、「新人会」から新潟県木崎村の農民争議[44]の支援に派遣された鹿地亘は、初めて東北の小作農民たちと生活をともにし、農民たちとともに闘う経験をする。最初は農民学校

〔写真1-4〕 1930年に成立した中国左翼作家連盟

の教師をしたり、文章力をいかしてビラやポスターを作成していたのだが、最後には、小作農たちと一緒に警官隊の列に突撃していく。鹿地は、この時の心情を次のように書いている。「（当時：筆者注）二つの生活が自分の中にあった。そのひとつは、「社会文芸」から「マル芸」、「プロ芸」と進んでいったコースで、これは私にとって実に楽しいものだった。私は文学を志してきたのだし、処女地の開拓というべきプロレタリア文芸運動の段階に、若い世代が開拓者の自覚に燃え上がって進んでいっていたからだ。（中略）だが、「新人会」、「木崎村争議」、「労働学校」、「精工舎」、「労働党」というコースは、私にとって同じく初めての世界ではあったが、それは、乗り越えていくのに悲壮な決意を要するものだった」[45]。しかし木崎村闘争の経験の中で鹿地は、「村の青年たちのこともいくらかわかり、最後には、農民学校閉校式のデモでの警官隊との突撃に、先頭を切って大乱闘に加わるほどの、ひとかどの闘士になっていた。私はこうして「洗礼」をうけた。いくらかの自信と安堵も

その中から生まれた」[46]。

　大学時代にすでに作家として歩きだし、階級闘争の現場も経験し"ひとかどのプロレタリア運動の闘士"となったと述懐する鹿地だが、活動はますます作家に執着する。1927年、東京帝国大学文学部を卒業する時、鹿地は大学から埼玉県にある高等学校の教師として推薦をもらうが、その職を蹴り収入の目途のないプロレタリア作家活動に専念する。晩年社会主義に関心を示したといわれる芥川龍之介はこの年1927年7月24日自殺した。鹿地はなぜそれほどまで文学運動にこだわったのか。

　1925年の「治安維持法」の発令を機に、日本政府と軍部は社会主義や民主思想を主張する個人、団体に対し徹底的な弾圧を加える体制を整えていった。その中で鹿地らプロレタリア作家が支援していた日本共産党（1926年11月に党を再建していたが）等多くの政治組織は取締り範囲を拡大した政府に「治安維持法」を口実に激しく弾圧され壊滅していった。政治組織が「基地」と活動手段を封じこめられた時、芸術という手法は運動を保持する有力な「武器」になる。地下活動を余儀なくされた共産党は、鹿地らのプロレタリア文学団体を重要な拠点とし、彼らを糾合した。学生時代から共産党の"機関紙"『無産者新聞』で活躍していた鹿地は、合法的かつ広範囲に主張を伝播することができる文学運動に思想の活路と自身の文学の道の「二つの生活」が収まる場を見出していったのである。

　1928年3月、鹿地亘は大学の同級生中野重治らとともに「全日本無産者芸術連盟」（以下、ナップ）の設立に参加し、中心メンバーとなり、以後彼はナップなどを中心に文学活動を展開していく。

　創立当時のナップは成員80人。京都、大阪に支部をおき、機関誌『戦旗』の発行部数は約1万部。鹿地は中野重治、江口渙、小林多喜二、久坂栄二郎らとともに中央委員になる。機関誌『戦旗』では、すでに名前が知られていた中野重治や鹿地が論陣を張り、有力新人として注目され始めていた小林多喜二が誌上で『一九二八年三月十五日』、『蟹工船』を、徳永直も代表作『太陽のない町』を発表し、順調に部数をのばしていった。

第 1 章　鹿地亘の反戦思想の形成

　この時期の鹿地は、短編小説『兵士』、『喜三太』、『火蓋を切る』、『太平の雪』や、労働争議を題材にした『労働日記と靴』などの作品を次々と発表。作家として充実するとともに、中野重治、小林多喜二らを通じて日本共産党組織に急接近していった。

　主要メンバーが相次いで逮捕され壊滅的状況に追いこまれた日本共産党にとって文化団体は重要だった。「1929 年から 30 年 7 月までの日本共産党の全献金中、文化団体が 40% 近くを占めた」[47]。鹿地らの団体も日本共産党の経済的な支柱のひとつだった。当時の「運動の性格は、一言でいえば、日本共産党の文化運動だった」[48] と、鹿地も認めている。「この団体（作家同盟：筆者注）が党組織の部分だったとか、同盟員がみな党員だったと言う意味ではない。党を支持し、共産主義の世界観に立って創造をするのが、この団体の方針であった。同盟員がみなそれを承知して参加しており、誰ひとり党の指示を受け入れるのを疑わなかった、と言う意味でそうだった」[49]。当時の鹿地は共産主義に共鳴し日本共産党を支持していたが共産党員ではなかった。

　鹿地亘が日本共産党に入党するのは 1932 年 1 月である。紹介者は作家同盟[50] の小林多喜二[51]。「誰にも知られないようにきてくれという多喜二の伝言を妻の河野さくら[52] がもって帰ったのは、1932 年 1 月末だったと記憶している。きたなと思った。（中略）指定の時間にいってみると、多喜二はもうきていて、隅のテーブルにこぼれ出しそうな笑顔で待っていた。はたしてそのことだ。コップ[53] と作家同盟に党の組織ができる。私に入党してフラク（党員組織：筆者注）に加われと言うのだ。もちろん即座に承知した。私もうれしかったが、返辞をうけとった多喜二の顔ったらなかった。そういうことを口にして、たがいに諒解をもちあうことは、当時では命を預けあったという誓いにほかならない」[54]。

　日本社会がファシズム化していく中で、小林多喜二の紹介で日本共産党に入党した鹿地亘は、1933 年築地警察署で拷問を受けて死んだ小林多喜二のあとを継いで作家同盟の書記長になり、党においても多喜二の跡を受け継ぎ組織活動に奔走する。

しかし、後に鹿地自身が書いているように、最も共産党の組織活動に打ちこみ階級闘争に投身したこの時期も、実は組織への貢献と国内の階級闘争に追いたてられて「もっと重大な点について、（世界の：筆者注）反ファシズム統一戦線の問題について、把握できなかった」[55]という。国際社会の中で「満洲事変」を引きおこし、侵略戦争に踏みだした日本という国をどうするかを俯瞰する「世界の階級闘争」段階に自分の思想は至っていなかったと、鹿地は分析している。

　鹿地亘が明確に日中戦争に反対した行動を始めるのはいつからなのか。
　1927年、金融恐慌がおこった日本は、経済の行き詰まりと国民の政府への不満の矛先をそらすために山東出兵、張作霖事件と、中国への武力侵攻を加速させ1931年9月、ついに「満洲事変」を引きおこす。そしてその後15年の長きにおよぶ日中戦争に突き進んでいったのである。
　そんな中、政治組織ではない作家同盟など文芸団体も「治安維持法」の標的となり、小林多喜二は拷問され死亡。鹿地も「31年から34年のはじめまでに、計18回留置場に入れられ」[56]る。作家同盟はとうとう終焉を迎え、作家同盟最後の書記長だった鹿地が、作家同盟「解体声明」を書いて幕を引いた。その1週間後、鹿地は「治安維持法」違反で逮捕される。「解体声明」を書いたことが共産党活動にあたるというのが理由だった。1934年2月22日、裁判の結果鹿地は懲役2年執行猶予5年の判決を受け、1935年11月まで入獄するのである。
　旧厚生省の「思想実務家会同議事録」の中に、鹿地求刑に関するやりとりの記録がある。
　「一例を取って申しますと、私がよく申し上げるのが、かの瀬口貢である鹿地亘であります。あの人間に対しまして、東京裁判所の公判において、太田検事がこれに対して懲役五年を求刑したのに対して、裁判長は懲役二年に五年の執行猶予をやったのであります。その瀬口は五年の執行猶予期間に支那に逃げて行って、今日ご存知の通り極めて大きな国事犯をやっているのであります。対日抗戦の真っ先に立っておりますあの瀬口貢が、なぜ国事犯を

第1章　鹿地亘の反戦思想の形成

続け、我々の敵に回っていられるのかというと、裁判官が懲役五年を言い渡していれば、鹿地亘なる国事犯は出なかったであろうと思うのであります」[57]。

これをみると、検察の求刑は当初、懲役5年というかなり重いもので、鹿地ら「思想実務者」に対する当時の苛烈な姿勢がわかると同時に、海外逃亡した思想実務者の動向にも神経を尖らせていたことがわかる。さらにこの資料によると、日中戦争期の中国での鹿地亘の活動を日本政府は掌握しており、彼の活動と、その存在を苦々しく思っていたことを示している。言い換えれば、鹿地が中国の桂林、重慶で組織した「日本人民反戦同盟」や彼らが展開した反戦平和活動は、日本政府をいらだたせる一定の影響力を持っていたということでもある。

注

1　鹿地亘が1938〜41年中国桂林、重慶で日本兵の捕虜を教育し反戦平和活動を行っているころ、日本の新聞各紙が鹿地を「売国奴作家」(1938年東京朝日新聞)、「国賊」と報道したことを指す。
2　鹿地亘はペンネーム。このペンネームの由来について菊池一隆氏は『日本人反戦兵士と日中戦争』御茶の水書房、2003年、453頁で「私が長谷川敏三氏に「鹿地」のペンネームは鹿地の故郷の「香々地（かかじ）」をもじったものかと質問したところ、電話帳を開いて最初の頁が「鹿」、二回目に開いたら「地」というようなやり方で作ったといった」と紹介している。しかし筆者が2005年鹿地の最初の妻河野さくら氏の弟で大学では鹿地の後輩でもある河野公平氏に聞いたところでは「万葉集の枕詞「かちわたる」からとった」（河野公平氏口述：於2005年4月5日、東京新宿区河野氏自宅）と言われた。また鹿地の長女坂田暁子氏にも聞くと「私も万葉集の枕詞からとったと聞いている。河野さくらさんの弟さんもそうおっしゃっているのならそうでしょう。父は文学部専攻ですし、中学生のころ家で父に万葉集の和歌を教えてもらいました」（坂田暁子氏口述：2005年7月30日、新潟県坂田氏自宅）と言われた。
3　鹿地亘『中國の十年』時事通信社、1948年、8頁。
4　鹿地亘『中國の十年』時事通信社、1948年、8頁。
5　地元の最年長町議会議員でもある瀬口孫二氏の案内で鹿地亘の生地を訪ねた年（2005年）の5月まで鹿地の生家は残っていたが、同6月解体された。
6　鹿地亘『娘への遺書』中央公論社、1953年、14-15頁。
7　鹿地亘の父真喜郎は晩年自主出版の和歌集を出している。前出の坂田氏によると、

真喜郎の手紙にはいつも自作の漢詩や和歌がそえられていた。
8 菊池一隆『日本人反戦兵士と日中戦争』御茶の水書房、2003年、453頁。
9 鹿地亘が中国から持ち帰った資料の中にもメモ書きの線画があり、鹿地亘夫人瀬口允子氏宅には1956年に鹿地亘が描いた水彩画が、坂田暁子氏の家にも鹿地が描いた淡い色彩の風景画が残されており、鹿地の芸術的趣味がうかがえる。
10 鹿地の残した作品に宮崎滔天の名前は登場しないが、鹿地が東京帝国大学時代に参加する「東大新人会」が事務所にしていた家は、宮崎滔天が提供した家であり、滔天の長男宮崎龍介は「新人会」の発足メンバーである。鹿地はその事務所に一時期入り浸っていたので、滔天のことは知っていたと考えられる。
11 『国父与日本友人』は台湾の研究者陳固亭の著書。
12 西尾陽太郎「中国辛亥革命と九州人士」『日本近代と九州　九州文化論集　4』平凡社、1972年、196-197頁。
13 西尾陽太郎「中国辛亥革命と九州人士」『日本近代と九州　九州文化論集　4』平凡社、1972年、197頁。
14 鹿地亘『「抗日戦争」のなかで』新日本出版社、1982年、21頁。
15 鹿地亘『中國の十年』時事通信社、1948年、6-7頁。
16 宮崎龍介は1937年7月近衛文麿首相側近の内密の依頼で、蒋介石に会い日中和解の道を探るために中国に渡ろうとするが、神戸で憲兵隊に捕えられ東京に連れ戻され監禁される。宮崎龍介「蒋介石への使者」『新関東』第65-67号、1964年。
17 鹿地亘『自伝的な文学史』三一書房、1959年、232頁。
18 鹿地亘『中國の十年』時事通信社、1948年、8頁。
19 鹿地亘『中國の十年』時事通信社、1948年、32頁。
20 鹿地亘『中國の十年』時事通信社、1948年、9頁。
21 張令澳氏の略歴は138頁注75にある。
22 (1901-1983年) 日本横浜生まれ。本籍は広東省南海県。詩人、政治家。父馮紫珊は孫文を支援した有力華僑。日本の大同小学校、志成中学を卒業。1923年第八高等学校を経て京都帝国大学、24年東京帝国大学で学ぶ。帰国後の26年創造社に参加。27年帰国し28年共産党に入党。30年中国左翼作家連盟に参加。31年から左連文化総同盟の党団書記。抗戦中は軍事委政治部第三庁七処第三科長、三庁中共特支書記、中共中央南方局文委委員。のち文化工作委員会科長。詩新中国成立後は人事部副部長、中山大学副校長、北京図書館顧問、広東省政治協商会議副主席などの要職を歴任。鹿地とは東京帝国大学同期、在学中鹿地の講演を聞いている。抗戦時の38年武漢で鹿地と再会し以後終始鹿地の反戦平和活動を誠心誠意支えた。戦後1955年「中国訪日科学代表団」で来日、鹿地と再会した。鹿地が最も信頼した中国人の友人。83年北京で死去。
23 鹿地亘『中國の十年』時事通信社、1948年、10頁。
24 鹿地亘『自伝的な文学史』三一書房、1959年、34頁。
25 (1900-1995年) 浙江省抗県出身。劇作家、政治家。本名沈乃熙。1921年公費留

第 1 章　鹿地亘の反戦思想の形成

学生として明治専門学校に留学。27 年帰国後共産党入党。馮乃超らと芸術劇社結成、30 年魯迅らとともに中国作家の団結と抗日を呼びかけ、中国左翼作家連盟結成に参加、指導。ルポルタージュ文学を開拓。抗戦期は『救亡日報』の編集長のかたわら新聞人、統一戦線工作者として各地をまわる。新中国成立後は中国文学芸術連合会（文連）副主席、『救亡日報』社長郭沫若の跡を継いで中日友好協会会長を務め日中友好関係に尽力した。自伝『日本回憶』、小説、劇曲、報告文学作品多数。

26　夏衍『日本回憶』東方書店、1987 年、131-132 頁。
27　注 26 と同じ。
28　今井清一他編『大正デモクラシー　日本の歴史　第 23 巻』、中央公論社、1966 年、391 頁。
29　鹿地亘『中國の十年』時事通信社、1948 年、11 頁。
30　鹿地亘『自伝的な文学史』三一書房、1959 年、34 頁。
31　「社会文芸研究会」が母体となり 1926 年ごろ「東大では学外の山田清三郎をまきこんで「マルクス主義芸術研究会」、通称「マル芸」が作られた。リーダーは林房雄のグループと中野重治・鹿地亘のグループであった」（飛鳥井雅道『日本プロレタリア文学史論』八木書店、1982 年、54 頁）。
32　鹿地亘『自伝的な文学史』三一書房、1959 年、37 頁。
33　鹿地亘『自伝的な文学史』三一書房、1959 年、37 頁。
34　『無産者新聞』創刊号、1925 年 9 月 20 日、第 1 面。
35　『無産者新聞』第 9 号、1927 年 2 月 5 日。
36　鹿地亘「所謂社会主義文芸を克服せよ」『近代文学評論体系　6』角川書店、1973 年、87 頁。
37　翌年 1928 年 4 月にも、築地小劇場で鹿地の戯曲『嵐』が佐野碩の演出で上演されている（「東京朝日新聞」、1928 年 4 月 24 日、朝刊 5 面）。
38　鹿地亘『自伝的な文学史』三一書房、1959 年、63 頁。
39　(1910-2011 年) 福建省安県出身、本名林仰山。1933 年日本留学、早稲田大学に在籍。1936 年退学して帰国。日中戦争中『救亡日報』記者として夏衍らと鹿地亘の活動を助ける。戦後は駐インド中国大使館参事官を経て中国人民対外友好協会副会長、政協全国委員などを歴任。詩人、ハイネ研究、日本の俳句研究などの著作多数。2011 年 102 歳で北京で病没。
40　林林『八八流金』北京十月文芸出版社、2002 年、19 頁、23 頁、26 頁。
41　盛明「異軍突起、左連東京分盟」雑誌『百年潮』2001 年第 9 期、64 頁。
42　夏衍『日本回想』東方書店、1987 年、44 頁。
43　ナップ（napf）はエスペラント語の全日本無産者芸術連盟の頭文字をあわせたもの。1928 年に成立し、その後離合集散を繰り返し以後名称が「日本プロレタリア作家同盟」、「作家同盟」と変わるが鹿地亘は一貫してその中心メンバーであった。
44　1926 年 5 月新潟県木崎村の小作農民が地主の横暴に抗議した「木崎村農民労働

争議」。
45 鹿地亘『自伝的な文学史』三一書房、1959 年、63 頁。
46 注 45 と同じ。
47 勝山内匠「我が国に於ける共産主義運動史概論」『思想研究資料』東洋文化社、1971 年、100 頁。
48 鹿地亘『自伝的な文学史』三一書房、1959 年、5 頁。
49 鹿地亘『自伝的な文学史』三一書房、1959 年、5 頁。
50 全日本無産者芸術連盟（ナップ）の中心的文学者らにより 1929 年 2 月結成された。1934 年 2 月、作家同盟最後の書記長・鹿地亘が解散声明を発表した。
51 この後小林多喜二は 1932 年 3 月から始まった取締りのため地下に潜伏するが（多喜二は日本共産党員で作家同盟の書記長だった）、1933 年 2 月 20 日逮捕され同日築地警察署で拷問により死亡、享年 31 歳。
52 1906 年東京都出身。青山女学院英文専攻科卒業。1928 年ナップ結成と同時に書記になり、鹿地亘と結婚。1935 年鹿地と離婚。1937 年上海にわたり記者になり新聞記者平沢専三郎と結婚。魯迅にも会う。戦後日本に帰国した。
53 日本プロレタリア文化連盟の略称。1931 年 11 月成立。日本のプロレタリア文化運動の全領域にわたる統一的中央機関。
54 鹿地亘『自伝的な文学史』三一書房、1959 年、131 頁。
55 鹿地亘『自伝的な文学史』三一書房、1959 年、225 頁。
56 鹿地亘『中國の十年』時事通信社、1948 年、15 頁。
57 厚生省「思想実務家会同議事録（四）」『現代史資料 45　治安維持法』みすず書房、1980 年、363 頁。

第2章

上海の鹿地亘

　鹿地亘は治安維持法違反で懲役2年執行猶予5年の判決を受け1934年3月から1935年11月まで21か月入獄する。それ以前の1932年の7月から9月にも特高に逮捕・拘留されたのを含め「31年から34年のはじめまでに、計18回留置場に入れられ」[1]ていた。

　1935年の冬、出獄した鹿地がみたものは、民主的思想を持つ者や社会主義者を周到にさらに徹底的に弾圧する日本社会の姿だった。かつての友人同志たちはみな口を噤(つぐ)み身を縮めていた。この章では閉塞した日本社会の中で、鹿地はどこに自身の道を見つけようとしたのかを考察する。

第1節　中国への逃亡

　鹿地亘が入獄していたころ日本共産党も崩壊期にあった。鹿地が出てきた時[2]共産党の組織はほぼ壊滅状態で、機関紙『赤旗』は（同年2月20日）停刊[3]していた。盧溝橋事件がおこるのはこの2年後で、日本はますます中国への武力侵略の度合いを強めていた。

　獄中の鹿地は囚人が読むことができる新聞で、「日本がロンドン軍縮会議で脱退したという簡単な記事」[4]は目にしていたし、鹿地の最初の妻である河野さくらが差し入れる書籍[5]を読んではいた。しかし出獄後の日本社会の変化は鹿地の予想を超えていた。

　出獄したとはいえ執行猶予中の鹿地は、「ちょうど眼に見えぬ鎖で繋がれたもおなじで、いっさいの行動には監視の眼がひかり、なにかちょっと不審の挙動でもあればただちに監獄にまいもどりということなのである。娑婆に

出たというものの、それは、なんのことはない、監獄の延長みたいである。なにかやりたい人間にとっては、なまじ、世のなかのありさまを眼のまえに見、自分の耳で聞く自由があるだけに、監獄にいるよりも、よけいにいらだち」6、「(さらに：筆者注)かつての同志らは、もはや、どこへいったのか、かいもくわからぬ。友人をたずねてみても、みんな御時勢といわんばかりに、息をひそめて物を語る。出版物の論調もすっかりかわって、真実をまともに語る文章など、どの大雑誌にも見当たらない。かつての左翼に対するゆがめられた中傷と誹謗の文章が、時をえがおに（原文ママ）横行し、社会ぜんたいがそうした色一色で塗り込められている」7。目の前の現実に鹿地は「動揺せざるをえなかった」8のである。

出獄後間もなく鹿地亘は河野さくらの求めで離婚している。丸山昇は『魯迅・文学・歴史』の中で「(彼女の離婚：筆者注)理由は男性としての鹿地の横暴に耐えられなかったからだ、という(筆者のインタビューに対する河野さくら女史の談話)。鹿地には多少そういう傾向があったようで、抗戦期に池田幸子(鹿地の2人目の妻：筆者注)とのあいだに争いがおきたとき、馮乃超が、あれは「大男子主義」が悪い、といっていたということを、中国人の文章で読んだ記憶がある」9と書いている。

河野さくらの実弟河野公平氏も姉から聞いた話として、「鹿地くんは九州の名家の出身で、女性に対する観念がとても保守的だった」と語った。河野公平氏は大学でも鹿地の後輩だったので、夫妻とはよく行き来していた10。

活動の挫折感に加えて離婚の傷心の中、鹿地は「大切なことは誤らないことでも、敗北しないことでもない。それは大切にはちがいないが、もっと大切なことは、たたかいをやめないこと、どこまでも立ちなおり、全体とともにたたかい進むことである」11と、活路を探してもがく。そして、「(戦争という：筆者注)嵐の中で、地底のいのちの根をまもるというのも、一つのたたかいである」12との思いにたどり着き、鹿地の眼は中国に向かうのである。

「眼のまえに戦争の準備がすすめられてゆくのを、手をこまねいて見ていなければならぬ。それは忍びがたいことだ……とどのつまり、私は脱走を決

第 2 章　上海の鹿地亘

意した。(中略) 海のむこうの大陸では、さしせまる日本の侵略の手にたいして、民族解放ののろしがあげられており (中略) そうした大きな闘いのなかに死場所をもとめられたらという気持ちがさきにたっていた。中国にわたっても何のあてがあるわけでもない。野垂れ死にしてもいい棄て鉢なきもちだった。ちょうど華北に日本軍部の傀儡政権の陰謀がすすみ、抗日の民族運動が高潮し、(中略) 私にとっては、それが孤独な心の苦痛を消してくれる嵐となって、誘いよせるようだった」[13] と、鹿地は書いている。

　出獄から2か月後の1936年1月15日、鹿地は剣劇劇団「遠山満一座」の中国巡業の役者になりすまし、大阪で一座に加わり中国に向かった。執行猶予中の身であった鹿地には国外に出るのはおろか国内移動の自由もなかったので、禁を犯した国外逃亡だった。「鹿地の下の妹 (えり：筆者注) が東京の川村学園で音楽教師をしていて、彼女が「遠山満一座」の座長を知っていて兄に紹介し、上海行きを助けた」(瀬口允子氏の談話)。

　「遠山満一座」が上海に着いたのは1月末。到着の様子を鹿地は、「私たちが上海に上陸した日は、大雪であった。ちょうど旧正月のさいちゅうで……」[14] と書いている。後年の丸山昇の研究によると、「魯迅日記によるとこのころ雪が降ったのは1月23日 (魯迅は「微雪」と書いている：原文のママ)、翌日が旧暦の元旦である」[15] ところから、鹿地が初めて中国の土を踏んだのは1月23日らしい。

　鹿地は上海北四川路の劇場に荷物をおろし、内山書店に出かけるが正月で閉まっていた。そこで、裏にある内山完造[16]の家を訪ねる。「スコット路千愛里の住宅を訪ねると、内山完造氏が出てきて事由をきき、眼を丸くしてえらい野郎が舞いこんだという顔つきで、それでも私に椅子をすすめ、火にあたらせた。実に、人なつっこい、けれども眉間の小皺に、きかん気をただよわせた、五十がらみの小柄な老人だった」[17]。中国に渡っても何のあてがあるわけでもなかったと書いている鹿地が、上海に着くとすぐに内山完造宅にたどり着くのは不自然だ。作家の記述の厄介なところで、鹿地の記述は文学的修飾がほどこされている部分があるので、慎重に読まなければならない。

なぜなら河野さくらは「彼（鹿地：筆者注）は内山書店の紹介状を持って上海にわたった」[18]と書いているからである。

内山完造を訪ねた鹿地の目的は、「中国の革命文人、左翼作家連盟のひとたちの非合法闘争については、かすかに聞き知っていたが、どういうひとがいるかは、まるで知らなかった。ただ、魯迅の名だけはおぼえており、そしてかれが内山書店の主人と懇意のあいだであると聞いていたので、内山書店を訪ね魯迅にあわせてもらおうと思ったわけである。しかし、その内山氏には、実は一面識もなかった」[19]。

鹿地がまっ先に訪ねた内山完造は1917年、上海で内山書店を開き、当時は上海を訪れた日本人はみな内山書店の主人を訪ねるほど、上海の日本人界では有名人だった。中国社会、とりわけ上海の文化界に、魯迅をはじめ多くの知己を持っていた。内山書店の常連だった劇作家夏衍によると、「内山は客をもてなすのが好きで、あの頃、日本から戻ったばかりの馮乃超、李初梨、彭康ら文化人はみなこの書店の常連だった。上海では内山書店でだがプロレタリア関係の書籍、雑誌を買うことができた」（左連の主要メンバーだった夏衍の『上海で』東方書店、1989年、28頁）ので、内山の店は上海の文化人たちのサロンのようになっていた。この「内山サロン」を通して鹿地は、魯迅や数多くの中国の青年知識人、さらには国際都市上海に集まっていたスメドレーやニュージーランド人のレウィ・アレー（Rewi Alley）[20]などの「国際友好人士」の人々と出会う。

当時上海はまだ内戦の中にあったが、1935年北京で始まった学生や知識青年たちによる愛国運動の影響を受けて、上海でも多くの救国団体が生まれていた。彼らは連日のようにデモを行い弱腰の蒋介石国民党政府に「内戦停止、団結抗日」を迫った。しかし蒋介石国民政府はそれでも「攘外必先安内」（国内を安定させてから外敵を退ける）の共産党攻撃政策に固執していた。鹿地は対日抵抗運動が盛りあがる上海で2人の重要な人との出会いを経て、中国での反戦平和活動の契機を得る。

ひとりは2人目の妻となる池田幸子である。「学生運動で逮捕され、明治

第2章　上海の鹿地亘

〔写真2-1〕　一番手前の34号のプレートがある家が鹿地亘夫妻が1936年に住んでいた上海の旧居（上海市虹口区）。筆者撮影。

大学女子部を追われ、家庭にいたたまれず家出して、上海に来て中国研究の志をすすめている若い婦人と知り合いになった。それが今日の私の妻、幸子（ゆきこ）である。私たちは数か月後に結婚して、同じ志のために助け合うことになった」[21]。以後池田幸子は鹿地とともに中国各地を渡り歩き、鹿地を助けて中国側陣営の中で日本人による反戦平和活動を展開する。

郭沫若の表現を借りると「池田幸子はもっとも急進的な（女性の：筆者注）ひとりだった。（中略）奇抜な身なり、妖艶な容姿で街を闊歩する」[22]と、池田は当時としては自由な生き方を志向した女性だった。また鹿地夫妻の友人レヴィ・アレーが「当時の日本の美女池田幸子」と書いているように、若いころの池田は目鼻立ちの整った美人である。池田は中国語力を生かし、鹿地と肩を並べて反戦活動に積極的に参与し、中国時代の鹿地のパートナーとなるのである。

上海で池田と出会った鹿地だが、日本政府の取締りを避けて、友人らの支援で住居を転々とし引っ越しを繰り返す生活だった。元上海「魯迅記念館」研究員周国偉氏の研究調査で上海市多倫路257弄34号（写真2-1）の住まい

が鹿地夫妻の旧居である可能性が高いと紹介された。周氏は、この多倫路257弄34号は、1936年10月17日（即ち魯迅逝去の2日前）、『魯迅日記』で「午後谷非（胡風のこと：筆者注）と一緒に鹿地君を訪ねた」と書かれている鹿地と池田が暮らしていた"燕山別荘"の家だと[23]紹介している[24]。

　もうひとり上海で鹿地に再起のきっかけを与えた人物が魯迅だ。上海に来て2週間目の2月6日[25]（1936年）、鹿地は初めて魯迅と会う。鹿地は自著の中で魯迅を「師友」[26]と呼び「魂の導師」[27]と書き、魯迅への敬慕を表している。鹿地は、魯迅との初対面の模様を次のように記している。

　「内山氏からの報せで日高氏とともにすぐに店にかけつけて待った。魯迅は時間きっかりに店頭に現れた。一人の大男が従っていた……胡風[28]だった（中略）魯迅だ、遂に魯迅だ。（中略）以前私は魯迅を写真でも見たことがなかった。だが誤る筈がなかった。私は直観したのだ。そのような風貌は他にある筈がない。魯迅いがいのものではなかった（中略）魯迅は席につくと直ぐ、何時自由になったか？　健康はどうか？　ということを真先にたずねかけた。私は泣き出さんばかりであった。とうとう私は国外に流れ出して、初めて溢れ出てくる言葉を聞いてもらいたい心を見付け出した」[29]。

　魯迅は通訳として日本留学帰りの青年作家胡風を伴っていたが、日本語で自分で鹿地に語りかけた。鹿地と魯迅の話は、日本の左翼者らの状況や、「転向」の問題におよんだ。

　「魯迅は私が獄中にいたことも知っていた。（中略）蔵原惟人たちの安否をたずねた（中略）何より私が驚き喜んだのは、魯迅が私たち日本の労働人民の解放運動について、細かい消息に至るまで、詳細に通じていることだった。胡風もまた身近な同志の名をあげ、親しみを面に表わしてたずねてくる」[30]。

　鹿地が治安維持法違反で逮捕された1934年、魯迅は若いプロレタリア作家の蕭軍[31]、蕭紅に出した手紙の中で、日本左翼者の「転向」の問題にふれて、「日本のすべての左翼作家で、現在"転向"していないのは二人（蔵原と宮本）しか残っていません。あなた方は彼らは中国の作家ほど頑強ではないと思って、きっとびっくりするでしょうが、しかし物事は比較して考えるこ

とが必要です。彼らのところの圧迫法は全く組織的で、細かいところまで徹底しており、ドイツ式に精密、周到なのです。中国がそれに倣えば、状況は変わるでしょう」[32] と書いている。

「魯迅やその他の人に会って、私は日本のプロレタリア文学運動が中国でどのように評価され、どのようにその影響が受けとられているかを、眼のあたりに見せつけられた。(中略)"無駄じゃなかった！"という強い感動がぐっとつき上げてくると、私は大声をあげて泣き出したかった」[33]。「この数年間、自分の過去の仕事にさえも自信を失い、不安に陥りがちで、自分の無力に歯ぎしりを続けた。国外に出て、思いがけずかくも温かな関心、私たちの"仕事"への高い同志的評価を見出した。私は魂を奮い立たせられた」[34]。

鹿地は、「日本の文学者のありさまの話をした。その間にも魯迅の静かな瞳の底には、対者の襟を正させる誠実と、火の様に温かい情熱が燃えつづけていた。この時はっきりと中国にとどまって勉強してみたいと思った」[35]。

鹿地は魯迅との出会いと会話を通して、奮起の気持ちを呼び起こされ中国に腰を据える決意するのである。

鹿地と魯迅の初対面の場に同席した胡風は、その後鹿地に「あの時、先生（魯迅：筆者注）は君の生活のことも考えていた」[36] と、当時の魯迅の心情を語る。

上海での鹿地の仕事は魯迅が紹介した。当時日本の出版社改造社との間で進められていた中国の新文学紹介と、魯迅雑感選集の翻訳の仕事[37] を鹿地に紹介した。中国語ができなかった鹿地のために「（上海日報政治部主任の：筆者注）日高清磨瑳[38] が協力し、それを一年生の手びきをするように、魯迅が（日本語訳を：筆者注）みてくれた」[39]。

「最初の原稿が私の手もとにもどって来た時、私ははっと心をうたれざるをえなかった。丹念至極な正誤表がつけられてある。小さな紙片に毛筆で実に注意深い説明が加えてある。きけば、そのため魯迅はまる一晩を徹夜してくれたということだった」[40]。

魯迅はかつて自身が日本の仙台医学専門学校で藤野厳九郎先生から受けた

恩情を、30年後鹿地にかけた。戦後日本で書いた文章の中で鹿地は「(魯迅は：筆者注) 自らは「青年の導師」ではないと言ったが、すべての青年が (魯迅に：筆者注) 心を寄せていた。それは全生涯を貫いた不屈の闘いによって鍛えられた「誠の心」から輝き出る光輝であった。その光輝に触れると人々は温かにされて、無言の励みを心中に生じたのだ。それは人々に「行為を指示」するものではなく、「行為への情熱」を呼び醒ますものだった」[41]と魯迅の誠実を表現している。

　鹿地は改造社の『大魯迅全集』(全7巻、1938年2月〜8月)の第2巻の翻訳と解題、第3、第4、第5巻の随筆集部分、第7巻の日記の翻訳と伝記執筆を担当した。この仕事を皮切りに、1936年3月から日本の雑誌『文学評論』で「上海通信」の連載を始め、日本および中国の雑誌、新聞で、再び文筆活動を再開する。この上海で再開した文筆活動が、鹿地の中国での反戦平和活動の端緒を開くきっかけとなるのである。

第2節　魯迅ら中国の友人との交流

　「まもなく私の上海に来たことを伝えきいた夏衍、鄭伯奇[42]、黄源[43]、蕭軍、沈起予[44]、欧陽山[45]、その他の中国の革命的文化人たちが、続々と訪問してくれて、広い友情の絆ができあがった」[46]。鄭伯奇は中国左翼作家連盟や魯迅が支援していた木刻（版画）運動の中心的な知識青年だ。以後鹿地は、上海時代のみならず、中国各地の行く先々で彼らの温かい支援と保護を受ける。

　内山完造が保証人となり、中国文学研究という名目で鹿地が合法的に上海に落ち着く段取りもできた。これも魯迅と内山の取り計らいだった。「野垂れ死にからまぬがれた」[47]鹿地が上海で生活をスタートしたころの様子や鹿地の印象を、内山や魯迅を通して早い時期に鹿地と知りあった夏衍は次のように記している。

　「1935年秋、私は魯迅先生の書斎で初めて彼（鹿地：筆者注）に会った。前にいくつか彼の文章を読んだことがあるし、その頃の晦渋で才能をひけらか

すような彼の論文に比べて、客を前にして細長でしわの多い眼の彼は、謹厳実直そうにかしこまっている。文と人とは必ずしも一致しないものだと思った。(中略)その後彼は四川路の奥の小さな家の二階に潜伏し、魯迅先生の支援で翻訳等の仕事を始めた。これ以後私と鹿地は以前よりも接触の機会が増えた。このころの彼は中国の新しい文芸作品の理解に力を注いでいた。(中略)彼は寡黙かつ憂鬱な態度で時おり日本の文学界の話をした。友人や当時の文壇の論争の話、また1927年前後(鹿地が新進左翼作家として文壇で活躍していたころ：筆者注)の出来事を回想するとき、霧を含んだような彼の瞳はにわかに輝き出すのだった。感受性の強い理想主義的な人だと、思った」[48]。

日高清磨瑳が協力し、鹿地が訳した日文をさらに魯迅がみて訂正する形で改造社の『大魯迅全集』の仕事が始まった。しかし、すでに健康状態が悪化していた魯迅に代わって、胡風も鹿地の翻訳の仕事を助けた。「「実は、魯迅先生の体に無理なんだ。それで代わりに僕に手伝えということなんだ」。それ以来、彼(胡風：筆者注)はわざわざ遠くのフランス租界の住まいから一週のうち二日もやって来てくれ、たんねんに一行もおろそかにせず、私との読み合わせをやってくれた。彼の文章に対する誠実さ、私の方がへとへとになるほどの熱心さ、思うにこれは魯迅が与えた影響、そして胡風が受け取った優れた文学的性格であった」[49]。

鹿地は中国や日本の文学雑誌に積極的に寄稿を始める。魯迅や中国の青年作家らとの出会いを描いた「上海通信」[50]を日本の文学雑誌『文学評論』に発表。これを皮切りに、「魯迅と語る」、「魯迅と中国文学」などの文章を日本の雑誌に切れ目なく発表すると同時にまた、蕭軍の「羊」、欧陽山の「明鏡」など、中国の抗日文学の秀作を翻訳しては日本に紹介した。

鹿地は徐々に自信を取り戻していき、ある日、中国の少女を描いた自作の叙事詩を魯迅に見せた。

「魯迅はこれ(鹿地の叙事詩：筆者注)を見て"美しい詩です"と、顔色を動かさずに批評した。きれいな言葉の詩です。私にはそういう詩は書けない。だが、実は中国はこんなに美しくはない。(中略)不幸な人間の間の生活の中

〔表 2-1〕 上海時期の鹿地亘の文筆活動

1936 年 3 月	「上海通信」	『文学評論』3 巻 3 号
1936 年 4 月 6 日	「上海通信」	『文学評論』3 巻 4 号、6 号（1936 年 6 月）
1936 年 5 月 1 日	「魯迅との対話」	『文芸』4 巻 5 号
1936 年 5 月 4 日	「魯迅訪問記」	『世界日報』
1936 年 8 月 1 日	「上海通信――中国文学備忘録」	『文学評論』
1936 年 8 月 14 日	「魯迅和科維持」	『上海日報』
1936 年 10 月 20 日	「真可惜（談話）」	『上海日報』
	「惜別魯迅」	『上海日報』
1936 年 10 月 22 日	「魯迅・国民党・蒋介石――一个插曲」	『上海日報』
1936 年 10 月 23 日	「懐念魯迅」	『上海日報』
1936 年 11 月 15 日	「与魯迅在一起」	『光明』1 巻 10 期
	「魯迅和我」	『作家』2 巻 2 号
	「魯迅――我的師友」（原文英語）	『Voice of China』
1936 年 11 月 16 日	「我的回憶」	上海『訳文』2 巻 3 期
1936 年 11 月	「魯迅の回想」	『上海』963 号
1936 年 12 月 10 日	「海岸砲台」	『光明』2 巻 1 期
1936 年 12 月	「魯迅と私」	『中央公論』51 期 12 号
1937 年 3 月 1 日	「関于文学方法的一个回憶」	『熱風』1 期 2 号
1937 年 7 月 5 日	「現地報告中国文学」	『帝国大学新聞』681 号
1937 年 7 月 12 日	「現地報告中国文学」	『帝国大学新聞』682 号

にある関係は汚い、不健全な感情でいっぱいなのです。私はこれまで、美しい芸術作品を作ろうと思ったことはありませんから」[51]。

「この批評は私の骨身にこたえた。魯迅は戦士なのだ。私たちの任務は現実との戦いだ。希望と理想は「夢」ではありえない。「汚い社会」での闘いの中に、私たちは理想と希望を掴み出しそれを育てあげてゆかなくてはならない。「夢」から希望がうまれるのでないということを、魯迅は適切に私に教えてくれた」[52]。魯迅は鹿地に抗日の戦争に立ち向かう勇ましい中国だけでなく、汚い部分、堕落、落伍した中国も深くみることを忠告する。率直な魯迅との交わりは、しかし魯迅の逝去の日 1936 年 10 月までの、わずか 10

第2章　上海の鹿地亘

〔写真2-2〕「第2回全国木彫巡回展覧会」（1936年10月2日〜8日、上海八仙橋・青年会館）会場での魯迅と青年たち。左から魯迅、ひとりおいて、曹白。

か月あまりだった。

　中国で暮らし始め中国の友人たちと交われば交わるほど、鹿地は自分が日本で叫んでいた「帝国主義戦争反対」、「対支非干渉」は何だったのか、どれほど生きた知覚でそれを理解していたか、思想、主義を学んでその現実のために革命を叫んできた自分と、中国で出会った友人たちとの距離を痛感する。そんな時、胡風が編集していた『七月』という雑誌に載った、友人曹白のルポルタージュ「戦争難民収容所からの報告」を読み、強い衝撃を受ける。

　「中国の知識階級」という一文で、鹿地は次のように書いている。「難民収容所として戦火に追われ、住むところも食うあてもなく市内に崩れこんだ人々のために、徴用された映画館がそれに当てられている。（中略）そこでまず彼（曹白：筆者注）は「人民の中」で闘うとはどういうことかを切実に学び始めた」[53]。「「民族」そして「人民」、これは彼にとってはいさぎよい「壮語」でもなければ、書物で読んだ空疎な字面でもあり得ない。眼の前にいる難民、自分の名前と住まいさえ満足には話せない老人、コレラで死んで行く女と幼

児たち、戦争とそれにからまる謡言で生きた、空もない不幸な人たちと、救いのない子供たちなのだ（中略）侵略者らは落伍せるこれらの「人民」を、「民族」を見て、自から秩序を保ち得ず、「治める」術を知らぬ「人民」もしくは「民族」ということを、自分の侵略と統治との口実にした。だが、一つの民族がどんなに落伍しているにせよ、自分自身を治めてゆく適当な方法をその中から見出し得ないはずがあるだろうか？（中略）曹白の体験が我々に教えてくれる、その中に入りこむことさえできるなら道はある。自治活動がはじまり（彼らが：筆者注）進んで火線に挺身する奮起をひき起こすことは決して不可能ではない」[54]。

曹白[55]は江蘇省出身の版画家で、上海で中学校の教師をしながら魯迅の木刻運動に参加する青年だった。鹿地は1936年初頭、上海で曹白と知りあう。1937年宗教家の趙僕初[56]が行っていた難民救済活動に参加した曹白は、10回にわたって難民収容所リポート[57]を抗戦雑誌『七月』に寄稿した。その後曹白は、難民収容所の中の青年有志を組織して、上海が陥落すると彼らとともに新四軍のゲリラ戦に参加するのである。難民とともに戦争に立ち向かおうとする曹白の決意に啓発された鹿地は、どのようにして、「捕虜組織」という彼の反戦平和活動にめざめていったのだろうか。

さまざまな形で鹿地を支援した魯迅が、1936年10月19日病没する。10か月余りの交流であったが、魯迅は鹿地に多くのものを残した。魯迅臨終の様子や葬儀の模様は鹿地と池田幸子も数編書いている。内容はその他多くの人々の回想と重複するので、ここでは詳しくふれないが、鹿地は魯迅が最後に訪問した外国人作家だった。魯迅の日記によると「十月十七日午後、谷非（胡風のペンネーム：筆者注）といっしょに鹿地君を訪ねる」[58]。これに呼応する鹿地の文章もある。「十月十七日朝から寒い風が吹いていた。胡風が来て私の魯迅雑感選集の訳を手伝ってくれていたが疑問のところが出て来たので「ちょっと出かけて来る」と言って魯迅のところに往った。一時間たらずの後に、私は窓の下に胡風の呼声を聞いて、すぐ覗いて見た。私ははっとした。魯迅が一緒なのだ。直ぐに私は駆け降りて裏口の戸を開いた。魯迅は珍しく

第 2 章　上海の鹿地亘

帽子をかぶり、にこにこしながら階段を上がって来た」[59] である。魯迅の息子周海嬰も「鹿地が父が最後に訪問した友人となった」[60] と書いている。

　10 月 22 日午後、魯迅の葬儀が上海万国公墓で挙行された。鹿地は「治葬弁公処」の一員となり、胡風、巴金、曹白らと魯迅の柩を担ぐ名誉を与えられた。12 人の担柩者の中で唯一の日本人だ。当日の写真をみると、担柩者の立ち位置は、左側前から、巴金[61]、胡風、黄源、靳以、呉郎西、蕭軍。右側前から、鹿地、曹白、張天翼[62]、姚克[63]、周文[64]、黎烈文だ。彼らは魯迅を敬愛し、彼に師事した多くの青年の中から選ばれた若い文学者たちだ[65]。写真は、鹿地と魯迅の密接な交わりを証明しており、鹿地が中国抗日陣営の中で"外国から来た賓客"ではなく、仲間としてみられ始めていたことを示している。

　魯迅を通して上海で出会った胡風、夏衍を含むこれら多くの友人たちは、その後鹿地が展開する反戦平和活動の中で、鹿地の得がたい協力者となっていった。沈起予はその後、日本人捕虜収容所「博愛村」主任管理人になり、

左列	右列
蕭　軍	黎烈文
呉郎西	周　文
靳　以	姚　克
黄　源	張天翼
胡　風	曹　白
巴　金	鹿地亘

〔写真 2-3〕　魯迅の葬儀で柩を運ぶ 12 人の担柩者。右側の先頭（薄い色の背広の人物）が鹿地亘。左列先頭は巴金。写真は上海魯迅記念館提供。

反戦戦士となる収容所の日本人捕虜を描いた『人性的恢復』[66]を著す。

鹿地の妻池田幸子も当日、魯迅の柩を取り囲む大勢の群衆の中にいたことをレウィ・アレーが記している。「魯迅を見送る隊列が私の事務所の下を通りかかったとき、窓から下を見ると日本の美女池田幸子が隊列の中で歩いているのが見えた。彼女は魯迅と親しかったから……」[67]。このアレーも、1937年8月上海が日本軍の手におち日本政府の追及を受けて逃げまわる鹿地夫妻を助け、香港への逃亡に協力する。鹿地とアレーの交わりはその後の重慶、北京、さらに戦後日本に帰国してからも続き、戦後鹿地は日本で『砂漠の聖者――中国の未来に賭けたアレーの生涯』(弘文堂、1961年)を著し、アレーの人と活動を紹介している。

〔写真2-4〕 魯迅の柩を運び出す担柩者たち。右側最前列（薄い色の背広の人物）が鹿地亘。写真は上海魯迅記念館提供。

第3節 「捕虜構想」の萌芽

魯迅逝去の翌年の1937年7月7日、日中全面戦争の火蓋を切る「盧溝橋事件」がおきる。日本の近衛内閣は、中国と停戦協定を結んだその日（7月11日）のうちに満洲、朝鮮から華北への派兵を決定して華北総攻撃を始めた。

戦火は瞬く間に上海におよび、この年の8月13日、上海で日本の海軍陸戦隊と中国軍との間で攻防戦が始まった。中国でいう「八・一三淞滬会戦」である。

鹿地は日本租界を出ることを決意する。日本租界を出るということは日本人社会と決別し、中国の抗戦陣営に入ることを意味した。鹿地と池田はフランス租界に住む友人の中国人作家蕭軍、蕭紅宅に身を隠す。以後2人は香港に脱出するまでの3か月間、日本と中国双方の政府による追及の手を逃れるために許広平女史（魯迅夫人）宅など支援者の中国人、アメリカ人の友人宅などを転々と逃げまわる。前出（33頁）の抗戦雑誌『七月』に載った曹白の難民収容所からのレポートを読むのは、この逃亡中（9月）のことだ。

中国の抗戦に参加するためには、国民政府の「入境許可」が必要だった。「魯迅夫人の許広平女史が宋慶齢女史にはかり（蒋介石の：筆者注）南京政府に交渉してくれることになった」[68]が、許可は遅々として下りなかった。国際状況に加えて、中国国内の共産党と国民党の熾烈なせめぎ合いが背景にあった。蒋介石は「西安事件」（1936年12月12日）を経て第2次国共合作（1937年9月22日第2次国共合作成立）をのんではいたが、底意は一貫して「応戦而不求戦」（応戦するが戦闘をもとめない）であった。

鹿地は宋慶齢の仲介で一時、アメリカ人マクス・グラーニッチ夫妻の家にかくまわれる。グラーニッチは上海で『中国の呼声』（ザ・ボイス・オブ・チャイナ）を編集していたジャーナリストだ。同誌は宋慶齢が後援して中国の状況を国際社会に訴えるために出されていた英文雑誌である。魯迅の葬儀で鹿地はグラーニッチと知りあい『中国の呼声』にも寄稿していた。鹿地はグラーニッチから日本兵の捕虜を教育して反戦組織を作るという、のちに鹿地が桂林と重慶で作る「在華日本人民反戦同盟」の土台となる構想のヒントをもらう。

1937年9月24日、林彪率いる共産党の八路軍（国民革命軍第八路軍）[69]が山西省平型関で日本軍（板垣部隊）と遭遇し、八路軍は日本軍の先遣隊を全滅させて多くの捕虜を得た。「平型関の戦い」である。このニュースを知った

グラーニッチは、鹿地に「あなたたちには、すばらしい仕事がまっているわけですね」と、"捕虜教育"を示唆するのである。

友人胡風の記述によると、「8月13日以後、彼（鹿地：筆者注）と夫人は（北四川路の家を出て：筆者注）フランス租界に逃げ込んだ。およそひと月後、彼が再び北四川路に戻った時、私たちはちょうどそこで彼に会った。その時彼は私に、捕虜となった日本兵を題材にして書いた自身の詩を見せてくれた」[70]と書いている。鹿地はグラーニッチより"捕虜構想"のヒントをもらい中国戦場の日本人捕虜に着目し真剣に考え始めていた。

第4節　香港逃亡から武漢へ

鹿地は現実の戦いのヒントを見出したが、日本軍の早い侵攻の前に上海で捕虜構想に着手する時間はなかった。1937年11月20日、蒋介石の国民政府は南京から重慶に首都機能を移すことを決め、翌日21日上海は陥落した。陥落と同時に日本軍は鹿地の引き渡しをフランス租界当局（フランス工部局）に要求する。日本軍司令部と警察は、鹿地が再開した文筆活動から中国での彼の動向をつかんでいた。後ろ盾となっていた魯迅は死去し、上海も落ちた以上、逃亡者鹿地亘を泳がせておく理由はなくなった。

フランス工部局にいる中国人職員の同志から追及の手が身近におよんだことを知った鹿地は、国際友好人士レウィ・アレーの機転に助けられ、何とか香港への逃亡に成功する。鹿地は髪を染め、池田とともにメキシコ人との混血の華僑牧師ピーター王夫妻に偽装してフランス船に乗り込み、11月末、上海を離れ香港に向かった。

日中戦争時期、同じ場所で同じ体験をした者たちの記録が、日時や事象の叙述に微妙な食い違いがあることは、多くの人が指摘している。鹿地自身も言っているが、「回想に日付を入れるには、慎重を要する。自分ではこのようにおぼえているのだが、同じとき、同じところにいたはずのM氏もしくはN氏は、それとは違ったことを語っている」[71]からである。そのひとつが、

上海―香港―武漢―桂林―重慶と、体験が重なるはずの郭沫若と鹿地の叙述の不一致である。鹿地の記憶違いと断言することはできないが、記録の不確実性を鹿地研究が進まない理由のひとつにあげる研究者もいる。正確な事実を復元して、不一致な叙述の理由を明らかにする仕事の煩雑さと困難があるというのである。本書は鹿地の行動の日時、事象は基本的に鹿地の叙述記録を根拠とした。

「郭沫若の『洪波曲』によれば、彼（郭：筆者注）が上海を離れたのは十一月二十七日早朝ということだから、ひと船早かったわたしたち（鹿地と池田：筆者注）は二十三もしくは二十四日の乗船のはずである」[72]。同船者には、エスペランチストの緑川英子夫妻、魯迅の木刻運動に参加していた彫刻家の陳烟橋がいた。当時の香港は、延安、広東、武漢、桂林などの中国の抗戦拠点に行く人々の中継基地となっていて、日本軍の手はまだ届いてなかった。鹿地夫妻は香港で再び陳烟橋、香港に実家があった新波、香港の２大華紙のひとつ『香港大衆報』の編集長陳崎らに助けられ、先の見えない４か月間の潜伏生活を送るのである。

鹿地は陳崎からの情報で、日本軍が南進しており、香港にも日本軍の手が迫ってきていることを知っていた。12月13日南京が陥落するが、そのころ、上海で世話になった夏衍が新波とともに鹿地を訪ねてくる。夏衍は抗日の新聞として上海で発行されていた『救亡日報』（発行名義人は郭沫若）を広州で再刊するために奔走していた。夏衍は鹿地に、「小さな文章を書いてもらいたいんです。奥地の新聞に発表します。結果がどうでるか、まだなんともいえませんが、ここらでひとつきっかけをつかみたいと思うんです」[73]と話し、侵略戦争反対の署名原稿を依頼した。この時夏衍の依頼で書いたのが、鹿地が中国に来て初めて署名入りで発表した、日本の侵華戦争に反対する文章「現実の正義」と「所謂"国民の総意"」[74]の２編の論文である。

２編の論文は夏衍が中国語に翻訳し、「現実の正義」は1938年１月広州の『救亡日報』（１月31日）に掲載され、２月には武漢の共産党機関紙『新華日報』（２月８日）にも掲載された。また、「所謂"国民の総意"」は1938年３月、

武漢の『新華日報』（3月9日）に掲載された[75]。
　「日本の中国侵略は"国民の総意"によって進められているものではなく、それは"所謂軍閥の総意"であり、"国民の総意"の言葉をもって彼らはまた、国内の反戦民衆を逮捕し屠殺している。民衆は一体国民ではないのか？」（「所謂"国民の総意"」）[76]という鹿地の反戦宣言には、あてのない国民政府からの「許可」を待つ香港潜伏生活の中での鹿地の決意が示されていた。
　この文章が『新華日報』などで発表されるとすぐに、胡風、楼適夷、陳崎、黄源が相次いで各地の新聞、雑誌で鹿地の反戦宣言をとりあげ、これを賞讃する文章を書いた。胡風は武漢で鹿地の「所謂"国民の総意"」を読み、次のように書いた。「『新華日報』に発表した彼の（鹿地：筆者注）日本帝国主義に対する抗議の文章を読んだ。また何日か前に彼の手紙と詩も受け取った。（中略）私はすぐに鹿地の手紙と詩を中国語に翻訳して中国の兄弟たちに紹介した。（中略）私が感動したのは、鹿地の香港生活の困難と悲惨さより、自由と解放を勝ち取る中国人民の神聖なる民族抗戦は、偉大なる国際主義の支持のもとにあるというくだりだ」[77]。中国にとって抗日戦争は国家と民族の存亡の戦いであることを理解し同情した鹿地を賞賛した。
　これに呼応するように「広州、武漢（当時国民政府の軍事機構は武漢におかれていた：筆者注）の文化界では、鹿地亘夫妻を武漢の国民政府に迎え入れよという請願署名運動がまきおこった」[78]。こうなると「入境許可」を出ししぶっていた蒋介石国民政府の態度が変わった。鹿地の文章がもたらした反響で、国民政府が鹿地夫妻招聘に方針を変えたという情報が、臨都の武漢にいた胡風から届く。
　国民政府軍事委員会政治部は1938年3月16日、ついに鹿地亘夫妻を政治部設計委員会委員（少将待遇の顧問格）に招請することに決定した。3月18日、陳誠政治部部長の招請電報を携えた使者（華南警備司令部黄第1科長）と友人の夏衍が香港にいる鹿地を訪れ、鹿地夫妻は3月19日、彼らに伴われて広州から特別列車で武漢に向かったのである。
　香港で鹿地夫妻の生活を支援していた『香港大衆報』編集長陳崎は、鹿地

第 2 章　上海の鹿地亘

〔写真 2-5〕 香港を脱出し広州に入り中国側に迎えられ広州警備司令部に入る鹿地亘（前列中央）、その左隣は池田幸子。後列右端は『救亡日報』編集長の夏衍。左端は『救亡日報』編集員の林林。立命館大学国際平和ミュージアム提供。

の武漢行きの様子を次のように記している。「ある日私が新聞社にもどると、胡風さんが漢口から打電した電報が届いていた。軍事委員会国際宣伝処が鹿地亘を漢口に迎えるのを決めたというものだった。次の日、夏衍さんと広州保安処の黄科長が香港に来た。彼らは軍事委員会の命を受けて鹿地亘を迎えにきたので、鹿地さんと鹿地の妻は彼らと広州にむかった。3月19日午後6時夏衍[79]さんが鹿地夫妻を伴い駅にいき乗車した。見送りは私だけだった」[80]。文章の日付は3月19日とある。陳畸の同文章は日本では長く「未見」となっていた。北京大学古文書保管庫でみつけたこの文章のタイトルは「香港時代の鹿地亘夫妻」で、「反日の日本人」という副題がついていた。鹿地の中国の友人たちは、中国陣営に入って抗日活動（鹿地にすれば反戦平和活動）をしようとする彼の覚悟をしっかりと受けとめていた。

このように鹿地は日本政府の追及の手を逃れて上海、香港と、「死線の彷徨」[81]をしていくが、その節目節目で、中国で出会った友人たちに助けられ、背中を押されるように文筆活動を再開するとともに反戦の思想を堅固にし、現実の反戦平和活動の目標を固めていくのである。

注――――――――――
1　鹿地亘『中國の十年』時事通信社、1948 年、15 頁。
2　鹿地は当時の常套手段として以後党活動をしないと約束（転向）して 11 月保釈され出所した。
3　『日本共産党の八十年』日本共産党中央委員会出版局、2003 年、53 頁。
4　鹿地亘『中國の十年』時事通信社、1948 年、6 頁。
5　河野さくらによると、主にロシア文学の本を差し入れたが、プーシキン、ゴーゴリ、ドストエフスキーの本は許されなかった。獄中で鹿地はフランス語を独学し、それからはフランス人作家の本に没頭した。河野さくら「差し入れノート」『文学評論』1935 年 8 月号、78-79 頁。
6　鹿地亘『中國の十年』時事通信社、1948 年、4 頁。
7　鹿地亘『中國の十年』時事通信社、1948 年、5-6 頁。
8　鹿地亘『中國の十年』時事通信社、1948 年、5 頁。
9　丸山昇『魯迅・文学・歴史』汲古書院、2004 年、7 頁。
10　2005 年 4 月 19 日東京都新宿区の河野公平氏自宅で筆者がインタビューした時の談話。当時河野氏 89 歳。
11　鹿地亘『自伝的な文学史』三一書房、1959 年、240 頁。
12　鹿地亘『自伝的な文学史』三一書房、1959 年、232 頁。
13　注 12 と同じ。
14　鹿地亘『中國の十年』時事通信社、1948 年、18 頁。
15　丸山昇『魯迅・文学・歴史』汲古書院、2004 年、99 頁。
16　(1885-1959 年) 岡山県出身。書店主。参天堂（薬屋）店員として中国に渡る。1917 年上海で内山書店を開く。20 年代内山書店は上海の日中文化サロンとなる。27 年魯迅との交流が始まり、郭沫若、夏衍らも常連。逃亡してきた鹿地を魯迅に紹介し支援した。36 年 10 月魯迅の葬儀では宋慶齢らと葬儀委員を務めた。47 年帰国。東京で内山書店を再開。50 年「日中友好協会」成立に参加、初代理事長に選ばれる。池田幸子、長谷川敏三と中国貿易会社呉山貿易を設立。一貫して日中親善に尽力した。59 年訪問中の北京で死去。
17　鹿地亘『中國の十年』時事通信社、1948 年、18 頁。
18　河野さくら「内山完造さんへのお礼のことば」『鄔其山』9 号、1985 年 9 月、14 頁。
19　注 17 と同じ。

20 (1897-1987年) ニュージーランド人。社会活動家。アイルランドから移住した貧しい開拓農民の家庭に生まれる。鹿地亘『砂漠の聖者』によると、1926年26歳で中国に来て中国の幼児労働の地獄に心を動かされ、以後、中国人民の解放と、工業合作運動に生涯をささげた。抗日戦争時期は中軍の軍用品、民間用品の供給を助けた。建国後は世界平和評議会のニュージーランド代表となり世界平和に尽力した。上海で、鹿地夫妻と出会い彼らの香港への逃亡を助け、以後交流を続けた。

21 鹿地亘『中國の十年』時事通信社、1948年、20-21頁。

22 郭沫若『洪波曲』人民文学出版社、1979年、109頁。

23 周国偉「魯迅与鹿地亘」雑誌『書窓』1999年4月号、上海書店出版社、47-48頁。鹿地夫妻の長女坂田暁子氏が上海を訪れ、両親の足跡を訪ねようとしたが、鹿地夫妻の住居は見つからなかった。その後（1985年）胡風夫人梅志女史が34号の家の情報を提供してくれたとある。

24 筆者は2004年、上海「魯迅博物館」研究員の案内で、上海市多倫路257弄34号の家を訪ねた。家は長屋型の細長い建物の一部の1、2階部分で、34号の小さなプレートが掛かり、当時の姿のままだという。この家の周囲500m圏内には、郭沫若や左連の作家たちの旧居、また左連の成立大会が行われた建物も保存されており、1930年代文化界の面影が色濃く残っている。

25 鹿地は戦後59年出版の『自伝的な文学史』（232頁）では魯迅に会った日を2月11日と書いているが、36年上海時代日本の雑誌『文芸』に発表した文章では2月6日となっている。本書は上海時代の2月6日の記述の方をとった。

26 鹿地亘『魯迅評伝』日本民主主義文化連盟、1948年、50頁。

27 鹿地亘『中國の十年』時事通信社、1948年、25頁。

28 (1902-1985年) 湖北省出身。27年日本留学。31年慶應義塾大学に入学。33年抗日運動をしたとして強制送還。上海で魯迅と親交し鹿地と知り合う。日中戦争時期、国民党宣伝部、文芸工作委員会等に所属、鹿地と交流を継続。新中国成立後の55年「反革命分子」として投獄された"胡風事件"は、新中国後の代表的冤罪事件のひとつとされる。

29 鹿地亘『中國の十年』時事通信社、1948年、18頁。

30 鹿地亘『中國の十年』時事通信社、1948年、23-24頁。

31 (1907-1988年) 作家。満洲事変後作家生活に入り、上海で魯迅に師事し鹿地夫妻と交流した。長編小説『八月の村』は抗戦文学の秀作と評価される。魯迅の担柩者のひとり。

32 丸山昇『魯迅・文学・歴史』汲古書院、2004年、233頁。

33 鹿地亘『自伝的な文学史』三一書房、1959年、233頁。

34 鹿地亘『中國の十年』時事通信社、1948年、24頁。

35 鹿地亘『魯迅評伝』日本民主主義文化連盟、1948年、55頁。

36 鹿地亘『魯迅評伝』日本民主主義文化連盟、1948年、56頁。

37 鹿地は魯迅が自身で朱入れしてくれた原稿を大切にし、転々と住居を変わると

きも風呂敷に包んで持ち歩いていたが、逮捕情報を受けて上海から香港への逃避行の混乱の中で散逸してしまった。

38 日高清磨瑳は鹿地の高等学校時代の同級生牧内正雄（上海同盟通信社）の友人で、上海日報の政治部主任。

39 鹿地亘『中國の十年』時事通信社、1948年、27頁。

40 鹿地亘『中國の十年』時事通信社、1948年、27頁。

41 鹿地亘『魯迅評伝』日本民主主義文化連盟、1948年、60頁。

42 (1895-1979年) 編集者。京都大学文学部留学。帰国後21年創造社、29年夏衍らの芸術劇社に参加。30年左連常任委員。

43 (1905-2003年) 翻訳家。30年代『文学』や魯迅が発起した月刊『訳文』に参画。

44 (1903-1970年) 作家。京都大学留学。27年創造社参加。30年左連参加。鹿地の『ことばの弾丸』を翻訳した。

45 (1908-) 作家。上海で左連に参加。日中戦争時期は広州、長沙、重慶等で抗日救亡文化運動に従事。

46 鹿地亘『中國の十年』時事通信社、1948年、26頁。

47 鹿地亘『自伝的な文学史』三一書房、1959年、232頁。

48 夏衍「送鹿地亘栄帰」『清明』創刊号、1946年5月、49頁。上海時代の鹿地夫妻の様子を記した中国人の文章はほかに『蕭紅全集』(下)「記鹿地夫妻」がある。

49 鹿地亘『中國の十年』時事通信社、1948年、27頁。

50 「上海通信」は1936年3月、日本の文学雑誌『文学評論』3巻3号に掲載された。

51 鹿地亘『中國の十年』時事通信社、1948年、29-30頁。

52 鹿地亘『中國の十年』時事通信社、1948年、30-31頁。

53 鹿地亘「中国の知識階級」『現代知識階級論』批判社、1948年、219頁。

54 鹿地亘「中国の知識階級」『現代知識階級論』批判社、1948年、232-233頁。

55 曹白は1936年10月22日の魯迅葬儀では、鹿地の後ろで柩をかついでいる（35-36頁の写真と担柩者配列を参照）。

56 (1907-2000年) 書道家、宗教家。抗日救亡活動に参加、上海戦区難民収容の仕事にあたる。全国政協副主席、中国仏教協会会長、中日友好協会副会長等を歴任。

57 曹白の難民収容所レポートは雑誌『七月』に、1937年9月3日から10回にわたって連載された。

58 魯迅『魯迅日記』(下) 人民文学出版社、1961年、1139頁。

59 鹿地亘『魯迅評伝』日本民主主義文化連盟、1948年、67頁。

60 周海嬰『魯迅与我七十年』南海出版社、2001年、57頁。

61 (1904-2005年) 四川省成都出身。作家。五四運動の新文化運動で文学に開眼。1926年北京大学受験で北京にいる時、魯迅の『吶喊』を読み文学を志す。27-28年フランス留学。帰国後31年生家をモデルにした封建制度との葛藤を描いた『家』で青年に大きな影響を与える。アナキストとして批判に晒された時、魯迅は「彼は進歩的で屈指のよい作家のひとりだ」と擁護した。34年11月～

35年8月横浜、東京に滞在。新中国成立後、文革中は厳しい批判と迫害を受けるが、80年中国ペンクラブ初代会長、84年中国作家協会主席となる。100歳で死去。

62 (1906-1985年) 湖南人 (南京生まれ)。作家。児童文学者。1926年北京大学予科入学、翌年退学。左連に参加。抗戦中は武漢、湖南各地で抗戦文学活動に従事。新中国成立後は全人代代表、全国文連委員、『人民文学』主編などを歴任。北京で死去。

63 (1905-1991年) 杭州出身。劇作家。翻訳家。米エール大学で戯劇を学ぶ。英文雑誌の編集者を経て1932年エドガー・スノーと魯迅の作品を英訳し世界に紹介した。最初の魯迅翻訳作品は『吶喊』。1968年アメリカに渡りハワイ大学教授、カリフォルニア太平洋大学などで教鞭をとる。サンフランシスコで病没。

64 (1907-1952年) 四川省出身。作家。新聞人。1933年中国左翼作家連盟に参加。42年『抗戦日報』社長。

65 孔海珠『痛別魯迅』上海社会科学院出版社、2004年、111頁。

66 沈起予『人性的恢復』上海群益出版社、1946年。

67 武徳運『外国友人憶魯迅』北京図書館出版社、1998年、120頁。

68 鹿地亘『中國の十年』時事通信社、1948年、50頁。

69 1937年8月25日中共中央軍事委員会命令で「紅軍」を「国民革命軍第八路軍」(実体は共産党の八路軍) と改称。

70 胡風「関于鹿地亘」『七月』第9期、1938年2月16日、259頁。

71 鹿地亘『「抗日戦争」のなかで』新日本出版社、1982年、7頁。

72 鹿地亘『「抗日戦争」のなかで』新日本出版社、1982年、20頁。

73 鹿地亘『「抗日戦争」のなかで』新日本出版社、1982年、125頁。

74 「現実の正義」、「所謂"国民の総意"」は鹿地亘資料調査刊行会編『日本人民反戦同盟資料』(不二出版、1994年) 第3巻、23-24頁、3-7頁 (日本語)、26-29頁 (中国語) に収録されている。

75 丸山昇『魯迅・文学・歴史』汲古書院、2004年、18頁。

76 鹿地亘資料調査刊行会編『日本人民反戦同盟資料』第3巻、不二出版、1994年、3-7頁。

77 胡風「関于鹿地亘」『七月』第9期、1938年、260頁。

78 鹿地亘『「抗日戦争」のなかで』新日本出版社、1982年、166頁。

79 陳畸、夏衍、鹿地の文章では、香港に鹿地夫妻を迎えに行き広州に送って行ったのは夏衍ということだが、元『救亡日報』編集員の高汾は「元在華日本人反戦同盟の戦友との会談記」(1985年8月29日、北京の『経済日報』第4面に掲載された記事) という文章の中で、「夏衍と林林が命を受けて香港に行き彼等 (鹿地夫妻) を内地に連れてきた」と書いている。林林本人も「記桂林『救亡日報』」の一文の中で、「私は夏衍に依頼されて鹿地亘夫妻を迎えに香港に行った」と書いている。2004年筆者が北京で林林氏を取材した時、そのことを直接林林氏に聞くと彼は「私は香港に行きました」と答えた。

80 陳畸「在香港時期的鹿地亘夫妻――対"反日的"日本人」『大風』旬刊第 7 期、香港大風社、201 頁。
81 鹿地亘『鹿地亘作品集』朝日書房、1954 年、129 頁。

第3章 国民党支配地域における鹿地亘の反戦平和活動

　鹿地亘が香港で潜伏していた時期、盧溝橋事件で日中は全面戦争に突入し、日本軍の火線は東北地方平定を経て内陸部に拡大していた。日本軍は上海を陥落させると、国民政府の臨都（臨時政府）南京[1]に入り12月13日、日本軍による中国民衆の大虐殺「南京大虐殺事件」がおきる。日中戦争初期の日本軍は、蒋介石に対して政治投降と軍事侵攻の表裏を使い分けつつ、中国侵略の勢いを増していった。

　1938年1月ドイツの仲介によるトラウトマン（駐華ドイツ大使）和平工作[2]が失敗すると日本政府は、「爾後国民政府をあいてにせず」の、いわゆる第1次近衛声明を発表し、4月1日「国家総動員法」を公布（5月5日施行）。中国との徹底対峙方針を打ちだす。一方蒋介石も漢口で軍事会議を招集し抗戦戦略を「守」から「攻」に変更した。

　蒋介石の抗戦戦略が変化する中、1938年3月18日、国民政府軍事委員会政治部（以下「政治部」と略称する）に招請された鹿地夫妻は、3月19、20日を広州で過ごし、21日武漢に向けて出発し23日武昌に到着。揚子江の対岸漢口に向かう。漢口のホテルに到着すると、「政治部が郭沫若と国民党宣伝部国際宣伝処で働いている胡風に連絡を取ってくれ」[3]、鹿地は胡風と再会を果たし、郭沫若と初めて会う。翌日郭沫若の案内で政治部長の陳誠に面会して、正式に政治部設計委員会委員の「聘書」（招聘状）を受けとるのである。

　政治部は1938年2月6日、日本との全面戦争に対応すべく軍事委員会（参謀本部）を改組し成立した。鹿地亘と池田幸子は身分としては政治部設計委員会委員という、100名からの各界名士が名を連ねる委員会、名目上は政策立案を行う委員会だが"顧問委員会"のような部署に所属した。

〔表3-1〕 設計委員会名簿

王造時、王亜南、尹葆宇、丘哲、成舎我、朱代傑、何公敢、何連奎、何義均、杜泳坡、李超英、李永新、李催果、李侠公、**池田幸子**、沈苑明、阮毅成、余森文、胡夢華、範揚、範寿康、段承鏵、洪深、洪瑞剣、徐悲鴻、徐寿鈃、袁同疇、郁達夫、梁鼎銘、**鹿地亘**、麦朝樞、梁棟、陳百村、陳宗経、陶希聖、張鉄生、張家駒、張孤山、張崧年、張含清、張宋良、張伯謹、張志譲、許式駒、程其保、黄大山、楊麟、董氷如、董維健、楊公達、鄒韜奮、鄒静□、雷震、華文憲、蘇雪林、趙明高、簫一山、鄭彦棻、劉薇静、劉炳藜、劉□泙、劉清杨、劉愷鍾、閻宝航、衛恵林、万燦、鄧穎超、顧如、顧道鵬、羅任一、詹顯哲、陳春霖、呉正、張樑任、段麟郊、徐炳昶、顧頡剛、王嘯涯、馮裕芳、王興東、王治民、陳灿章、鄭公玄、徐碩俊、羅鴻詒、張仏千、羅敢偉、華修勺、郭斌佳、粟豁□、張岱岑、馮菊坡、徐剣虹、呉岐、徐公遂、楊瑞霊、李安璋、陳淡霜、陽翰笙、丘学訓。

注：□は原資料（手書き）判読不明

　この設計委員会は政治部と同時に設置され、政治部長陳誠が主任委員を兼任した。鹿地夫妻の所属は具体的実務のない設計委員会であったが、郭沫若の推薦もあり、鹿地は政治部第三庁という郭沫若が庁長を務める対敵宣伝、すなわち日本向けの文字宣伝を所轄する部署に加わることになるのである。第3章では、鹿地が活動した国民政府政治部および第三庁（以降、三庁と省略する）の組織実態と、三庁が国民政府の中でどのように位置付けられていたのかを考察する。

第1節　国民政府と政治部第三庁第七処

　国民政府は上海陥落後、移転先の南京も危ういということで臨時政府をさらに重慶へ移転させることを通告し、財政、外交、内政各部および衛生署を武漢に移転させる。政治部は1938年2月6日、武漢で成立した。蒋介石の五次"囲剿"(いそう)（1933年の共産党包囲討伐）時期の行営政訓部と陳立夫が主管した国民政府軍事委員会第六部が、政治部の原型である。国民政府軍事委員会第六部も宣伝を担当した部門であった。

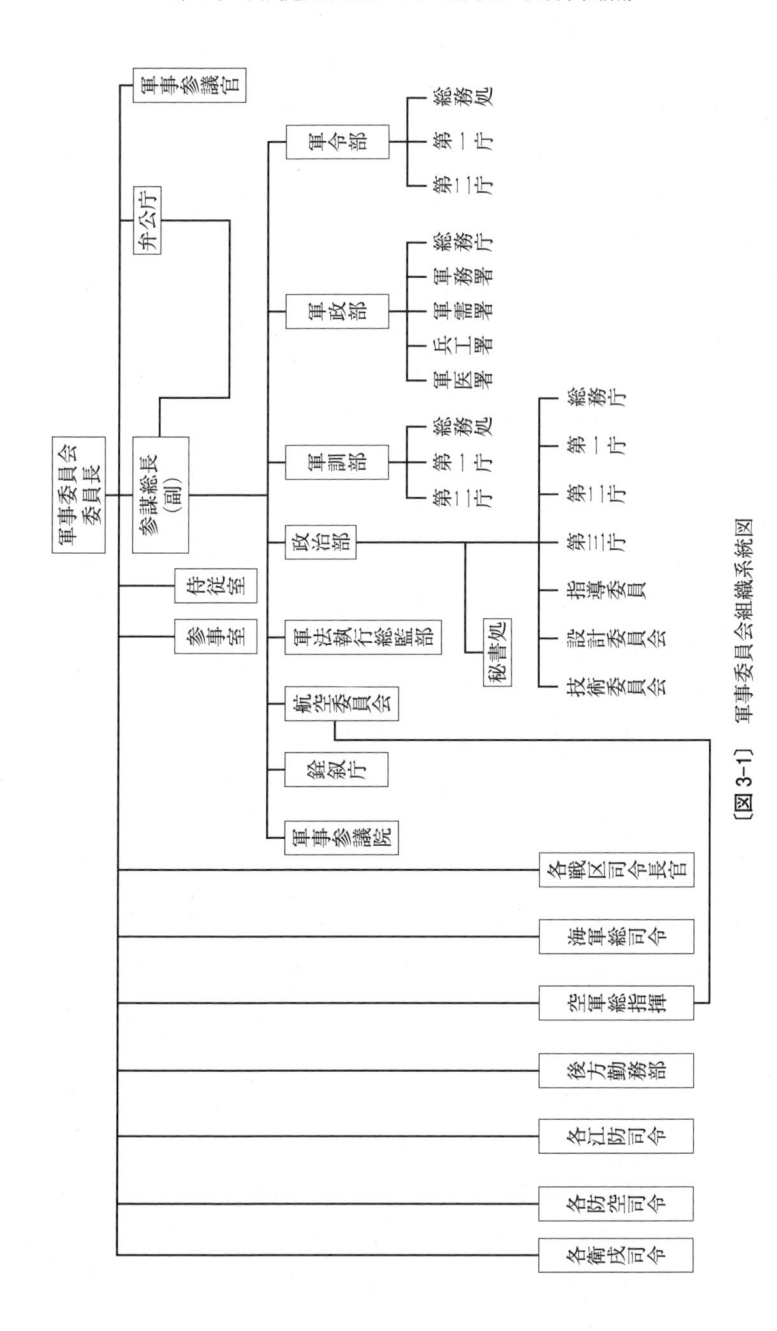

第3章　国民党支配地域における鹿地亘の反戦平和活動

軍事委員会
— 軍事参議官
— 弁公庁
— 参謀総長（副）
　├ 軍令部 ─┬ 総務処
　│　　　　├ 第一庁
　│　　　　└ 第二庁
　├ 軍政部 ─┬ 総務庁
　│　　　　├ 軍務署
　│　　　　├ 軍需署
　│　　　　├ 兵工署
　│　　　　└ 軍医署
　├ 軍訓部 ─┬ 総務処
　│　　　　├ 第一庁
　│　　　　└ 第二庁
　├ 政治部 ─┬ 総務庁
　│　　　　├ 第一庁
　│　　　　├ 第二庁
　│　　　　├ 第三庁
　│　　　　├ 指導委員
　│　　　　├ 設計委員会
　│　　　　└ 技術委員会
　│　　　　（秘書処）
　├ 軍法執行総監部
　├ 航空委員会
　├ 銓叙庁
　└ 軍事参議院
軍事委員長
— 侍従室
— 参事室
— 各戦区司令長官
— 海軍総司令
— 空軍総指揮
— 後方勤務部
— 各江防司令
— 各防空司令
— 各衛戍司令

［図3-1］軍事委員会組織系統図

49

改組後は郭沫若庁長の三庁が対敵宣伝、国際宣伝の一部を担当するのだが、庁長の郭沫若によると、当初三庁の正式人員数は、各処、各科それと秘書室あわせて300人余り。しかしこのほかに、三庁に付属する宣伝隊、文芸隊など付属組織があり、児童劇団—1隊、抗戦宣伝隊—4隊、抗敵演劇隊—10隊、漫画宣伝隊—1隊、映画演出隊—5隊と映画製作所人員数百人、さらに各処が雇用した事務員、守衛、用務員などを全てを加えると、その総数は2000人以上になる大所帯であった。これはかつての第六部よりもはるかに大きな組織であり、この時期国民政府が対日宣伝に力を入れたことがうかがえる。
　軍事委員会組織系統図〔図3-1〕、政治部組織図〔図3-2〕をみるとわかるように、政治部は軍事委員会の下にある5つの部（軍令部、軍政部、軍訓部、政治部、軍事執行総監部）のひとつである。担当と初期の組織構成は次の通りである。
　　担当：全国陸海空軍の政治訓練、国民軍事訓練、戦地服務、民衆組織化と
　　　　　宣伝工作
　　組織構成：部長—陳誠　副部長—黃琪翔、周恩来　秘書長—張厲生
　　　　　　　秘書処の下に庁（総務庁、第一庁、第二庁、第三庁）。庁の下に処。
　　　　　　　処の下に科が置かれ、4つの庁のほかにも設計委員会（前出の鹿
　　　　　　　地夫妻の所属部署）、技術委員会などが配置された。
　両委員会には全国の学者、専門家数百人が招聘され、鹿地夫妻も専門家としてこの範疇に入れられ、彼らは政策立案や技術問題の研究を行う。さらに王世傑、陳立夫、甘乃光等を指導委員として招聘し、政治部編成人員の総数は714名だった。これはかつての政訓部のころの約2倍の人数で、日本との持久戦を想定した編成であったことがわかる。
　鹿地と池田の国民政府での待遇は、2人とも設計委員会委員として少将待遇を受け、ひとりにつき毎月250元の車馬費（いわゆる給料）が支給され、2人の護衛員と家にはお手伝いさんが付いた。専用車はなかった。〔図3-2〕でわかるように、政治部は国民政府内部の複雑な事情から、部長、庁長が短期間で入れ替わり、数度の改組が行われ、日中戦争終結後の1946年5月に

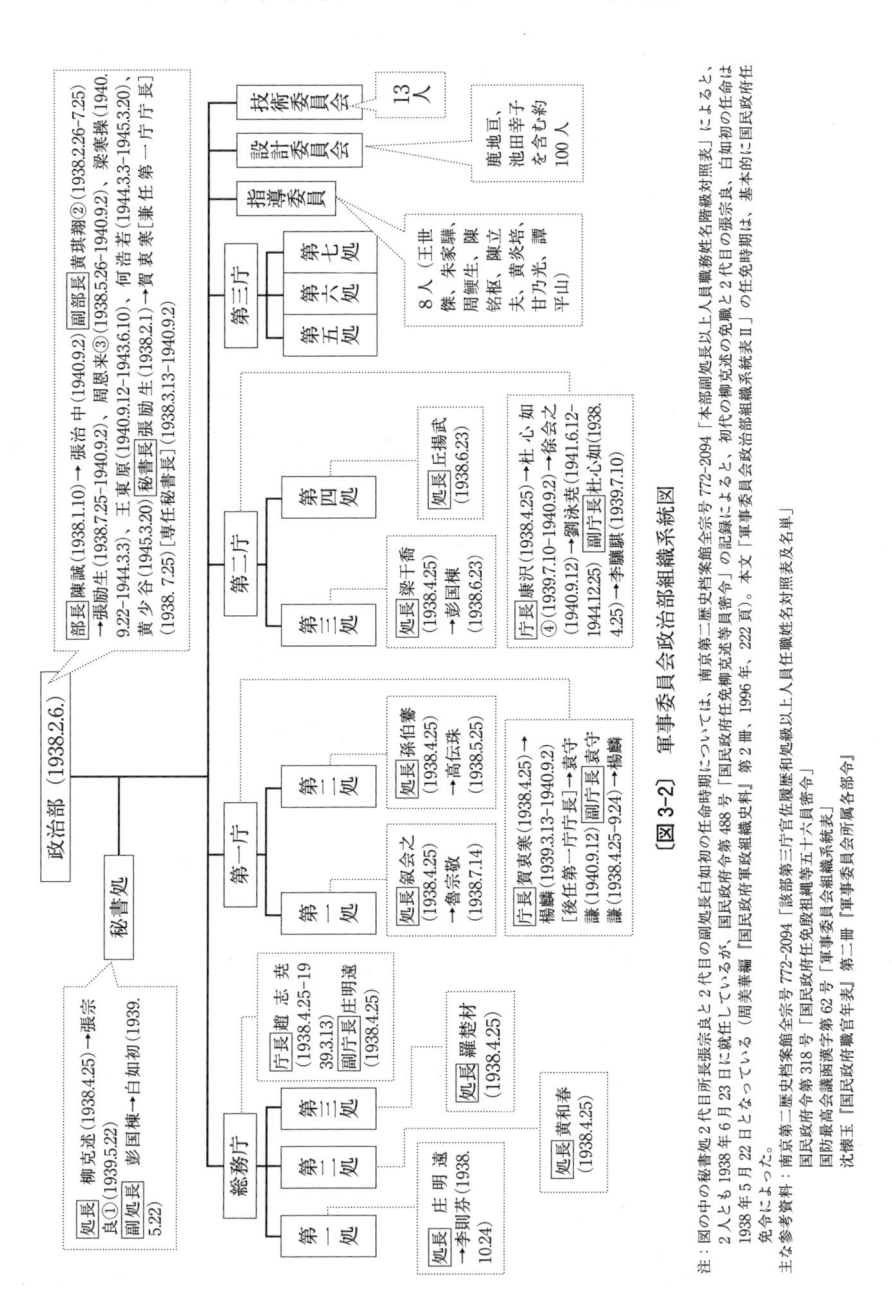

第3章　国民党支配地域における鹿地亘の反戦平和活動

【図3-2】　軍事委員会政治部組織系統図

注：図の中の秘書処の2代目所長張宗良と2代目の副処長白如初の任命時期については、南京第二歴史档案館全宗号772-2094「本部副処長以上人員職務姓名階級対照表」によると、2人とも1938年6月23日に就任しているが、『国民政府任免령述等案令』の記録によると、初代の柳克述の免職と2代目の張宗良、白如初の任命日は1938年5月22日となっている（周美華編『国民政府軍政組織史料』第2冊（周美華編『国民政府軍政組織史料』第2冊、1996年、222頁）。本文「軍事委員会政治部組織系統表Ⅱ」の任免時期は、基本的に国民政府任免令によった。

主な参考資料：南京第二歴史档案館全宗号772-2094「該部第三庁官佐履歴和處級以上人員任職姓名照表及名単」国民政府令第318号『国民政府任免組織五十六員密令』国民政府会議函漢字第62号「軍事委員会組織系統表」第二冊「軍事委員会所属各部令」沈懐玉『国民政府職官年表』第二冊「軍事委員会所属各部令」

部長
副部長

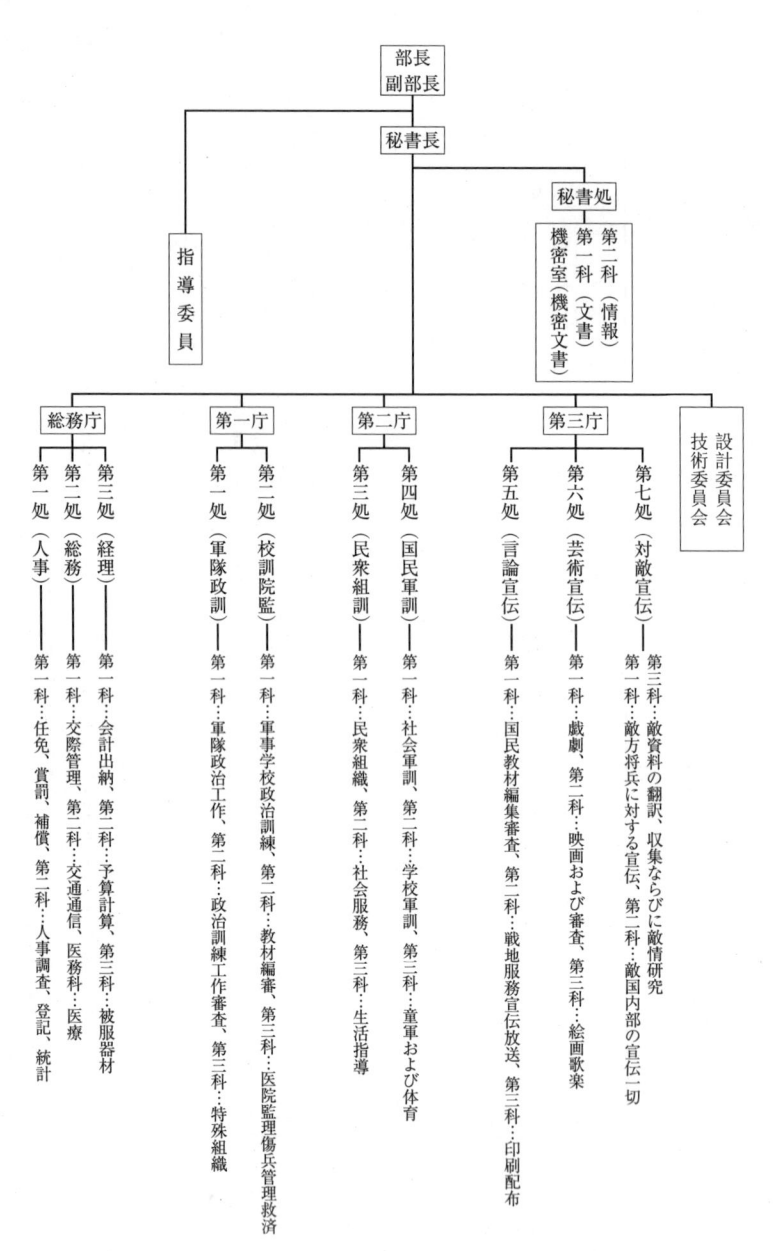

秘書長

秘書処
第二科（情報）
第一科（文書）
機密室（機密文書）

指導委員

総務庁
第一庁
第二庁
第三庁
設計委員会
技術委員会

第一処（人事）
第二処（総務）
第三処（経理）
第一処（軍隊政訓）
第二処（校訓院監）
第三処（民衆組訓）
第四処（国民軍訓）
第五処（言論宣伝）
第六処（芸術宣伝）
第七処（対敵宣伝）

第一処（人事）：第一科…任免、賞罰、補償、第二科…人事調査、登記、統計

第二処（総務）：第一科…交際管理、第二科…交通通信、医務科…医療

第三処（経理）：第一科…会計出納、第二科…予算計算、第三科…被服器材

第一処（軍隊政訓）：第一科…軍隊政治工作、第二科…政治訓練工作審査、第三科…特殊組織

第二処（校訓院監）：第一科…軍事学校政治訓練、第二科…教材編審、第三科…医院監理傷兵管理救済

第三処（民衆組訓）：第一科…民衆組織、第二科…社会服務、第三科…生活指導

第四処（国民軍訓）：第一科…社会軍訓、第二科…学校軍訓、第三科…童軍および体育

第五処（言論宣伝）：第一科…国民教材編集審査、第二科…戦地服務宣伝放送、第三科…印刷配布

第六処（芸術宣伝）：第一科…戯劇、第二科…映画および審査、第三科…絵画歌楽

第七処（対敵宣伝）：第一科…敵方将兵に対する宣伝、第二科…敵国内部の宣伝一切、第三科…敵資料の翻訳、収集ならびに敵情研究

〔図 3-3〕　軍事委員会政治部業務分配概況図（1938 年 3 月）

第3章　国民党支配地域における鹿地亘の反戦平和活動

〔表3-2〕　該部（政治部）和処級以上人員任職姓名対照表及名単
南京第二歴史档案館全宗号 772-2094

1938年6月23日
部長：陳誠
指導委員：8人　王世偉、朱家驊、周鯁生、陳銘樞、陳立夫、黄炎培、甘乃光、譚平山
設計委員：鹿地亘、池田幸子を含む約100人・表3-1《設計委員名簿》を参照
設計委員会秘書：主任／中将・副部長兼任
秘書／委員兼任
副官／1人
書記／1人
司書／2人
技術委員会：13人
戦時交通員工訓練委員会：委員8人
ほか

解散する。前述のように政治部は、陸海空軍の政治訓練と民衆組織化、文化宣伝を担当した機構であるが、その中の4つの庁のひとつが、鹿地が反戦平和活動の基地とした三庁である。この三庁とはどのような組織だったのだろうか。

1938年4月に成立した三庁は、"文化領域の戦時動員機構"といわれた。文化芸術各分野の"名士"[4] 300余人を全国から糾合し、彼らが言論、絵画、舞台芸術、音楽、心理などの文化手段を用いて官兵、学生、農民の青年たちを動員し、鼓舞し、抗戦に立ち向かう士気を高める役割を担った。国民政府の「軍民合作体制」の基盤を支える重要な組織と位置付けられていた。

この組織が独特であったのは、三庁は国民政府の部署ではあるが、国民党以外の各民主党派、愛国救亡の民衆組織等、全国の民族組織の文化精鋭たちが集合し、構成員の中に少なからず共産党員もしくは共産党のシンパサイザーがいたことだ。ある意味、国民政府の名のもとで、共産党が合法的に公然と抗戦活動を進めることができた基地だったという点で、三庁はまさに「国共合作」を実現した組織であった。

元三庁人員の張肩重によると、「（三庁に集結した）彼らはみな高収入と良好な生活条件を放り出して三庁の仕事に参加してきた。三庁の準備期間はひと

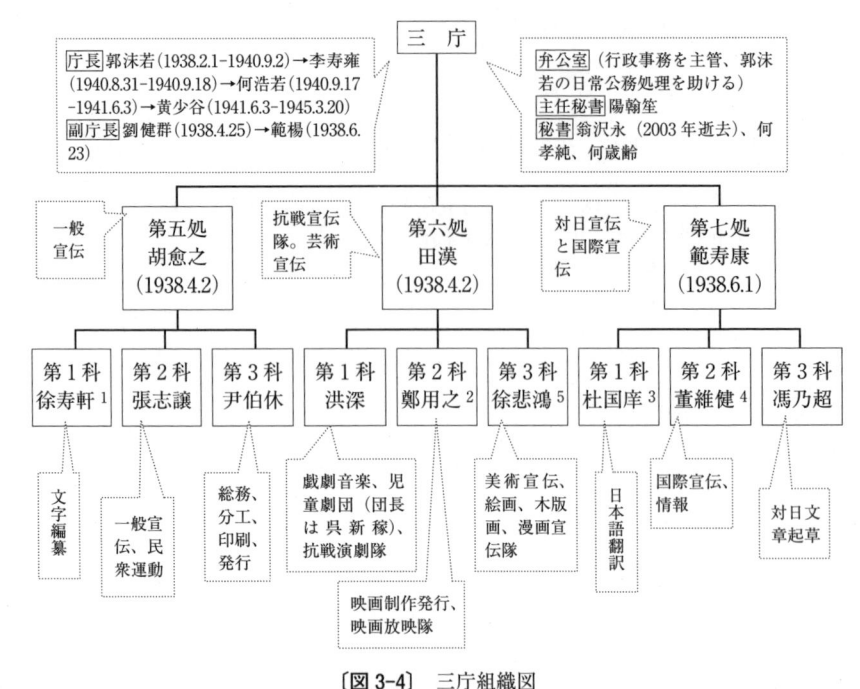

```
                                    ┌─────┐
                                    │ 三庁 │
                                    └─────┘
┌─────────────────────────┐           │           ┌───────────────────────────┐
│庁長 郭沫若(1938.2.1-1940.9.2)│         │         │弁公室 (行政事務を主管、郭沫│
│ →李寿雍                  │           │           │若の日常公務処理を助ける)  │
│ (1940.8.31-1940.9.18)→何浩若(1940.9.17│       │主任秘書 陽翰笙           │
│ -1941.6.3)→黄少谷(1941.6.3-1945.3.20)│        │秘書 翁沢永(2003年逝去)、何│
│副庁長 劉健群(1938.4.25)→範楊(1938.6.│       │孝純、何歳齢               │
│ 23)                       │                    └───────────────────────────┘
└───────────────────────────┘
```

                    一般宣伝 ─ 第五処 胡愈之(1938.4.2)
                    抗戦宣伝隊・芸術宣伝 ─ 第六処 田漢(1938.4.2)
                    対日宣伝と国際宣伝 ─ 第七処 範寿康(1938.6.1)

第1科 徐寿軒[1]	第2科 張志譲	第3科 尹伯休	第1科 洪深	第2科 鄭用之[2]	第3科 徐悲鴻[5]	第1科 杜国庠[3]	第2科 董維健[4]	第3科 馮乃超
文字編纂	一般宣伝、民衆運動	総務、分工、印刷、発行	戯劇音楽、児童劇団(団長は呉新稼)、抗戦演劇隊／映画制作発行、映画放映隊	美術宣伝、絵画、木版画、漫画宣伝隊		日本語翻訳	国際宣伝、情報	対日文章起草

〔図3-4〕 三庁組織図

注：1. 第五処第1科科長・徐寿軒は東北救亡連合会の代表。1科には東北救亡連合会の幹部が多数入っていた。
    2. 第六処第2科科長・鄭用之は元中国映画製作所所長。黄埔軍官学校卒業。
    3. 第六処第3科科長・徐悲鴻は著名な画家だが、名義だけの科長で実際赴任はしなかった(郭沫若『洪波曲』人民文学出版社、1979年、43頁)。
    4. 第七処第1科科長・杜国庠(守素)は京都大学で河上肇にマルクス主義経済学を学んだ。三庁では日本文翻訳という仕事がら、鹿地夫妻とは頻繁に行き来があった。しかし都会派の池田幸子とはそりが合わなかったようで郭沫若は「杜老も干渉をせざるを得ないが、彼女たちも反撃し、杜老を「老気横秋、頑固透頂」(古くさい年寄りの頑固一徹)というのだった。しかし杜老くらいの「頑固」さには私たちはみな賛成だった」と書いている(郭沫若『洪波曲』人民文学出版社、1979年、109頁)。
    5. 第七処第2科科長・董維健は元湖南省教育庁長。
    6. 科はアラビア数字に改めた。

主な参考資料：
南京第二歴史档案館全宗号772-2094「該部第三庁官佐履歴和処級以上人員任職姓名対照表及名単」
国民政府令第318号「国民政府任免殷祖縄等五十六員密令」
国防最高会議函漢字第62号「軍事委員会組織系統表」
沈懐玉『国民政府職官年表』第二冊『軍事委員会所属各部令』(未出版)
郭沫若『洪波曲』人民文学出版社、1979年
陽翰笙「第三庁——国統区抗日民族統一戦線的一個戦闘堡塁(一)～(五)」『新文学史略』、1980年第3期～1981年第4期

第3章　国民党支配地域における鹿地亘の反戦平和活動

〔表3-3〕　三庁五、六、七処人員名簿

五処処長／胡愈之（救国会のリーダー、上海エスペラント語学会を創設した著名な社会科学者、国際問題専門家、フランス留学組） 　1科科長／徐寿軒（東北救亡联合会代表）、1科内にたくさんいる東北救亡総会の幹部。主管：文字編纂。 　2科科長／張志譲（有名な法律家、救国会の責任者のひとり）、主管：衆動員を一般宣伝――スローガン宣伝。 　3科科長／尹伯休、主管：印刷、発行など総務工作。 　五処科員：劉季平、張光年、劉明凡（劉季平の弟）、陳同生、曹荻秋、袁文彬、徐歩、潘念之、廖沫沙、李家桂、宋雲彬、石嘯沖、王魯彦、蔡家桂、勾適生、錢遠釟、常任侠、など。
六処処長／田漢 　1科科長／洪深（有名な教授、演劇専家、アメリカ留学組）、主管：演劇音楽。 　2科科長／鄭用之（国民党黄埔軍官学校第三期生、元行営政訓処の映画所長、中国映画フィルム処責任者）、主管：映画制作と発行。 　3科科長／徐悲鴻（不着任、倪貽徳が彼にかわった）、主管：美術宣伝。 　六処科員：冼星海、張曙、応雲衛、馬彦祥、沙梅、趙啓海、林路、華以松、李広才、石凌鶴、馬彦祥、史東山、程歩高、鄭君里、董毎戡、胡恒勤、葉浅予、倪貽徳、力群、盧鴻基、王琦、羅工柳、周令釗、丁正獻、王式廓、馮法祀、沈同衡、黄普蘇、李可染、傅抱石、張楽平、廖冰兄、張文元、陶謀基、陸志庠、翟翊、張仃、胡考、黄茅、麦非、など。
七処処長／名義上範寿廉（郭沫若が無党派の武漢大学教授で哲学者の範を推薦した。範はかつて郭沫若とともに日本留学をした）。副庁長兼処長、実際の仕事は杜国庠、董維健、馮乃超が行った。 　1科科長／杜国庠、主管：日文翻訳。 　2科科長／董維健、主管：国際宣伝。 　3科科長／馮乃超（日本生まれ、京都と東京の帝大で学ぶ）、主管：日本語文章の起草と鹿地亘の「日本人民反戦同盟」への協力を担う。

主な参考資料：
　郭沫若『洪波曲』人民文学出版社、1979年
　陽翰笙「第三庁――国統区抗日民族統一戦線的一个戦闘堡塁（一）～（五）」『新文学史略』1980
　　年第3期～1981年第4期
　郁風『故人・故郷・故事』三聯書店、2005年
　周美華『国民政府軍政組織史料』第1、2冊、国史館、1996年
　葉浅予『細叙滄桑記流年』群言出版社、1992年
　張令澳「鹿地亘在華的反戦活動」『虹口史苑』政協上海市虹口委員会、2001年

55

月しかなかったにもかかわらず、選り抜きの文化界の精鋭300余人がここに集結し、当時第三庁は国中の愛国文化人を集めて組織した「人材内閣」といわれた」という[5]。

三庁組織の業務分担は〔図3-4〕三庁組織図に示した通りである。

各処、科の人員名簿は〔表3-3〕三庁五、六、七処人員名簿に示した通りである。

蒋介石はなぜ三庁が必要だったのか、そしてなぜ鹿地を招請したのだろうか。

蒋介石は対日持久抗戦のために、国内の軍閥、派閥を糾合しなければならなかった。特に対日妥協派のライバル汪精衛との差異を明確に打ちだし、徹底抗日の態度を内外に表明する形として政治部が組織され、第2次国共合作中でもあり、三庁は、周恩来、郭沫若など多数の共産党員やその同調者を穏やかな形で、国民政府内に置く組織とした。なぜならば三庁が主管する宣伝、動員の仕事は、共産党の得意とする分野であったからだ。

さらに蒋介石は国際社会に向けて国共合作が順調に機能していること、すなわち「全民徹底抗戦」(1937年12月15日の蒋介石の呼びかけ)体制で、国民政府が抗日に積極的であることを示す必要があった。それは国内の対共産党対応、また抗日戦における英米、ソ連などから経済支援を得るためであったと考えられる。

再三にわたり宋慶齢からの鹿地の入境願いを拒んできた国民政府が、一転して鹿地を「反侵略作家」と持ちあげて招聘したのも、北伐時期の蒋介石を非難し国民政府から指名手配された郭沫若を「一致抗日」の口実で糾合したのも、蒋介石の国内外における複雑な政治事情と関係する。蒋介石と国民政府にとって日本人の鹿地は、中国抗戦陣営に参加する敵国反戦作家として、「国際抗日統一戦線」の正義の"標章"だった。

「当時、武漢は国際反ファッシズム戦線の東方における中心の観を呈し、「極東のマドリード」と称され、中国抗戦を支援する反ファッシズム代表、フランスの平和主義者、世界学生連盟代表、欧米の進歩的文化人、ジャーナリス

ト、アジア諸民族代表、南洋華僑代表、インドの医療義勇隊」[6]が集まっていた。そこに対戦国である日本の反戦作家が加われば、国際的面容が整い抗戦の正当性が増すからである。

　武漢に着いたその日に鹿地は三庁長の郭沫若と会い、ここでの仕事について聞いている。すると郭沫若は、「あなたには対敵（日：筆者注）宣伝と敵（日：筆者注）情報研究の顧問をひきうけていただきたいと思います。なあに、それは別に大したことではありません。それに、毎日役所にご出勤なさるまでもないと思います。眼を通していただきたいこと、ご意見をうかがいたいことは、担当のものが書類などを持参しますから、相談に乗ってやってください。その他の時間はどうぞご自由に、研究なり執筆なりに存分におあて下さって結構です」[7]と言う。「（私は：筆者注）ずいぶん「優雅」なご身分になったものだと思った」[8]。鹿地の仕事はもともと用意されていたものではなかったのである。これについては後の頁で詳しく述べる。その前に郭沫若から依頼された三庁での鹿地の所属と仕事内容をみてみよう。

　対敵宣伝と敵情研究など日本語文書起草にかかわる仕事は、〔図3-4〕の三庁第七処第3科が主管する仕事である。この3科に鹿地は所属した。では、3科（科長・馮乃超）の対日宣伝活動の仕事とはどのような内容なのか。

　3科長の馮乃超は京都帝国大学と東京帝国大学に留学した日本留学組。東京帝大時代には大学で鹿地の講演を聞いたことがあったという、鹿地にとっては縁のある人物だった。

　七処の中には1科、2科、3科の3つの科がありそれぞれに科員と補助員をかかえていた。政治部は四庁からなり、組織規程上、各庁に2つの処、各処に3つの科が置かれることになっていたのだが、蔣介石の命令で、三庁組織の中に「対敵宣伝処」を新設したため、三庁だけが、3つの処を持つことになった[9]。その3番目の処「対敵宣伝処」が、七処なのである。

　鹿地は郭沫若が庁長を務める三庁の預かりということで、三庁の管理下に置かれたが、鹿地の実際の仕事場は、七処3科の馮乃超科長の部署だった。〔表3-3〕三庁五、六、七処人員名簿の七処のところは、処長と3つの科の

科長の名前は出ているが、科員の名前はない。鹿地や三庁に属していた人々の回想録を集めると、科員には以下のような人たちがいたと考えられる。

廖体仁、葉君健、葉籟士、張鉄弦、張兆林、蔡儀、朱潔夫[10]、楽嘉煊、霍応人、先錫嘉、郭労為、康大川（こうだいせん）、于端熹、朱伯琛、陳乃昌、燕琦瑄（庚奇）、張常惺、張令澳、陳応荘、沈叔羊など[11]。

三庁秘書長で三庁の中の共産党班組織のリーダーのひとり陽翰笙[12]は、七処の仕事について、次のように記している。

「七処には国際問題研究や日本語、英語、ロシア語、エスペラント語に秀でた人材が集まっていた。例えば、廖体仁、葉君健、葉籟士、張鉄弦、張兆林、蔡儀、朱潔夫、楽嘉煊、霍応人、先錫嘉、郭労為、康大川、于端熹などの人材がひしめき、中でも日本語、エスペラント語ができる同志が大勢いた。抗日戦争時期は日本問題の研究と対日宣伝は急務であり、この日本の状況研究と対日宣伝が、三庁の国際宣伝の重要な仕事だったからである。日本の放送から情報を収集するために、七処は日本語に精通した人を置き、毎日日本のラジオ放送をモニターし、それを書き写し情報資料を作り、八路軍弁事処と国民政府軍事委員会の各部門に送った。助手も書き写しを手伝った。当時彼らは極めて粗末な条件下で、暑い日も寒い日も数年一日のごとくわき目も振らず仕事をした。英語は董維鍵（第2科長・元湖南省教育庁長：筆者注）、葉君健、朱伯琛、張兆林など数人が、エスペラント語は葉籟士、緑川英子（長谷川テル：筆者注）と劉仁（長谷川テル、劉仁夫妻は後から三庁に参加した：筆者注）がいた。このほかに、日本の新聞、雑誌から当時の日本の政治、経済、社会などの分野を専門に研究する人たちもいた。日本語の新聞、雑誌は信頼できる香港ルートで入ってきたので、材料は豊富で当時の日本の情況はある程度理解できていた。彼らはまた内部資料として『対敵研究』を編集し、これも各部門から重視されていた。彼らは敵情理解と中国側の抗敵意識強化に、重要な働きをした」[13]。

陽翰笙の記述にある日本の新聞研究に専従していた七処の同志たちに、鹿地も含まれていた。文中の同志たちが編集していた『対敵研究』というのは、

『敵情研究』の誤記だろう。『敵情研究』は七処が編集発行していた、戦地における日本軍の情況や、日本軍向け政治工作に関するガリ版刷りざら紙の通信冊子である。発行は基本的に月2回だったが、印刷の困難から定期的に刊行できないことが多かった。『敵情研究』は一般の兵士向けの冊子ではなく、上層機関や各級政治部など、幹部閲覧用の情報冊子で、内容には機密事項が含まれていたので、読後は処分してほしいという注意書きがつけられていた[14]にもかかわらず、処分されなかった同冊子が、台湾の史料館にはいくつか残されている。

　国民政府の中で宣伝工作を行う部署は、三庁以外にも、国民党宣伝部対敵宣伝機関などもあるが、ここでは本書のテーマにそって、鹿地が所属した三庁だけをみていくことにする。

　南京第二歴史档案館所蔵の史料「七処工作」の記述から、七処という部署が具体的にどのような仕事をしていたかをみてみよう（（　）は筆者注）。

　区　分
　一、指導工作
　二、宣伝工作
　三、研究工作
本庁（三庁）第七処は4月の成立以来、積極的に対敵宣伝国策に従事しており、項目別の工作情況は下記の通りである。
壱：指導工作
　　一、各級の政治部、各部隊の官長および政治工作員らへの対敵宣伝指導。
　　二、上司、上官の意向を伝え、また自らも敵対宣伝工作重視を命じかつ宣伝方法およびその他宣伝上の注意事項を指示する。
　　三、『対敵宣伝工作要点』の発布（『政治通信』第2期掲載していたが改訂を加え現行は単独で発行）。
　　四、『日本語スローガン集』の発布、前線各部隊の政治工作員が十分利用できるようにいつでもどこでも必要に応じて書きガリ版印刷する。

五、『日本語のスローガン』、『日本語の歌』の発布、前線各部隊の政治工作員が官兵に教授しスローガンを叫んだり歌を歌わせたりする。

弐：宣伝工作

一、文字宣伝（絵画や通行証すなわち投降券などを含む）

甲、第七処はこれまで文字宣伝に力を注いだ。日本語スローガン、日本語宣伝ビラ、日本語小冊子、および漫画（日本語の説明つき）、通行証（日本語の説明つき）などを製作、印刷、発布した。

二、放送宣伝

甲、日本語放送（毎週1回）を主として、敵国内で講演、反戦反侵略の宣伝、新聞の報道を利用し国際宣伝処による日本語放送を行う。このほか嘱託の外国人による英語、フランス語、ロシア語等の放送（毎週3回）。国際社会での敵の虚偽宣伝を打ち破り、国際社会における中国抗戦の真相と理解、我が国の英雄的抗戦への国際社会の支持を喚起する。

三、宣伝品の発行

甲、抗戦時期、部隊は頻繁に移動するので、前面の交通遮断等種々の関係から、要求される宣伝品の適切迅速なる発行は、しばしば困難を感じた。戦地文化服務処が成立されて以来、密接な関係を持ち各事務所、郵便局、またはついでのある人に持参してもらうやり方と、本庁が前線に科員を派遣し自ら赴いて配布するやり方をとっているが、前線の各部隊、各政治工作員とは常に密接な連絡をとっている。前線および駐在地点への科員派遣の詳細は、後出の戦地文化服務処工作報告にある。

参：研究工作

一、彼を知り己を知らば百戦危うからず、ゆえに本庁七処は対敵情報や各種の研究を行う。研究時に用いる資料は、（香港などのルートを通して）予約している日本語の書籍新聞、雑誌と捕虜とともに確保した文献と捕虜等。研究結果は週刊の『敵情研究資料』に。これ以外に

第 3 章　国民党支配地域における鹿地亘の反戦平和活動

も小冊子を印刷発行（『偽満洲の真相』、『この十年の朝鮮の反日運動』の 2 種をすでに出版）等。また敵兵や国際の宣伝資料を用いて研究することもある[15]。

もうひとつ、南京第二歴史档案館資料「政治部第三庁工作報告」（業務報告）に記されている七処の仕事内容をみてみよう（文中下線は筆者による）。

・対敵宣伝を行う本庁第 3 科（すなわち七処）の業務は、対敵宣伝を中心とし国際宣伝も含む。
・科員を派遣し各級政治部の対敵宣伝工作を指導、各組織から送られてくる日本語文献の翻訳、敵情研究資料室の設置、<u>「捕虜優待心得」起草立案。捕虜収容所視察団を派遣し、捕虜の教育訓練をする</u>。
・科員を派遣し日本語簡易訓練（桂林での）の準備に協力する。
・対敵宣伝規則大要を編纂し出版する。
・小叢書、日本語小冊子、通行証、日本語のスローガン宣伝ビラ、口頭のスローガン等合計 51 種。『新式日本語短期講義』、『対敵宣伝必携』、『日本兵士の日記文選』の 3 種を編纂出版。『捕虜むけ読み物』、『捕虜生活実況』など計 5 点の編纂出版と対敵宣伝ビラ、国画 2 種類と 3 種類の戦地宣伝用の小冊子を編纂出版。
・ビラ、文字標語集、第 1 期抗戦で本庁が散布した対敵宣伝品の編集、国際宣伝大要を制定し国際宣伝小冊子を編纂出版。敵に対する放送（日本語）、その他外国語による放送（英、仏、ロシア語）など計 35 回[16]。

このほか「現在の日本の政治、経済の危機を暴き、我が方の捕虜優待の立場を明らかにすることを柱とした対敵宣伝標語 16 種を立案する」[17]、という報告もみられる（この報告の中には 10 月分として、「本科の馮科長と鹿地亘が 10 月 3 日から 6 日博愛村に行き捕虜を訓練する。10 月 15 日鹿地委員は空路桂林にもどる」という記述もあるので、同報告は三庁が成立（1938 年 4 月 1 日）した翌年 1939 年の業務報

告と考えられる)。

　1938年と1939年の2つの三庁七処の業務報告を見比べると、七処の業務にひとつの変化が現れたことに気づく。七処の成立当初の1938年の業務報告の中では出てこなかった、捕虜優待に関する心得の起草立案、収容所の視察、そして捕虜教育、訓練といった、「捕虜」に関する具体的な業務が、翌1939年では報告されている。これはどういうことか。鹿地が武漢に着いてからの足取りをふり返ってみると、その原因がみえてくる。

　1938年3月23日武漢に到着した鹿地は翌24日、郭沫若に伴われて政治部長陳誠と面会する。この時の通訳は、在日歴20年の郭沫若が務めた。鹿地がここでの仕事について尋ねると陳誠は、「われわれは目下おくにの軍閥と戦っています。「日本の」ばかりでなく、「中国の」も含めて「軍閥」に反対することで、協力してまいりましょう。それでよろしいでしょうか」[18]、と話し、同調者になることを望まれる。

　前日郭沫若に会った時、郭は鹿地に「あなたには対敵（日）宣伝と敵（日）情報研究の顧問をひきうけていただきたいと思います。なあに、それは別に大したことではありません。それに、毎日役所にご出勤なさるまでもないと思います。眼を通していただきたいこと、ご意見をうかがいたいことは、担当のものが書類などを持参しますから、相談に乗ってやってください。その他の時間はどうぞご自由に、研究なり執筆なりに存分におあて下さって結構です」と顧問的な仕事で十分と鹿地に言った。

　鹿地はまた、政治部副部長周恩来（政治部成立時～1940年9月2日まで副部長につく）に最初に面会した時にも、同じ質問をしている。周恩来は鹿地の問いに対して、日本軍民に対する啓蒙の仕事について郭や馮を助けてほしい、中国軍民の士気激励に努力してほしい、と求めた[19]。

　このように、鹿地の政治部への招致を決めた3名の幹部はいずれも、鹿地の具体的な業務は想定しておらず、いわんや「捕虜工作」という任務は三庁内でもともと想定されていた仕事ではなかったのである。

第3章　国民党支配地域における鹿地亘の反戦平和活動

第2節　日中戦争と日本人捕虜

　鹿地亘の政治部設計委員会委員という肩書は、日本人反戦作家を国民政府の陣地に置くための名誉職のようなものだった。とりたてて仕事がないという環境の中で、鹿地はどのようにして「捕虜工作」の契機をつかみ、反戦平和活動に踏みだしていったのだろうか。

　1937年8月13日の上海交戦（第2次上海事変）開始後、アメリカ人編集者マクス・グラーニッチ夫妻宅にかくまわれていた時、山西省平型関での大勝（37頁参照）で、中国側が2000余人の日本兵捕虜と大量の武器弾薬および物資を獲得したというニュースが伝わり、グラーニッチから「これで、あなたがたには、すばらしい仕事がまっているわけですね」と背中を押される。鹿地は「これらの捕虜を教育し、これを組織して日本人解放のための多数の働き手を作りえたならば」[20]と、「捕虜教育」のヒントを得る。このころ鹿地から、捕虜となった日本兵を題材にした原稿をみせられたという胡風の回想もあるように、上海時代の鹿地の「捕虜」の構想は、まだぼんやりとした"夢"の段階であった。

　国民政府に迎えられ、設計委員に就任した直後から、敵国日本の反戦作家には各界からの講演依頼や取材が殺到し、鹿地は一躍注目の人となる。さまざまな活動に参加する中で、徐々に国民政府本拠地の内実が実感されてくると、鹿地は「ここでの仕事の環境は、実のところそんなに簡単なものではない」[21]ことを理解する。「捕虜工作」にとりかかるには、「捕虜工作」の必要性とその意義を、国民党上層部と中国民衆に理解させるという問題と、日本兵捕虜をどう確保するかという、2つの問題を乗り越えなければならなかった。

　平型関、台児荘の戦いで中国側が大量の日本兵捕虜を確保したと宣伝されたが、この時期（日中戦争初期）は日本軍からまだそれほど多くの捕虜は出ていなかった。鹿地も後に、台児荘大勝で多数の捕虜を得たという中国各紙の報道は、大げさな宣伝だったと書いている。「ある日私たちは国民政府軍事

委員会の大々的な戦勝祝賀会に招待された。多分、徐州の中国軍司令部から第五戦区司令長官の李宗仁も駆けつけていたはずである。新聞では、台児荘で日本側の大部隊が全滅され、中国側は大量の捕虜ならびに戦利品を獲得したように書きたてたけれど」[22]、「祝賀会で戦場からやって来た（中国軍：筆者注）部隊指揮官のひとり（姓名忘失）は私を探し、戦場で絶体絶命に陥った日本軍小部隊が降伏勧告を絶対受けつけず最後まで戦ったという事実に眼をまるくし、"日本の軍隊は捕虜なんか決して出しませんよ。よく訓練されたものですな、あれが日本の武士道というものかと思いましたよ"といった。これによってもわかるように、この段階では日本軍からたくさんの捕虜がでたという（中国側の：筆者注）新聞報道はうそであった」[23]。

　日中戦争中、中国側の新聞、雑誌に出た日本兵捕虜の報道などの記事を収録している内務省警保局編『外事警察概況』によると、日中戦争初期の地上戦で捕虜が登場するのは、1937年10月4日に捕まった佐藤佐一（26歳）や、翌年春中国軍に捕まった磯貝兵団上尾一馬少尉など十指に満たない。地上部隊のまとまった捕虜が出るようになるのは1938年秋、武漢戦前後からであった[24]。

　主に台児荘戦（38年4月）、徐州戦（38年5月）の捕虜を収容していた1938年2月に設置された湖南省・常徳の軍政部第2捕虜収容所（平和村）に第一陣の日本人捕虜たちが入ったのは1937年11月で、福建省沖で遭難した第二江口丸の乗組員23人（うち軍人は3人）であった。それが「翌10月には20余人の朝鮮人を含めて80人となっていた」[25]と鹿地は記している。この記述は『外事警察概況』と符合している。

　1938年秋以後日本兵捕虜が増えてきた背景には、国民政府が施行した新制度が考えられる。軍事委員会（大本営）が始めた「捕虜優待制度」である。言い換えると、蒋介石と国民政府の敵情研究の視点に変化が現れたということで、鹿地と三庁の提言、働きかけもその推進力になった。2つ目は国際的要素である。日本軍の情報不足に困ったソ連軍事顧問団の申し入れを受け国民政府は、日本兵捕虜を捕えたら、途中で襲撃されないように平服を着せ、

司令部まで届ければ50～100元の報奨金を出すことにした[26]。日中戦争初期、英米等欧米諸国がこの戦争に慎重な姿勢をとる中、ソ連は積極的に中国支援に乗りだし、1938年2月には中国と「中ソ軍事航空協定」を結び、技術者や物資提供を行っていた。

日中戦争時期、国民政府最初の日本人捕虜に対する管理規定に「捕虜処理規則」がある。1937年10月15日に発布されたもので、人権尊重をうたった「ジュネーブ条約」に基づいた捕虜規定だ。主要な内容は

第八条　俘虜は特設の収容所に拘置すへし
第九条　俘虜は左記事項を取調べ夫々登録すへし
　　　　一、姓名年齢、国籍、住所、職業
　　　　二、官級及び所属部隊或は機関の名称
　　　　三、家族或は親族の通信先及び通信人の姓名
　　　　四、俘虜となりたる年月日及び地点

第3章　待遇
第11条　俘虜の待遇にたいしては、我国軍民と同等に看待し且つその人格名誉を尊重すへし
第12条　俘虜に対し凌辱、脅迫、恐嚇、詐欺手段を以て所属国の各項軍情の報告を誘迫するを得す
第13条　俘虜は其所属国軍隊の攻撃に牽制利用するを得す
第14条　俘虜は飲食及び一身に用ふる被服並に其他日常の必需品は我国軍民と同等に給與すへし
第15条　傷病俘虜は治療処に送り確実に治療し並に医薬混合委員会の意見を尊重すへし
第16条　傷病俘虜の治療期間内は医師の所定する衛生上必要の飲食を支給すへし
第17条　傷病俘虜は自ら医師を招き或は医院に転入し治療することを請

求し得、但し其費用は請求者の自弁とす
第18条　俘虜の調査請求其他俘虜に関係のある拘置地は速かに取調へ告知すへし
第19条　俘虜と其家族或は其他関係のある俘虜本規定に違反せさる範囲内にて相互通信し或は為替を組み金銭、被服、書籍及び其他必要物件を寄到することを得

（中略）

第23条　俘虜は待遇に対して不満ある時は最高軍事行政機関に控訴することを得
第4章　管理
第24条　俘虜は特設収容所に拘置すへし、懲罰を受け或は保安維持及び衛生上の見地より出つるにあらされは禁閉を加ふるを得す [27]

等。

　これに対して共産党八路軍も1937年10月25日、総指揮部が制定した「日軍俘虜問題について」という命令を発布し、捕虜優待を号令した。
　共産党命令が要求した主な優待事項は

一、我軍の俘虜となった日軍については、殺害せず之を優待すべし
二、自ら投降してきた者については、その生命と安全を確保すべし
三、戦場で負傷したものは、友愛をもって医療を施すべし
四、故郷（または原隊）への帰還を浴する者には、路費を与えるべし [28]

　国民政府軍事委員会の「捕虜処理規則」と、共産党八路軍の「日軍俘虜問題について」の両規約は、ほぼ同時期に発布された捕虜の人道的保護を定めた規定だが、八路軍の規定四にある「故郷（または原隊）への帰還を浴する者には、路費を与えるべし」の条項は、国民政府軍事委員会「捕虜処理規則」には見当たらない。原因として、ゲリラ戦で絶えず移動をしていた八路軍が、

第3章　国民党支配地域における鹿地亘の反戦平和活動

自国軍民と同様に優待すべしとうたった「捕虜優待規定」を実行するため、連れてまわれない捕虜を解き放つための窮余の策だとする見方[29]がある。しかし、八路軍は故郷や原隊への帰還を希望する日本兵捕虜を、すべて旅費をつけて送り返したわけではないようだ。送り返したのは1940年までに66人[30]で、原隊に帰還した兵士の多くは、部隊に戻ると軍法会議にかけられ、処刑されたり自殺を強要されたりしたので、その事実を知ると八路軍は、日本兵捕虜の帰還を説得して思いとどまらせる方針に転換している。

　1938年初めのころ、主戦場で日本兵捕虜が出ない状況を、中国にいた鹿地はまた別の角度から考えていた。「反戦運動の困難は日本人自身の側にあった。勝ちほこった日本軍将兵の間に、軍国主義の思想的影響はまだ崩れるきざしを見せてはいなかった。戦場では捕虜がほとんどでなかった。国民政府の報道では、(中略)おびただしい捕虜をたえず後方に送りこんでいるはずだったが、事実は到着するものが皆無に近かった。台児荘、徐州などの戦闘で大量の捕虜が出て、それが送られてくるというので武漢がわきたった。それでも到着するものは一人もいなかった。徐州から引き揚げてきた師長の一人は(私に：筆者注)「お国の軍人はどういうものでしょう。もはや絶体絶命とわかっているのに、武器をすてよというのを決してききいれません。死ぬまで抵抗します。武士道というものですかねえ」と慨嘆した。(中略)(ある時：筆者注)外国通信員が捕虜を見せよと要求し、当惑した国民政府では八路軍から十数名の捕虜を供給してもらって、やっと体面をつくろうことさえあった」[31]。鹿地は日本軍の軍国教育がまだ堅固に日本軍兵士たちの中にあることを厄介とみていた。

　蔣介石は1938年1月27日（台児荘戦の前）の参謀会議で、敵情研究の重要性を強調した。現在の戦争は諜報戦であり、これまでの最大の失敗は、偵察が無能で情報が不確実、さらには資料がなく敵の情況を判断する術がなかったことであると分析した。前線で捕虜を捕えてもすぐに殺し尋問もできない。戦利品があっても研究せず勝手に捨て去った。かくして敵情が不明なままで応戦したため毎回失敗したと蔣介石は指摘し[32]、敵情研究の重要性を訴えた。

67

有能な軍人であった蒋介石は日中戦争開始直後から、「中央社に指示して、日本の同盟社ニュースは毎日すべてを中正（蒋介石：筆者注）に送るように」[33]と国民党中央宣伝部長邵子力（1882-1967年）に命じており、日本軍の情報収集に腐心していた。三庁が成立してからは、蒋介石が特に設置させた七処が毎日日本の同盟社ニュースを聞いて書きとり、関係各部署に送るようになったことは、前節（58頁）の通りだ。

　蒋介石は捕えた敵軍将兵に情報価値があることを理解していたが、彼の下にいる中国の将兵や民衆に、国を蹂躙し家族を殺戮する日本軍の将兵を生かして捕虜にする必要性を理解させるのは、容易なことではなかった。

　蒋介石は1938年1月、「作戦懲奨弁法」を公布し、その中で敵軍将兵を捕虜にした者には1万元、その他の官長を捕えた者には100元、兵士を捕えた者には10元の褒賞金をだすことを通達し、「捕虜優待」の意義を理解させるよりも手っ取り早い効果を求めた。以上のことを含め、中国側の報道とは裏腹に、はじめは捕虜教育をしようにも捕虜がいないという状況があり、鹿地が初めて日本兵捕虜に会うのは1938年4月14日であった。

　日中戦争時期の中国には、2つの代表的な日本人捕虜収容所があった。ひとつは陝西省西安の軍政部第1捕虜収容所（以下「第1収容所」と略称する）である。南京収容所に収容されていた主として航空部隊の日本人捕虜は南京撤退前にこの第1収容所に移された。

　もうひとつは、1938年2月23日に設置された湖南省常徳・洞庭湖畔の軍政部第2捕虜収容所（以下「第2収容所」と略称する）である。第2収容所は主に華中と華南地域の戦いで出た日本人捕虜の収容にあてられた。この地域で捕えられた捕虜はまず武昌の憲兵隊司令部に集められ、その後第2収容所に送還された。最も早い時期の日本人捕虜は福建省沖で遭難した第二江口丸船長、脇田富士男と23名の乗組員で、日本人船員10名と朝鮮人などで、そのうち軍人は3名だった[34]。この2つのほかに、主として不時着した遭難機の航空員を収容した軍事委航空委員会管轄の武漢の仮収容所があった。

　鹿地が初めて自身の目でみた日本兵捕虜は、航空委員会の収容所に送られ

てきた2人の捕虜だった。「新しい捕虜が来ているから会ってやってくれ」と依頼を受け、池田幸子とともに面会したのが、従軍したのは生活のためで、この戦争には反対だと鹿地の気をひくために「反戦」を語る淮原三[35]というしたたかな兵士。もうひとりは、静岡県生まれの水島俊夫という、軍事教育で頭をかためられているが素朴な青年の陸軍航空兵曹だった。鹿地はその後も彼らとの面会を続け、捕虜になったのは決して恥ではない、それがわかるような時節は日本でもきっと遠からずくると話し、相談したいことがあればいつでもくることを伝える[36]。同時に、捕虜との面会、対話を基礎とする「捕虜教育」に関する初期の意見書を、陳誠政治部長に提出する。少し長いが、鹿地が陳誠に提出した意見書の主要な提案部分を引用する。

　（一）この種、積極的侵略主義者（少壮派将校、特務機関員）（淮原三を指す：筆者注）は普通一般の捕虜と差別してくださることを願います。（二）淮原三は厳重に審問すれば、日本の特務工作について、多くの資料を発見することが出来ます。他の俘虜と分離して厳重に糾問して下さい。（中略）陸軍飛行士水島俊夫からは、特に宣伝工作上の若干の問題を感じましたので、左に記します。（一）彼は日本静岡県人で、高等小学校卒業後、所謂飛行学校少年航空兵となり、去年七月（盧溝橋事件ごろ：筆者注）華北侵略に動員された者です。一見して質僕な青年で教育の望みはありますが、年少時より社会から遮断されて、軍事教育で頭脳を固められていますので、忍耐を要すると思います。この点、他の兵士は航空兵より社会生活の経験がありますので、教育工作は容易と思います。（二）宣伝上注意すべき点は、彼等の多くが単純に「戦士」の決意を以って「恩愛を棄絶」して参戦していることです。このやふな「戦士」に対しては、軽薄な感傷主義は失敗を招くと思います。中国側の多くの宣伝物が「皆さんの家庭は悲しんでいる」といふやうな「家庭生活」「郷愁」などにことさら基調をおいていますが、これは却って反感を呼ぶと思いました。（中略）彼は次第にまじめに考え始めました。私は彼が、家族のことを言われた時に、微かな嘲笑を浮かべた

のを見出しました。家族のことを語るのが失敗ではない。家族の愛情を醒ますことも必要です。然し正面から道理を理解させることに主点をおいて始めてこの種の「同情」の効果を生じます。単なる「同情」、人情主義でなく、「真実の啓発」が主となるべきでせう。これは従来の伝単（宣伝ビラ）の多くと、今回の俘虜訪問を対照して痛感したことであります。

　鹿地は実際に日本軍将兵捕虜と面会し聞きとりを行った感想を政治部長陳誠に報告し、国民党上層部に、日本兵捕虜の教育に関する「技術上の問題」と、対敵宣伝上の改善点を提言した。鹿地の9頁におよぶこの意見書の日付は1938年4月14日。鹿地が初めて日本兵捕虜と会ったころである。

　捕虜教育による反戦という目的へ踏みだそうとしていた鹿地が、捕虜たちへの面談と聞きとりを通して再確認したのは、日本兵の中にある「軍国教育」の澱であった。

　収容所の水島俊夫がもう一度会いたいと願っていると連絡を受けた鹿地は、手ごたえを得て「飛び上るほど喜んだ」[37]が、再度の面会で捕虜の前に立ちはだかる「日本軍の軍事教育」の岩盤の強さを思い知る。

　「軍中にいたころ教え込まれた通り、中国軍は必ず捕虜を殺すものと思っていた」[38]と水島は語る。自分は日本の軍人、軍機に関しては戦争が終わるまで語ることは許されない。しかし自分はこれからは両民族の友誼のために尽くしたい、と心を緩める変化もみせる。「一人一人の相対で話しあえば心をひらいて語り、私たちに耳を傾ける彼らも小集団にまとまる場合にはがらりと一変する。お互いに自分の腹を話せない。彼らは仲間に気兼ねして人前では心を開かない。殊に、いったん収容所に送りこまれてしまうと、その中には頑迷な顔役がいて「非国民」「売国奴」といって正直に心中を語る者を脅す。（中略）専制政治家の日本社会の不幸をそのまま凝縮したようなものだった」[39]。

　国民政府、八路軍の「捕虜優待」が施行された中でも、収容所の捕虜たちの中には、ばくちと喧嘩、自堕落と自暴自棄のために病人が続発し、死亡率

が非常に高かった[40]。背景には、精神的圧迫からの絶望と無節制があった。

　捕虜を呪縛した日本軍の教育は、1941年1月8日陸軍大臣東条英機が示達した「戦陣訓」に代表される「生きて捕虜の辱めをうけず」の"掟"であった。この観念は、捕虜となった者の恥辱は本人のみならず、所属する部隊の上官や戦友、さらには郷里の父母、家族、親戚にまでその累がおよぶと拡大解釈され、捕虜たちを圧迫した。

　収容所の視察は、恥辱教育を受け自身の境遇に絶望する捕虜たちと、彼らに対する国民党収容所の管理についても鹿地の眼を開かせ、陳誠政治部長への建議に加えられた。

　当時の国民党収容所の管理は、捕虜は一種の珍しい「戦利品」以上には取り扱われていなかった。捕虜が「戦利品」「情報」以上のものとみなされたことは過去にもなかったが、「単なる戦利品として見れば、これらの侵略者の肉弾は一個の小銃ほどの値うちもない。こういうわけで、俘虜の問題は厄介な慈善事業の対象たる以外はなく、当局でも当惑していたらしく思われる。少なくとも（国民：筆者注）政府に（捕虜管理の：筆者注）確たる見透しはなかった」[41]、と鹿地はみた。

　鹿地のいう慈善事業とは、初期の第2収容所などで行われていた捕虜感化教育を指している。第2収容所の感化教育は、三民主義の学習、反日的精神訓話、中国語、中国式の軍事教練などで、「朝晩の点呼の号令、番号を中国語で行わせた。履物は日本式の下駄、草履は許さず、朝鮮式あるいは中国式の草履だけを許した。（中略）朝礼には国民党歌をうたわせ、総理遺嘱を朗読させ、晩礼には領袖歌を歌わせた」[42]。「ひとことでいえば、彼らは日本人を「感化」して、中国人の「立場」に立たせようとしていた。つまりは、日本の「皇恩政策」とまったく同じことだった」[43]。

　国民政府の収容所を視察して鹿地がみたのは、日本兵捕虜への強制的感化教育が、捕虜の心理を穏やかにする効果がないだけでなく、かえって反抗心を募らせている現状と、「捕虜優待」と慈悲の宣伝のために、日本兵捕虜に新しい服を着せ、歯磨きとタオルを支給して、それを写真にとって外国新聞

に提供する、国民政府上層部が考える捕虜政策の姿だった。

そのような中で鹿地は4月、政治部長陳誠に「鹿地亘訪問捕虜記録及其感想と意見」をあげ、次いで8月にも実験的収容所設置を提案する特殊収容所案を提出し、自身の捕虜教育構想を固めていった。

1938年5月19日徐州陥落後、戦火は鹿地らのいる国民党支配地域（以後、国統区と略称する）に迫る。ある日鹿地は突然、軍事委員会委員長蒋介石の緊急密令を受ける。「その日のうちに6種類の対日宣伝ビラを準備せよという。それを私に書け、というのだ。それを飛行機で日本国内に空から降らせようという計画だ」[44]った。6種類のビラは、日本の労働者、農民、商工業者、教育文化界、政界、青年婦人を対象にした心理作戦の反戦ビラだった。『近代日本総合年表』によると、「1938年5月20日某国の飛行機が飛来し、熊本、宮崎上空で反戦ビラを散布した（新聞報道に基づく）」[45] とあり、鹿地の叙述と符合している。

鹿地が所属した三庁七処3科は、日本語のできる人材が集められた部署である。部員の多くは日本留学経験者だった。日本語ができ日本の事情を理解しているとはいえ、中国人が製作した日本語のビラは、やはり外国人が作った日本語で、桜や富士山などの使い古された常とう句に頼った空洞化した文章だと、庁長の郭沫若は感じていた。

郭はかつて政治部長陳誠にこう語っている。「対敵宣伝をうまくやるには、日本から帰ってきた留学生何人かに頼るだけではだめで、どうしても日本の友人の手を借りなければならない。たとえば私（郭：筆者注）自身日本に二十年前後暮らし、それも日本人とほとんど変わらない生活を送ったのに、私の日本語はものになっていない」[46] と。日本通の中国人の文章でも、日本人のものとは違う。郭沫若が政治部に鹿地を推薦し、自身が所管する対敵宣伝の三庁に鹿地を迎えた理由のひとつも、ここにあった。

鹿地は6種のビラを担当し、存在感を示した。しかし問題は、郭沫若が指摘した言語上の問題だけではなく、軍国教育で固まった日本兵の心情を文字宣伝でどうつかむか、また日本兵が捕虜となった時、彼らにどのように反戦

教育を行うのか、また行いうるのかということであった。さらにやっかいな問題は、鹿地の提案した捕虜教育の実現性を、国民政府執行部が信じていないことであった。鹿地はどのようにして国民政府と一般の中国人に日本兵捕虜教育の重要性と可能性を理解させ、方向性を示していったのかを次に考察する。

第3節　鹿地亘の捕虜政策と「反戦同盟」の設立

　鹿地は1938年4月から積極的に国民政府の捕虜収容所を視察し、日本兵捕虜がおかれている状況を調べた。また直接捕虜たちと面談し、彼らの細かい身上調査も行った。この日本兵捕虜視察の経験をもとに鹿地が1938年4月に「報告書」、8月にも三庁長郭沫若、七科長馮乃超の協力を得て政治部に再び「特殊収容所設立」の提案を行ったことは前述の通りだ。

　武漢攻防戦後、日本兵捕虜は徐々に増加するが、国民政府の収容所では数

〔写真3-1〕　1938年12月1日、広西建設幹部訓練班の前で講演する鹿地亘（左端）。隣は通訳の廖済寰。写真は元三庁秘書翁沢永氏夫人倪愛如氏提供。

を増した日本兵捕虜の頑迷さにかえって手を焼き、教育を断念する状況が出現した。そこで鹿地は「俘虜のなかから少数の人々を選び出し、仲間に脅されることなく自分の考えをもつことができる環境で、私たちの仕事の幹部となるべき人間の養成をする、小規模な特別収容所を設置してくれるよう請求した」[47]。鹿地の提案に対して、国民政府の最初の回答は、趣旨には同意するが承諾はできない、というものだった。しかし、提案書提出の効果はあった。同年の10月初旬、鹿地に2週間にわたる第2収容所の捕虜視察が許可された。この時の記録が、戦後中央公論社から出版された、鹿地の長編ルポルタージュ『平和村記』[48]である。

　鹿地の捕虜教育構想に対する国民政府の消極的"同意"の一方で、三庁とともに鹿地が実施した一連の仕事の効果が表れた。1938年9月初め、北方の戦場第五戦区慰問団に参加した郭沫若は、初めて日本兵捕虜と対面する。この時の郭の叙述は、「中日が正式に開戦して丸一年となり、私（郭沫若：筆者注）はともかく対敵工作の責任者だったのだが、ここへ来て初めて日本人捕虜を見たのだ。食事が終わったところへ、司令部がおみやげ話にと、この見本（原文のママ）を連れ出してくれたもので、みんなも満足な様子だった。捕虜は三十歳前後の若い男だった。見たところさして兇悪ではなく、むしろ少しおどおどした感じだった。私たちが日本語で坐れというと、安心した様子で、腰を下ろした。タバコを一本やると、ひと言「アリガトウ」といい、いかにもうまそうに吸った。「心配することはないよ、ぼくらは君たちを優遇しようと思っているんだ。戦争は君たちが悪いんじゃなくて、軍閥が悪いんだ。戦争が終わったら、君たちは送り返してあげる」。私はおだやかに話した。捕虜は自分は大阪の小商人だといった。今年の三月入隊したばかりで、朝鮮から瀋陽に来、さらに本土の戦場にまわされて、まもなく捕虜になった。そういいながら、彼はふところから一枚の紙をとり出し私に渡した。塹壕の中で拾ったのだという。第三庁の発行した六種類の「通行証」の一つだった。絵がついていて俘虜優待規定の（日本語の：筆者注）訳文が書いてある。私はほとんど我を忘れんばかりにうれしくなった」[49]というもの。鹿地の協力を得て作っ

た三庁の日本語ビラが日本軍兵の気持ちをつかんでいた。

鹿地が続けた収容所視察も、1939年に入ると効果が表れてくる。面談した日本兵捕虜から、鹿地に次々と手紙が届くようになった。

「戦争をしている以上、中国人民が我々敵国人民に敵愾心を持つのは無理もないことです。意外に感じたのは、中国の農民が悠々と農業にはげむ姿でした。そこには平和がありました。連敗の中国軍がなおこのように平和を護ろうとする偉大な精神に敬意を感じました。越境後、二、三十人の中国兵がとりかこみましたが、別に危害を加えず、私が大地に書いた「我等是兄弟也」をみて彼らの眼には親愛の情がうかび、私に「餓えているか」と聞き、飯と茶と卵をくれました。連長は便衣（平服：筆者注）でいかにも共産党闘志といった風貌の男で、私の手を握り背をたたき「心配するな」というようなことを言っていました。第四十師司令部ではすこぶる優待されましたが、しかし私には最前線で飯と茶と卵をくれた若き兄弟たちの好意の方が強く印象に残っています」[50]。

この手紙を書いたのは26歳の日本兵捕虜で、後に鹿地が組織する「日本人民反戦同盟西南支部」の同盟員代表となる汐見洋、本名坂本秀夫である。汐見は1939年7月戦線から離脱して逃亡するが中国軍に捕えられ、9月桂林収容所に移送された。汐見洋という名前はいわゆる「工作名」である。日本人捕虜は原隊や故郷の家族に累がおよぶことを恐れて、収容所では「工作名」という偽名を用いる者がほとんどだった。

水島や汐見のような「純良なわかものを捕虜のなかから選んで、反戦、平和のための教育をし、組織する」[51]という、捕虜工作の意義に確信を得た鹿地は、捕虜と敵情研究重視を標榜しながらも具体策を持たない国民政府に、「捕虜工作に関する建議」[52]をたて続けにあげていく。

鹿地は日本兵捕虜教育の可能性、その意義、組織の具体的手段、さらに組織した捕虜集団の活動について提案する一方で、「日本軍将兵を侵略主義の戦争から解脱せしめる」[53]手段として、①情報収集と収容所視察の実施、②日本人捕虜の面談、内容の記録、③国民政府軍事委員会への報告書、建議書

〔表3-4〕 三庁時期の鹿地亘の文芸活動

1938年4月1日	「聞こえたか」	『七月』第12号
1938年5月28日	「芸術と宣伝の問題について」（論文）	『抗戦文芸』第6期
1938年5月20日、1938年6月25日	連載「文学の感想」	『戦地』第1巻第5期、第6期
1938年6月あるいは7月	イギリス『マンチェスター導報』新聞駐華記者ティンバリーの『日寇暴行実録』に、鹿地と青山和夫が序文を書く	
1938年7月1日	「文学雑論」	『七月』第3集第5期
1938年8月13日	「私の略歴（作家小記）」	『抗戦文芸』第4期
1938年12月11日	桂林・中華職業教育社開催の「第7次時事講座」で鹿地「中日戦争の新段階」を講演。聴衆2000人以上	
1938年2月4日	ルポルタージュ文学『平和村記——捕虜訪問記』	桂林『救亡日報』副刊「文化崗位」
1939年2月11日	評論「勝利に向けて——満州事変記念」	『掃蕩報』
1939年4月9日	連載「恐怖」	『広西日報』副刊、「南方」第56期
1939年12月20日	「工作隊同志の歌」（林林訳）	桂林『救亡日報』
1942年6月15日	散文「海と舟人——郭沫若先生創作生活25年記念」	『抗戦文芸』第6期
1943年5月15日	ルポルタージュ文学「前進、又前進！」	『抗戦文芸』第4期
1943年5月15日	『ことばの弾丸』	『抗戦文芸』第8巻第4号

注：イギリス『マンチェスター導報』新聞駐華記者ティンバリー著の『日寇暴行実録』は、1937年12月日本軍が南京で行った南京大虐殺の記録で、同著のほかに画集もある。これらは国民政府軍事委員会政治部が支援して製作したもの。元三庁科員葉浅予によると、「この暴行が武漢に伝わると、日俘の身体検査から暴行に関する写真などをみつけて押収した政治部は、この残虐非道の大罪の真相を国内外の人々にあきらかにしようと画集の作成を決めた。そして三庁の六、七両処派の馮乃超、史東山、馬彦祥と私ら五人が緊急にこの任務についた。我々は16折り判（日本のB5版に相当：筆者注）の体裁で、日本および外国の新聞、雑誌に発表されている同類の写真を補充として収集した。私がその原稿をもって香港に行き、商務印書館印刷所に印刷を依頼した。ひと月ほどで1万冊が刷りあがり広州鉄道局に引き渡され、武漢に届けられた」（葉浅予『細叙滄桑記流年』群言出版社、1992年、110頁）。

主な参考文献：
李偉江編『馮乃超研究資料』陝西人民出版社、1992年
李尚徳主編『黙黙的播火者』中山大学出版社、2001年
林野輯「『抗戦文芸』総目」『中国現代文芸資料叢刊』第1輯、上海文芸出版社、1966年
章紹嗣『武漢抗戦文芸史稿』長江文芸出版社、1988年　など。

の提出、④新聞、雑誌にルポや構想を発表し、社会世論を惹起する、⑤日本人の身分を有効利用して各種集会に参加し、中国の民衆に日本兵捕虜工作の有効性を訴え、その様子を外国新聞に報道させて国民政府を動かす外圧とする、などの方法で、自身の捕虜構想の実現をめざした。

鹿地は上海時代同様、作家としての筆力を活かし、国統区でも④⑤に該当する活動を積極的に展開している。この時期の鹿地の主な文章活動は 76 頁の〔表3-4〕の通りだ。

捕虜教育への理解と認知を求めた鹿地の国民政府への一連の働きかけをみてきたが、続いて、捕虜に関する事項は軍事委員会のどの部署が主管していたのか、を考察してみたい。

鹿地は自著の中で「郭沫若と馮乃超が、私のために先ず試験的な小規模の特殊収容所をつくり、私の選んだ若干の捕虜たちをそこで教育する案を立てそれを政府に提出してくれた。つまり事実を示し、実績でこの仕事の可能を国民党社会に印象づけてゆくことだけが国民党への教育であったけれども、この案は提出されたままでいつまでも批准はなく、おそらくは政治部秘書長の賀衷寒の机の上でほこりをかぶって眠っているに違いないのだった」[54]、と書いている。鹿地は特殊捕虜収容所建設の建議は政治部長にあげたと記述しているが、所属長の政治部長に建議をあげるのは当然だが、捕虜事項に関する業務はどの部署が主管しているかは、鹿地をはじめ、元三庁関係者の郭沫若、馮乃超、陽翰笙らの記録にも、明確な記述はない。

国民政府の捕虜収容所の名称は、軍政部第1および第2捕虜収容所といわれており、軍政部との関係が深いことがわかる。軍政部の役割は、全国の軍務、軍需、軍事工作、軍事医療の施策と監督であり、総務庁、軍務署、軍需署、兵工署、軍医署、兵役署、軍法司、交通司、馬政司、会計処などの部署から構成されている。菊池一隆の研究によると、「1940年2月修正公布の軍政部組織法からも捕虜業務がどこに含まれるのか定かではない。第九条で、軍法司には軍法行政、審理、「審核」（審査・決定）、監獄四科があり、（イ）赦免や罪人の処置事項、（ロ）軍人監獄事項、（ハ）軍事犯に対する教諭事項

などがあり、この中（軍政部軍法司）に包括されていた可能性がある」[55]。

　鹿地も「揚子江対岸の南温泉付近に第二収容所分所を設け、博愛村と名づけた。分所の設立が軍政部からこれほどやすやすと許可されたのは、(中略)<u>軍令部が手近かに新しい捕虜を置いて情報をとりたいための便宜</u>（下線は筆者による）」[56]と書いており、収容所設立などは軍政部が所管していたとする記述がある。

　「軍令部の便宜」とはどういうことだろうか。軍令部も軍事委員会の5つの部（軍令部、軍政部、軍訓部、政治部、軍事執行総監部）のひとつで、国防建設、地方治安および陸海空軍の動員作戦を担当する部である。1939年12月8日に行政院から出された軍令部組織法及服務規程等の「軍事委員会軍令部服務規程」第4条軍令部第2庁の職掌―第4項をみると（軍令部は総務庁、第1庁、第2庁で構成された）、（文中の下線は筆者による）

  1. 戦場および敵国情報に関する収集、整理、研究、判断、編纂事項
  2. 各国情報に関する収集、整理、研究、判断、編纂事項
  3. 国内情報に関する収集、整理、研究、判断、編纂事項
  4. <u>捕虜の尋問</u>および戦利品に関する研究事項
  |
  8. 軍事宣伝、反宣伝および軍事ニュースの発表に関する事項
  |
  10. 各国駐華兵力および在華外国人の行動、調査、登録に関する事項[57]

とある。捕虜の尋問調査分野の業務は、軍令部に属していたことがわかる。

　戦敵捕虜業務には、このように監獄・収容所分野は軍政部が、捕虜の尋問調査は軍令部がそれぞれ組織上所管していたものの、捕虜という人間を扱う業務は、各部の所管事項が複雑に相関しており、かつ捕虜の大部分が日本人であるため、日本語ができる人材をかかえている三庁と鹿地も、この捕虜業務にかかわったと考えられる。

　鹿地によると、国民党の中では、呉石将軍[58]が最も捕虜教育に理解を示し、覚醒した日本人捕虜を組織し反戦活動に結びつけるという鹿地の捕虜教育構

想を支持してくれた。「(呉石将軍が：筆者注) 日本人の自主的な反戦運動が両民族の将来の提携にどんなに大きな意味をもつものかという反戦同盟の構想に深く感動し、白崇禧[59]（西南（桂林）行営主任：筆者注）らを動かし、蔣に（構想を：筆者注）申し入れ、もし中央が踏んぎれないなら、広西だけででもこの運動を始めようといって、すぐさま西南戦場から護送されてくる捕虜を桂林に集結し、特別収容所を設けてわたしに活動の場を提供してくれることになったのです」[60]。

　反蔣介石勢力の桂林派領袖の白崇禧らを味方にすることで、蔣介石ら国民党執行部に圧力をかけ、捕虜構想の承諾を迫るという手法は、馮乃超ら鹿地の周りにいた中国人の助言と協力があったのだろう。この時出した建議は、教育して日本人捕虜を反戦（軍）勢力として組織し、活動をするという、"反戦同盟"の原案となるものである。500字詰め原稿用紙10枚におよぶ建議の表題は「俘虜工作に関する建議」である。主な内容は、

　　従来の捕虜工作に対して根本的な改革を加えるべき具体的な建議を呈出したく思います。これ（建議：筆者注）は第二期抗戦に入って以来急激に顕著となってきた日本軍士兵（原文ママ）の情態とその心理的変化に基づいたものであり、それを我々の勝利的条件として正しく把握するという積極的な意識をもっている。一言にして言えば、捕虜を我々の反軍組織にすることであります。

という前文につづき、

(一) 捕虜組織の可能性について
　武漢戦後日本士兵の間に心理変化を生じている。実例として、
(イ) 西安ではすでに日本兵俘虜が中国の抗戦に共鳴して政治工作を援助している。彼らから小生（鹿地）に送られた書信を政治部長陳誠にあげたことがある。

(ロ)第五戦区では三名の日本兵捕虜が朝鮮義勇隊に入隊し抗戦に参加している。小生（鹿地）は「掃蕩報」上に発表したことがある。
(ハ)日本兵俘虜らは「武漢戦争のころから今度の戦争の意味がわかってきた」といい国民として自省せねばならぬと告白している。
(ニ)新四軍、八路軍の抗戦に参加した日本兵俘虜の情報にもしばしば接する。

　これらすべてのことは、従来なかったことで、これら事実は戦局進行情態士兵心理の反映で（中略）、これらの情態をみれば、我々が適切な手段を大胆に採用すれば、日本軍の崩壊を急激に促進できることを物語っている。要は「実行」、「機」は明らかに見える。

(二) 日本兵組織の意義
(イ)日本は現在「東亜協同体」の創設を揚言しているが、このこと自体が戦時第二期に際して「民族問題の深刻さ」に戦慄していることを示している。日本の「欺瞞的東亜協同体」に対して、必要なことは、真実の東亜民族協同体を実現して見せること。侵略主義を撃破する東亜民族協同戦線を現実に作り出すこと。もし中国に日本人民革命軍が参加し、活躍していると知ったら如何なる動揺を日本軍士兵に惹起するか。
(ロ)日本軍当局は南京などで中国人の軍隊を編成訓練している。いわゆる「東亜協同体」の番犬養成である。これを破壊するために我々の側も積極的に日本軍士兵を友軍に編成していくべきだ。この友軍は「日本人民革命軍」の基礎となる。日本人民革命軍が中国抗戦の戦列にいたらどれほど勝利の情態が展開し得るか。
(ハ)武漢戦後日本軍士兵は動揺を生じており、その一部にはもし可能であれば、「東亜解放」のため中国に協力したいという希望もある。もし中国に日本人民革命軍が参加し活躍していると知れば、日本軍に動揺を惹起する。この点従来の対敵政治工作はあまりに消極的であった。日本軍はすでに中国人兵士を作っている。我々の方が立ちおくれては

ならない。日本軍士兵に中国側に投じる途を拓いてやることが当面の重要問題だ。

(ニ)中国抗戦に「中日協同戦線」が出現し日本人部隊が現れたら、国際的にも大反響を惹起する。国際的注目と援助が中国に注がれ情報は日本国内にも伝わり、日本人民の反戦運動は急激に促進される。

(三)日本人士兵組織の具体的手段

これまでの俘虜は収容所に収容するばかりで、彼らから抗戦の条件を創り出そうとする試みはなかった。そこで、今までの収容所とは関係なく新しく開始することが必要である。

(イ)桂林に小規模の特別俘虜収容所（以下、特別収容所と略称）を創設し、前線から送られた捕虜を審査し「東亜解放戦」への参加希望者を選んでこの収容所に収容する。主として青年、教育程度の高い者、戦争への反省の可能性のある者。無気力、頑固者は従来通り「平和村」に収容する。

(ロ)特別収容所は当面試みとして二十名位を収容する。

(ハ)特別収容所は、恒久的日本兵の「訓練班」と見做し、名称も収容所ではなく「暁寮」「黎明寮」のようなものを選ぶ。ここでは原則として俘虜ではなく、訓練中の同志として待遇し、ある程度の自由を与え、指導して人民革命の養成所とする。

(ニ)これらの日本兵を「日本人義勇隊」に組織する。当面は朝鮮義勇隊に数名ずつ配合して前線に送る。活動は各戦区に分散して配置するが、統帥権は「日本人義勇隊主脳部」に委ねる。

(ホ)特別収容所の管理は従来のように軍政部に属するものではなく、その特殊な任務からいって「最高主脳部」に直属する。桂林では行営内に独立した委員会を設け、参謀処長、軍政処長、対敵宣伝関係の代表および日本人代表だけで委員会を構成する。

(ヘ)日本人義勇隊の組織ならびに日本人士兵の教育は日本人革命家グループに一任する。これは小生の外国人による日本人教育は殆ど絶望に近

いという経験によるもの。対敵宣伝工作者（中国側）の援助は歓迎する。この援助はまた工作者自身の政治教育になると確信する。しかも、桂林におけるこの日本兵教育並びに組織事業が成功すれば、全国的模範となり、西安など西北にも同様の施設を作り得る。

(四) 主な活動
(イ) 対敵宣伝　1.日本兵捕虜の自ら経験にもとづく生きたビラの作成　2.日本兵捕虜自身がでるラジオ放送　3.前線で日本兵俘虜がかつての戦友によびかける前線での対敵宣伝。
(ロ) 遊撃戦への配合　訓練された兵士の数が増加すれば遊撃戦に配合し、日本軍駐屯都市に接近させ日本側の衛兵を捕縛すれば隊員はさらに増加するとともに、日本軍に対する遊撃戦の威力が大きくなる[61]。

　この建議の日付は1939年4月6日[62]。4月23日に蒋介石が鹿地の捕虜構想を批准する直前のものである。
　反省の可能性のある日本兵捕虜と頑固な捕虜との峻別、可能性のある捕虜を教育して組織化し、これを反軍勢力として中国で活動させることの意義と過程を示している。重要な点は、中国の抗戦に参加する日本兵捕虜と鹿地は、「独立した日本人の部隊」であるという定義で、これは従来の外国人組織「朝鮮義勇隊」と明らかに異なる。鹿地のこの基本理念はどのようにして生まれたものなのか。
　1938年8月湖南省衡山に一部撤退した政治部は、10月初め再び長沙に移る。鹿地も第2陣で長沙に出発する。この時廖体仁とともに第2収容所（平和村）を訪問。2週間にわたり、ここに収容されている130人の捕虜（うち50人が朝鮮人、従軍慰安婦数人[63]）の面談をする。連日ひとりひとりの捕虜の話を聞き、心情調査をする。
　ある捕虜は捕獲された時の心情を、次のように語っている。「村の衆は私を取り囲んで殴れちうて……中には大きな石をもって来て打ち殺そうとする者もありましたです。無理もねえことで、八つ裂きにされても仕方ありませ

第 3 章　国民党支配地域における鹿地亘の反戦平和活動

ん。百姓が一番辛い目に会うとりますから。(中略) 私は観念して眼をつぶっていたであります。軍隊の方は保護してくれたけど、村の衆は軍隊に食ってかかるちうさまで、たうとうこの男に話をさせるちうことになりました。(中略) 学校の庭でした。(中略) さあ皆にお前は敵じゃないと話してやれ、と軍人の方は言われます。……皆さん私あ同じ百姓だ。徴集されていやいややって来たものの、家にやっぱり妻子もあります。みんな戦争に困っとるであります。かうして皆さんの畑をふみ散らす時あ、そりゃ同じ百姓でさあ、まるで自分の作物を踏み荒らすやうに足の裏が痛みます。……軍人の方が通訳してくれたであります。それから村の衆がすっかり変わってしまって、いろいろ親切にしてくれました。食物や水やら運んで来てくれるありさまでした」[64]。これが戦争中の日本の庶民、勇ましい軍部の宣伝に隠された庶民の真相だと、鹿地は確信する。毎日顔を合わせるうちに、鹿地のことが気になりだした日本兵捕虜らが、ある日鹿地に聞く。

捕虜B「あなたは……そんな立派なお考えをおもちなら……なぜ国に帰って働いて下さらなかったのですか？」

鹿地「私の沢山の同志たちは国で闘っている。沢山の人が投獄され殺された。僕も監獄にいたんだ。しかし、よく考えてみたまえ。国で闘ふことも大切だ。しかし共同の敵と闘ふために、中国の同志たちと手を握るために、国外に出ることも必要です。これは日本人だけのことぢゃない。東洋の両民族を不幸にし、東洋を征服して奴隷にしようとする野心家を両国人民が力をあはせて押し倒し、平和と人民の幸福な関係をつくらねばならん闘ひなのだ」「日本だけしか見えなくては、日本人民と祖国は救へません。世界中がおとなりの中国まで日本を悪く思ふようになったら、日本の将来は不幸です。外に出ていい関係をつくり、日本人民の闘ひに多くの味方を作るのも人民の大切な戦ひなんです」

鹿地「おうち（家族：筆者注）は困らないの？」

捕虜B「（家族は私を）もう戦死したと思っているでしょう。自分は決して帰

国しようとは思ひません」
鹿地「どうして帰国しようとは思はないんです？」
捕虜B「もう戦死したのと同じことなのです」
鹿地「桜の花のやうに散るなんて考へは、国民に犠牲を拂わせたい奴らには都合がよい。武士道は思想の影響を仏教からうけているね。あの世があるといふ考え方だよ。死して護国の鬼もそれだ。馬鹿馬鹿しい話だよ。生きてこそ国家のためにも人類のためにも貢献することができるじゃないか。（中略）君は俘虜の身の上を羞じているんでせう？（中略）さっきも話したようにこの戦争は恥ずべき戦争だ。犬死しなかった君は幸運さ、今にわかる」[65]
捕虜C（岡山の小地主で国民学校の先生）「はい、天皇陛下におそむき奉らぬことでさへあれば、如何やうにも東洋平和のためにと心がけたく存じます」[66]
捕虜D「戦争がすむまでは僕何も（何にも）いはんつもりです。（中略）自分は帝国主義者に騙されただの、戦争の犠牲者だのといふものはおります。ここにだっております。捕まってから泣き言をいふなんぞあ俺あ軽蔑します」[67]
鹿地「上官の命令に服従し、上司の命に服従する、これが皇軍の美徳、日本人の美徳といふなら、自分がはっきり見極め判断したことでもなく、無条件服従が美徳なら……それは奴隷の美徳だ。奴隷は国家の主人じゃない。（中略）我々日本人はこれまで国民的自覚が欠けていたことの証拠です。これは国民に勇気がたりない証拠ではないか。いくぢがないのです。（中略）僕は日本人を勇気があり自覚のある国民にしなければならんと思ふ。どう思ひます？」[68]
鹿地「漢口が落ちても戦争は片づかないからね」[69]
捕虜E「私たちはどうしたらよいのですか？」
鹿地「日本人のいはば国家の運命に関する問題だ。みんなでその解決のしかたを相談しなければならないよ」

捕虜E「あの……おたづねしたいのですが、……ここで私は誰と話し合ったらよいでせうか？」
鹿地「一しょにさがさう。(原文ママ)いい人たちを段々に集めて話し合はう。君の眼で、これならと思ふ人に気はつかないかね」[70]

　出身も階級も異なる捕虜たちとの面会で鹿地がみたものは、本能的に自分で考えることを拒絶する者も戦争の真相をみつめようとする者も、ともに恐怖と絶望にうずくまる日本人たちであるということである。鹿地は捕虜との接触を通して、彼らと「日本を不正で不幸な侵略戦争から救いだすことこそが私たちの目的だ」[71] という確信を固めた。
　鹿地は広州陥落で桂林に移ってきていた夏衍が編集長をしている共産党系の抗戦新聞『救亡日報』に1939年1月12日から、視察した捕虜のルポルタージュを連載する。元『救亡日報』の編集者兼記者林林が、当時の様子を次のように書いている。「1938年10月下旬、馮乃超同志が日本の左翼作家鹿地亘を伴って桂林（の救亡日報社：筆者注）に来て、鹿地亘のドキュメンタリー文学「平和村記」の連載が始まった。（中略）最初は私が（鹿地の原稿を：筆者注）訳し、その次は邢桐華、最後は馮乃超が訳した」[72]。戦況の悪化に伴い『救亡日報』での連載は、視察記録の半分だけとなった。記録の全体は、戦後1947年に日本で出版された『平和村記』（中央公論社）で初めて明らかになった。
　日本政府は武漢[73]、広州[74]占領後の1938年11月3日、いわゆる「第2次近衛声明」を発し、この戦争の究極の目的は「東亜新秩序」の建設にあるとした。そして戦局が有利なうちの和平工作を実行する。鹿地はこれを日本政府の"欺瞞的東亜協同体"の妖言だとして徹底して反対する。この「欺瞞的東亜協同体」の幻想を撃破する手段は、「真実の東亜民族協同戦線」を作ることであり、すなわち、反戦にめざめた日本兵士が中国人とともに、共同の敵である日本軍閥に立ち向かうことだと鹿地は考える。そのためにも捕虜教育と教育された日本人捕虜の組織化が必要だ、というロジックである。

鹿地が日本人捕虜に拘泥する理由もそこにあった。鹿地の「捕虜工作」は侵略者（日本の軍閥）に歪曲された日本人の思想の流れを切り替える運動だったからである。しかしその運動をおこすためには協力者がいる。目下自分の手のとどく日本人は捕虜しかいない。まずこの捕虜たちの教育と、捕虜たちの組織化にかかろうと鹿地は考えたと。

注——————————————————

1　国民政府は1937年11月南京から重慶に遷都を通達。財政、外交、内政各部および衛生署は武漢に移転。1940年9月6日重慶は正式に臨都（臨時政府）になる。
2　日中戦争には日本軍部も政府も明確な目的や戦略があったわけではなかった。戦争が拡大していくと、本来対ソ戦を計画し、中国に大軍を釘づけにする意思がなかった陸軍に早期和平を求める意向が強くなり、ドイツ軍部に働きかけ、ドイツの仲介による和平工作を進めようとした（藤原彰『日本軍事史』日本評論社、1987年、227頁）。
3　鹿地亘『「抗日戦争」のなかで』新日本出版社、1982年、141頁。
4　第三庁庁長郭沫若以下の構成員は民国人物事典等中国の辞典に名前が出ている著名人だ。
5　張肩重「在第三庁工作回想」全国政切文史資料委員会編『中華文史資料文庫』第5巻、中国文史出版社、1996年、842頁。
6　菊池一隆『日本人反戦兵士と日中戦争』御茶の水書房、2003年、56頁。
7　鹿地亘『「抗日戦争」のなかで』新日本出版社、1982年、144頁。
8　注7と同じ。
9　鹿地亘資料調査刊行会編『日本人民反戦同盟資料』別巻、不二出版、1994年、57頁。
10　朱潔夫は日本留学後三庁に参加し、『救亡日報』編集記者の高浩と結婚、2000年北京で死去した。
11　陽翰笙「第三庁—国統区抗日民族統一戦線的一个戦闘堡塁」（一）〜（五）『新文学史略』1980年第3期〜1981年第4期、郁風『故人・故郷・故事』三聯書店、2005年、周美華『国民政府軍政組織史料』第1、2冊、国史館、1996年、張令澳「鹿地亘在華的反戦活動」『虹口史苑』政協上海市虹口委員会、2001年。
12　(1902-1993年) 四川省高県出身。作家、政治家。本名欧陽継修。1924年共青団、25年共産党に加入。26年黄埔軍校政治教官。中国左翼作家連盟発起人のひとり。抗戦中は軍事委員会政治部第三庁主任秘書、文化工作委員会副主任。新中国成立後は、中華全国映画芸術者協会主席、中国作家協会理事、79年から全国文連副主席、全国政協委員などを歴任。著書に『活力』、『地泉』など小説、『唯物史観研究』など研究書、論文、脚本など多数。81-84年『新文学史料』に三庁お

第 3 章　国民党支配地域における鹿地亘の反戦平和活動

　　　よび文化工作委員会時代の詳細な回想を連載。
13　陽翰笙「第三庁——国統区抗日民族統一戦線的一个戦闘堡塁」(三)『新文学史略』1981年第2期。
14　『敵情研究』第14、20、22、27期、1939年。
15　南京第二歴史档案館全宗号772-637「政治部第三庁工作報告（1938-41）」。
16　南京第二歴史档案館全宗号772-637「政治部第三庁工作報告」。
17　南京第二歴史档案館全宗号772-638「政治部第三庁工作報告」。
18　鹿地亘『「抗日戦争」のなかで』新日本出版社、1982年、145頁。
19　鹿地亘『中國の十年』時事通信社、1948年、74頁。
20　鹿地亘『中國の十年』時事通信社、1948年、52頁。
21　鹿地亘「第二次世界大戦時期中国における日本人の反戦運動」『労働運動史研究』40号、労働旬報社、1965年9月、16頁。
22　鹿地亘『「抗日戦争」のなかで』新日本出版社、1982年、181頁。
23　鹿地亘『「抗日戦争」のなかで』新日本出版社、1982年、183頁。
24　秦郁彦『日本人捕虜』(上) 原書房、1998年、103頁。
25　鹿地亘『火の如く風の如く』講談社、1958年、66-68頁。
26　秦郁彦『日本人捕虜』(上) 原書房、1998年、103頁（原典：A・カリャギン『抗日の中国』新時代社、1973年、176、284頁）。
27　防衛庁防衛研究所図書館『陸支密大日記』第36号2冊—1（日本語版）、209-210頁。
28　孫金科『日本人民の反戦闘争』北京出版社、1996年、33-34頁（原典：『中共中央文献選集』中共中央党校出版社、1985年、363頁）。
29　秦郁彦『日本人捕虜』(上) 原書房、1998年、109頁。
30　藤原彰編集・解説『軍隊内の反戦運動　資料日本現代史　1』大月書店、1980年、379頁（原典：『陸密第3833号—在八路軍内的関于軍紀和風紀調査』）。
31　鹿地亘『日本兵士の反戦運動』(上) 同成社、1962年、30頁。
32　菊池一隆『日本人反戦兵士と日中戦争』御茶の水書房、2003年、14頁（原典：蒋介石『蒋総統思想言論集』巻十四）。
33　『蒋中正総統档案』第3冊12373（08-0244）、台湾・国士舘。
34　秦郁彦『日本人捕虜』(上) 原書房、1998年、104-105頁。
35　南京第二歴史档案館所蔵の鹿地の「鹿地亘訪問捕虜記録及其感想与意見(1938)」、772-703では淮原三と書かれているが、『「抗日戦争」のなかで』など著作では滙玄三となっている。本文は第二歴史档案館の史料に準じた。
36　鹿地亘『「抗日戦争」のなかで』新日本出版社、1982年、198頁。
37　鹿地亘『抗戦日記』九州評論社、1948年、30頁。
38　鹿地亘『「抗日戦争」のなかで』新日本出版社、1982年、198頁。
39　鹿地亘『中國の十年』時事通信社、1948年、85頁。
40　鹿地亘『中國の十年』時事通信社、1948年、85-86頁。
41　鹿地亘『火の如く風の如く』講談社、1958年、66-67頁。

42 注41と同じ。
43 鹿地亘『火の如く風の如く』講談社、1958年、71頁。
44 鹿地亘『「抗日戦争」のなかで』新日本出版社、1982年、174頁。
45 『近代日本総合年表』岩波書店、1970年、314頁。
46 郭沫若『洪波曲』人民文学出版社、1979年、48頁。
47 鹿地亘『中國の十年』時事通信社、1948年、80頁。
48 平和村は第2収容所の別称。
49 郭沫若『洪波曲』人民文学出版社、1979年、128頁。
50 鹿地亘資料調査刊行会編『日本人民反戦同盟資料』別巻、不二出版、1994年、208、210頁。
51 鹿地亘『「抗日戦争」のなかで』新日本出版社、1982年、199頁。
52 『日本人民反戦同盟資料』第3巻、不二出版、1994年、195-200頁。
53 鹿地亘『平和村記』中央公論社、1947年、5頁。
54 鹿地亘『火の如く風の如く』講談社、1958年、56-57頁。
55 菊池一隆『日本人反戦兵士と日中戦争』御茶の水書房、2003年、124-125頁。
56 鹿地亘『日本兵士の反戦運動』(上) 同成社、1962年、43頁。
57 周美華『国民政府軍政組織史料』第1冊、国史館、1996年、209頁。
58 (1894-1950年) 福建省福州出身。保定軍官学校、日本の陸軍大学卒業後、国民党中将。戦後蒋介石とともに台湾に渡り国防部参謀次長になるが、1950年共産党に情報を流したとして処刑された。鹿地は帰国後1949年秋、日本を訪れた呉石と東京で再会する。「私は何より彼 (呉石) に「国民党はどんな前途を予想しているか」たずねたのですが、彼は沈痛な顔で「国民党に前途はありません」と答えました。「どうしてそうなったとおもわれるか」とたずねたら、はっきりと彼は「国民党は人民を知りませんでした」と答えました。(中略) このような人がいたからこそ、かつての日本人反戦運動も泥沼のような国民党の環境の中で、誕生の機会をとらえることができたのを、ここでは銘記するにとどめておきましょう」と記している (「第二次世界戦争における中国での日本人反戦運動」『労働運動史研究』第40号、労働旬報社、1965年、19頁)。
59 (1893-1966年) 広西省桂林県出身の回族。軍人。李宗仁と並ぶ広西(桂林)派軍閥の領袖。北伐時国民革命軍総司令部参謀長。1929-30年広西にたてこもり反蒋介石運動をおこす。31年蒋介石と手打ちし、抗戦中武漢陥落まで参謀総長。その後桂林に戻り桂林から蒋に圧力をかけた。46年内戦時の初代国防部長。49年台湾に逃れ総統府戦略顧問委員会副主任を務めた。
60 鹿地亘「第二次世界戦争における中国での日本人反戦運動」『労働運動史研究』40号、労働旬報社、1965年、19頁。
61 鹿地亘資料調査刊行会編『日本人民反戦同盟資料』第3巻、不二出版、1994年、195-200頁。
62 鹿地亘資料調査刊行会編『日本人民反戦同盟資料』第1巻、不二出版、1994年、5頁。

第 3 章　国民党支配地域における鹿地亘の反戦平和活動

63 鹿地亘資料調査刊行会編『日本人民反戦同盟資料』別巻、不二出版、1994 年、228 頁。
64 鹿地亘『平和村記』中央公論社、1947 年、46-47 頁。
65 鹿地亘『平和村記』中央公論社、1947 年、83-85 頁。
66 鹿地亘『平和村記』中央公論社、1947 年、51 頁。
67 鹿地亘『平和村記』中央公論社、1947 年、183 頁。
68 鹿地亘『平和村記』中央公論社、1947 年、185-186 頁。
69 鹿地亘『平和村記』中央公論社、1947 年、256-258 頁。
70 注 69 と同じ。
71 鹿地亘『火の如く風の如く』講談社、1958 年、175 頁。
72 林林『八八流金』北京十月文芸出版社、2002 年、68 頁。
73 1938 年 10 月 27 日日本軍武漢三鎮（漢口、武昌、漢陽）を占領。
74 1938 年 10 月 21 日日本軍広州を占領。

第4章 鹿地亘と在華日本人民反戦同盟

第1節　在華日本人民反戦同盟西南支部の成立

　1939年4月23日、蒋介石は鹿地が提出した「捕虜工作に関する建議」を了承し、政治部に計画の研究と実施を命じた。鹿地の捕虜の教育と組織化の計画は「最高当局により、中国政府の同意せる唯一の統一的な日本人民団体として組織されることになった」[1]。

　政治部はこの業務を郭沫若庁長の三庁におろしたが、日本兵捕虜の組織化は順調には進まなかった。政治部内部の各勢力の綱引きが原因だった。国民政府の機関はそれぞれの勢力、派閥の寄せ集めで、群雄割拠の状況だった。蒋介石が鹿地の計画に承認を与えた結果、各機関がこの新規の事業を自分のものにしようとした。鹿地の計画は派閥闘争の材料となったのである。

　元三庁秘書長陽翰笙の回想「第三庁」によると、「鹿地亘はずっと（郭沫若庁長の：筆者注）三庁と協力して仕事をしていた。鹿地の「捕虜工作」の具体的な仕事は馮乃超が責任者となり、三庁第七処の同志も動いたが、蒋介石派（の者たち：筆者注）は「日本人反戦同盟」を特務の親玉康沢の政治部第二庁の下に置かせたがった」[2]。

　大衆の組織訓練を担当したのが政治部第二庁で、文字宣伝を担当する三庁とは仕事上密接な関係があった。しかし蒋介石派の二庁と共産党系が多い三庁は、そりが合わなかった。二庁の主張は、前年発足した朝鮮人の抗戦組織「朝鮮義勇隊」も、組織訓練を担当する二庁の下におかれた[3]という理屈だった。

　そこで鹿地らは、政府主要機構が集中する臨都の重慶を避け、蒋介石とや

や距離をおく広西派の拠点桂林で最初の「在華日本人民反戦同盟」西南支部（以下「反戦同盟」西南支部とする）を立ち上げることにした。

1939年2月、国民党政府が桂林に開設を決めた「日本語幹部訓練班」は、日本語要員の育成ということから、当初三庁第七処科長の馮乃超と鹿地が担当し、2人は桂林でこの仕事に従事した。そのことから鹿地は桂林の広西派に人脈を持った。

「日本語幹部訓練班」は、1938年武漢陥落後（11月25日～28日）湖南省南岳で開かれた南岳軍事会議で、情報戦の強化を主張する共産党代表の意見を入れて蒋介石が開設を決めた教育施設。桂林南郊七星巌で湖南、広東の国民党軍各部隊の青年将校450名に日本語教育を行い[4]、この時の学生の中には、前出（9頁）の張令澳とのちに鎮遠第2収容所主任管理員となり、鹿地と「反戦同盟」の活動を誠心誠意支援した康大川がいた。

この「日本語幹部訓練班」の仕事も桂林行営（大本営の出張所）政治部長梁寒操のさまざまな妨害にあい、結局は梁寒操らに横取りされた[5]。鹿地はこの時桂林で出会った、参謀長の呉石将軍、参謀処第1課科長廖済寰[6]、科員の林長墉[7]らの協力者を得て、1939年10月彼らの支援を背景に、桂林で「反戦同盟」西南支部の立ち上げ準備にとりかかるのである。

鹿地と廖済寰は、手始めに桂林第3収容所「甦生学園」の管理内容を詳細に調査することから始める。廖済寰は桂林収容所所長・麻生哲（日本留学経験者）の中間搾取などの不正行為の証拠をつかみ、麻生哲の職務を解くよう野戦司令部に上申したため、桂林収容所の管理は司令部参謀処が引き継ぐことになった。

桂林野戦司令部参謀長の呉石将軍は、鹿地の計画の強力な後ろ盾のひとりである。「反戦同盟」西南支部に顧問室を設置して自ら顧問となり、科員の林長墉を顧問室常駐に据えた。林長墉は顧問室を南崗廟（桂林南郊七星巌の廃寺）内に置き、野戦司令部顧問室から職員、衛生兵、炊事兵などの人員も派遣された。「反戦同盟」西南支部設立計画は、広西派の支援体制の中で進んでいった。

「反戦同盟」西南支部に参加する捕虜の人選と教育方法は、中国共産党の経験を参考にしたと鹿地は記している。
　「(1939年4月15日共産党の：筆者注) 葉剣英氏が二人の未知の同志をともない訪れて来た (4月12日から23日まで鹿地は南岳遊撃幹部特別講座で講義するために湖南省南岳に行っている。この時、葉が南岳にいる鹿地を訪ねたと思われる：筆者注)。(私が：筆者注) 俘虜の組織計画について語ると彼は大変賛意を表し、次のような意見を述べてくれた。「今後の対日宣伝の仕事は日本人自身の仕事が中心になるべきだ。その意味で、俘虜の教育組織は大きな意味をもっている。今まで政府はその重要さを理解していないし、その可能性を信じてもいない。(中略) 国民党は民族主義党だ。おそらくこの仕事は国民党下において大した発展を見得ないだろふ。そのことをよく始めから心得て、小規模に、確実な反戦分子を養成するがいいと思ふ。きっと仕事の途中で色々の困難にぶつかるが、それにどのよふに善処してゆくかが問題だ。俘虜は階級的に分けて教育するがいい。地主上りの反動分子は数人で、多数の貧農を脅し上げて牽制してしまふから。これは専制政治の中の、殊に農村における特徴的現象だ。これは中国紅軍の闘ひの歴史の中で痛切に体験したことだ。日本も封建的専制といふ点で中国の経験は参考になると思ふ。殊に兵隊の多数は農村出身で、将校たちは都市および農村の比較的富有な部分の出身ではないか？　これらに機会の均等を与え、彼ら自身に問題を自主的に解決させるといふことは、実は貧農大衆に尻込みさせ、機会にあづからせない結果になる。この点は組織の上に特に注意する必要がある。どしどし反動分子を隔離することだ」というのだ」[8]。
　葉剣英の助言に従い、鹿地は「反戦同盟」に参加を希望する者の中から11人を選出。保守派の人物たちとこの11人を隔離するために11月中旬、彼らを収容所の外の南崗廟に移し、鹿地が住居をともにして特別教育と訓練を行うことにした。こうして桂林収容所「甦生学園」の日本人捕虜[9] 48名の中から選んだ11人に対する教育と訓練が始まり、鹿地と彼らは1939年11月27日、(桂林で)「反戦同盟」西南支部準備会議を開催したのである。

〔表4-1〕 在華日本人民反戦同盟西南支部名簿（1939年12月23日）

氏名	本名	年齢	階級	学歴	職務経歴
鹿地亘注	瀬口貢	36	──	東京帝大	作家
浅野公子	溝口良子	26	──	高等女学校中退	酒店店員
鮎川誠二					会社員（崑崙関戦役で戦死）
大山邦男	久山正次郎	35	軍曹	中学	警察官、日比谷警察（崑崙関戦役で戦死）
鯉本明	鈴木卓二	24	一等兵	農林専門学校	岐阜青年学校教官
坂本敬二郎	伊東秀郎	26	上等兵	高等小学校	京都西陣織職人
坂本秀夫	汐見洋	26		中等科	生家は神奈川の寺院
桜井勝	小林己之七	23	上等兵	高等小学校	農業
佐々木正夫	佐々木正男	22	一等兵	工業学校	工員、神戸勤務
南部実	宮下憲二	25	上等兵	高等小学校	農業
松山速夫	陳松泉（台湾）	34	通訳		（崑崙関戦役で戦死）
源正勝	池田正男	22	一等兵	高等小学校	憲兵中隊長

注：鹿地は総部代表として参加。鹿地亘『日本士兵的反戦運動』（上）同成社、1962年、83頁
出典：鹿地亘資料調査刊行会編『日本人民反戦同盟資料』第9巻、不二出版、1994年を主に参照。

鹿地と11人の「反戦同盟」西南支部メンバーは〔表4-1〕の通りである。

南崗廟での鹿地と「反戦同盟」西南支部メンバーの生活は穏やかな環境の中で進められた[10]。支部代表には坂本秀夫、規律統制委員は元青年学校教員の鯉本明を選んだ。メンバーらは午前6時半起床、集合して同盟歌合唱と体操。午前と夜は学習。午後は仕事や散歩をした。いつでも戦場をかけめぐることができるように体を鍛え、毎日コースを決めてランニングをした。学習時間では、鹿地が講義を担当した。「みんなはりきっていて、吸収は海綿のようだった。私が中国文から訳した教材を大山や坂本が片っぱしからガリ版に切って、すぐに使用した」[11]。

呉石将軍の桂林野戦司令部は、鹿地と「反戦同盟」西南支部に対して、人員を派遣し支援をしただけでなく、穏やかな生活環境の中で日本兵捕虜らが

第4章　鹿地亘と在華日本人民反戦同盟

比較的自由な活動をするのを容認した。

　機関紙を出そうということになり、『人民の友』という題辞が選ばれた。タブロイド版のガリ刷り新聞の活動も始まり、「反戦同盟」西南支部準備会は鹿地の計画にそって正式発足に向けて動き始めた。

　しばらくすると、夏衍らの『救亡日報』編集部と印刷工場が、南崗廟付近に避難して来た。同盟員たちはときどきそこに出かけ、『救亡日報』職員たちとの交流を持ち、彼らとバスケットボールをしたり、中国語の歌を教わったりし、中国語の学習も始まった[12]。このころの鹿地ら同盟員と『救亡日報』職員との交流については、高汾のインタビュー部分（202-203頁）を参照されたい。

　「反戦同盟」西南支部の1日のスケジュールは以下のようなものであった[13]。

　午前6時半：起床、点呼、体操、同盟歌合唱

　　　7時～9時：自習

　　　9時：朝食

　　　10時～12時：中国語学習

　午後0時～2時：自由時間

　　　2時～4時：作業時間

　　　4時：夕食

　　　5時～9時：座談形式による理論研究会

　　　9時：点呼、同盟歌合唱、就寝

鹿地は「反戦同盟」メンバーの勉強会に特に力を注いだ。テキストとして使用したのは

1. 岡野進（野坂参三）『写給日本共産主義的信』
2. ソ連共産党第18次大会（1938年）スターリン報告における国際情勢についての部分
3. レーニンの『帝国主義論』

などであった。これらの資料は、鹿地が重慶から持ってきた中国語の資料を

日本語に訳した[14]。国統区の中で共産主義の文献がテキストとして公然と使用されたところにも、広西派の拠点桂林の特殊性と鹿地ら「反戦同盟」への優遇がみてとれる。

ほどなく「反戦同盟」西南支部には、機関新聞編纂出版部、教育資料編纂出版部、計画宣伝部、会計事務、炊事部の5つの作業部門が設置され、メンバーは必ずいずれかの部に所属した。

「反戦同盟」西南支部の機関紙『人民の友』は、メンバーの源正勝と南部実が、印刷と装丁を担当した[15]。『人民の友』創刊号に鹿地は「同胞に告ぐ」と題した巻頭を書く。「(中略)今日日本帝国主義者らの開始した戦争は、防共を口実とした東亜の民族的自覚への攻撃の段階から、過去の列国勢力関係を武力的に破壊せんとする「東亜新秩序」の公然たる表示によって、国際戦争の段階に突進しつつある。既に疲弊の底まで突き落とされている国家と人民はどうなるのか？　人民は勇気をもたねばならぬ。一刻の猶予なく我々は先ず「人民の声」を奪い返さねばならぬ。我々はかく叫ぶ、日本人民の解放！　言論集会結社の自由！　人民を飢餓と死に追いやる侵略戦争反対！　人民の敵を倒せ！　これこそが我らが親愛なる同胞に送る第一声である」[16]。

またこの創刊号では、代表の坂本秀夫が反戦詩「船出」を発表、織物職人だった坂本敬二郎は、労働者の生活をつづった「苦闘半世紀」の連載を開始した。捕虜たちは鹿地の指導により、徐々に自分の思いや考えを表現するようになっていった[17]。支部設立大会を12月23日に開催することを決め、反戦同盟の綱領と規則の草案の準備にとりかかった[18]。

1939年12月、日本軍はこのころ10万の大軍で広西へ進攻、桂南戦線は急激に緊迫していた。12月22日[19]、鹿地は桂林野戦司令部参謀長呉石が打電した遷江発の至急電報「反戦同盟の同志を率いて早急に出勤されたし」の要請を受けとる。

鹿地は、先の「捕虜工作に関する建議」の活動項目の中で、戦場の前線に赴いて反戦宣伝等活動を行う「工作隊」の編制に言及している[20]。「建議」の中での名称は「日本義勇隊」とされているが、この名称は便宜的なものだ

第4章　鹿地亘と在華日本人民反戦同盟

と思われる。この前線「工作隊」の特徴は、日中戦争勃発以来日本人捕虜が日本軍兵士に直接反戦を働きかけるという初の試みであるばかりでなく、世界史的にも希少な事例であることから、その成果は、鹿地の捕虜工作の実利性と中国陣営での「反戦同盟」の存在意義を示す意味を持っていた[21]。

鹿地と「反戦同盟」西南支部準備会メンバーは、1939年12月25日、軍事委員会の桂林招待所の楽群社[22]講堂で「反戦同盟」西南支部成立大会をあわただしく開催した。

最初に設立されたにもかかわらず、桂林の「反戦同盟」が西南支部というのは、後に総部を設立する計画があったためであった。

〔写真4-1〕「反戦同盟」西南支部を訪れた鹿地の友人のレウィ・アレー(右端)、向かいあっているのがアレーを案内した呉石将軍。正面は「反戦同盟」が学習と訓練を行っていた南崗廟の廟門。鹿地亘『砂漠の聖者』(弘文堂、1961年)によると1939年のことらしい。写真は立命館大学国際平和ミュージアム提供。

下記の設立大会宣言に鹿地の理想が示されている。「反戦同盟是日本人民革命的一个海外支队。因此、我们当然要受国内革命运动的指挥」すなわち、「反戦同盟は日本人民革命の海外支部のひとつであり、我々は当然国内の革命運動の指揮を受けるものである」だ。鹿地と「反戦同盟」は、中国の国民政府政治部三庁に属してはいたが、鹿地の中での位置付けは、日本を解放する名目をかかげて日本人が海外で発足させた、独立した反戦平和機構の支部

であった。そのために鹿地は「反戦同盟」西南支部の宣言でその目的と任務を明確に記し、「反戦同盟」と国民政府との関係に一線を引いたのである。戦後鹿地が中国から持ち帰った資料のひとつで「在華日本人民反戦同盟西南支部成立宣言」[23] の全文は次の通りである。

《在華日本人民反戦同盟西南支部成立宣言》
　我らはここに在華日本人民反戦同盟西南支部の成立を宣言する。これは近く準備されている在華全日本人革命的反戦同志団結の先声である。その中国西南戦区に於ける支部である。東亜に於ける日本帝国主義の侵略戦争が中華民族の不屈の抗戦により、長期対抗状態に陥りつつ、侵略によって災害を蒙った諸国と日本との間の新たなる帝国主義戦争の危機が著しく濃化しつつある今日、既に百万に近い日本人民の血が流されて居り、中国の幾千万の人民が戦火の中に、殺戮と飢寒に陥れられて居り、その上に更に規模を大にした戦争の暗雲が極東に低迷しつつある今日──戦争挑起者自身の足許を覆し、人類の災害発展を防止、結束せしめることは我ら日本人の光栄ある責務に属する。（中略）
　我々日本軍部とその侵略政府の冒険政策に反対しかかる日本人民大衆の海外に於ける分遣隊として、ここに結成したことを諸君に告げる。我々の行動の出発に当り、当然我々は行動の基礎たるべき次の認識を明らかにして置かねばならぬ。第一に、今次中国の帝国主義侵略に対する堅決なる抗戦は、我ら日本人民の自由解放の目的と完全に一致する。随って中国の全民族が我らの革命目的、日本人民の解放に賛助し、援助される以上は、我々はこれを日本人民の友として、その抗戦を絶対に援助する。第二に、我々はあくまで日本人民革命の海外一支隊である。随って我々は当然国内革命運動の指揮を受ける。中国抗戦との協力に関しては勿論友軍としての行動統一のため、中国政府の指揮に服するが、同時に我々は日本人民革命の促進と完成と言う独自の目的を有する。
　我々の行動の初歩の目的は下の如し。

第4章　鹿地亘と在華日本人民反戦同盟

　第一、侵略戦争の即時停止、派遣軍の即時撤兵。
　第二、軍事資本家、軍事冒険者の奴隷たる官僚政府打倒。
　第三、完全なる民権の確立、言論、集会、結社、文化、教育の自由。
　第四、戦争の破滅的条件下に呻吟する人民――労働者階級、農民の救済、これらの生活改善。
　第五、戦争の犠牲者とその家族の生活の国家保障。
　第六、それら一切の解決のため、完全なる民主的条件の下に、日本人民政府の樹立。
　我々はかくて中国人民との協力の下に、この目的完徹のため一意邁進する。我々は世界の反侵略国家と人民とに友誼提携の手を差し延べる。我々は日本国内の人民革命の指導の下に、この組織を在華全日本人の規模へと拡大し、中国並びに世界の反帝国主義、反侵略的友人と日本人民との強力な結合的靭帯となる使命を遂行する。
　　　在華日本人民反戦同盟西南支部 [24]

　鹿地は国民政府軍事委員会政治部設計委員として武漢到着から1年9か月で「反戦同盟」西南支部を発足させ、国統区において反戦平和活動を行う「基地」を作った。しかし、「反戦同盟」ができたころすでに、「反戦同盟」が存在し得る前提であった国共合作の土台は、破綻の兆しをみせ始めていた。鹿地の表現を借りれば、「反戦同盟」は「悲運の星の下に生まれた」[25] ということである。
　1938年10月25日、武漢、広州が陥落し、11月には日本が湖南省岳陽を占領、日本軍の攻勢はさらに激しくなった。11月3日、日本の近衛文麿首相がいわゆる「第2次近衛声明」、「東亜新秩序の建設に関する声明」を発表した。これは、「日本、満洲、中国三国の提携により東亜に新しい協力関係を実現する」ことを提唱し、国民政府に平和解決をよびかけたものであった。12月22日、日本政府はさらに「第3次近衛声明」を発表。和平解決の条件、いわゆる「近衛3原則」を提示した。

〔表4-2〕 欧米諸国の対中国支援（1938-1941）

1938年2月7日	「中ソ軍事航空協定」。ソ連が中国に軍費、軍事技術者など提供。
1938年11月3日	日本政府「東亜新秩序建設」声明を発表。第2次近衛声明。
1938年11月13日	イギリス、アメリカ、フランスが日本の長江封鎖に抗議。
1938年12月15日	中国・アメリカ2500万ドル借款調印。
1939年3月8日	中国・イギリス1000万ポンド借款調印。
1939年3月末	中国・アメリカ1500万ドル借款調印。
1939年9月1日	第2次世界大戦。
1940年3月7日	中国・アメリカ2000万ドル借款調印。
1940年7月27日	日本南進政策決定。
1940年9月25日	中国とアメリカ2500万ドル借款に調印。
1940年9月27日	日本、ドイツ、イタリア「日独伊三国同盟」締結。
1940年11月30日	アメリカ、中国に5000万ドルの追加借款。
1940年12月2日	アメリカ、中国にさらに1億ドル追加。
1940年12月10日	中国とイギリス1000万ポンド借款に調印。
1941年7月25日	重慶で中国、アメリカ、イギリス「軍事協力協議」。
1941年12月8日	日本の真珠湾攻撃。太平洋戦争開始。
1941年12月12日	日本政府「支那事変」を「大東亜戦争」に改称することを閣議決定。

　日本の露骨な中国独占支配の意図は、英米諸国を刺激した。戦争初期慎重な姿勢をみせていた英米も、中国に対して積極的借款供与に転じた（〔表4-2〕欧米諸国の対中国支援（1938-1941）参照）。一方、ヨーロッパでは、1939年3月ドイツがチェコスロバキアを占領、9月1日にはポーランドへ進攻、9月3日英仏はドイツに対して宣戦し、第2次世界大戦が始まった。

　日本は9月中旬に中国全土統括戦略のため、南京に「支那派遣軍総司令部」を新設した。一連の国際情勢は即座に中国国内の政治情勢に影響した。国民党最高幹部のひとり汪精衛が日本の"平和的降伏"の勧告を受け入れた。蔣介石は受け入れなかったもののその抗戦姿勢に変化が表れた。

　1939年1月20日、国民党は重慶で五期五中全会を開催し、「溶共、防共、限共、反共」の方針を決議、「防共委員会」を設置した。4月には「異党活動制限法」を制定、次いで6月には「共党問題処置法」を定め、蔣介石は再

第4章　鹿地亘と在華日本人民反戦同盟

び反共に転じ、国民党と共産党の摩擦は急速に激化していったのである。

国共関係に亀裂が走り始めたころに発足した「反戦同盟」西南支部は、それでも5名のメンバー（坂本秀夫、鮎本誠二、佐々木正男、南部実、桜井勝）による前線派遣隊「反戦同盟西南支部第一工作隊」を結成し、鹿地と廖済寰も同行し、発電機と拡声器をトラックに積みこんで日中両軍が対峙している桂南前線の崑崙関に出動した（「反戦同盟西南支部第1工作隊」出動は1939年12月25日から、翌年2月2日まで）。鹿地はメンバーと別れて途中で桂林に戻るのだが、1月5日までの崑崙関前線での模様を次のように記録している。

12月25日　午前9時　桂林出発。
　　27日　午後遷江着。1泊。
　　28日　午後9時前線軍司令部に到着。直ちに火戦に出勤。
　　29日　第1回宣伝工作に出発。敵前300米の地点に拡声器を据えて宣伝す。講演半ば日本軍から重機関銃掃射あり。反戦同盟の主旨に賛同なら3発の銃を打って合図せよと伝へたが答えなし。午前2時下山帰途につく。
　　30日　（昨日の：筆者注）宣伝の効果を司令部で尋ねる。日本軍の狼狽、士気の阻喪明確に感じられる。中国軍全線兵士の鼓舞著しいと司令部に激励された。午後6時第2回工作に出発。日本軍前線800米で3時間工作、日本軍は1発も射撃せず。夜12時半下山。
　　31日　中国軍総攻撃開始。日本軍退却の為宣伝地点なく1日休息。
1月1日　同盟員中2名重機関銃射撃講習のため司令部に出張。夜激戦情態で陣地一定せず対敵放送を中止し、中国軍前線士兵激励ならびに慰問の放送行う。
　　2日　崑崙関奪回。多数の戦利品あり。軍参謀部の請求により奪った文献の調査、整理に従事。
　　3日　午後5時第3回目の前線工作に出勤。1個師団の日本軍に宣

伝する。
宣伝開始した瞬間拡声器に対し小銃射撃あり、ただしまもなく停止。
4日　午後4時すぎ第4回工作に出勤。
5日　同盟員佐々木は特別の使命をおび敵軍の後方に回る。全員は夕刻第5回工作に出勤。鹿地桂林に引き返す。

　鹿地と「反戦同盟西南支部第1工作隊」は、夜陰に紛れて日本軍前線に近づいて、拡声器で日本軍への呼びかけを繰り返して厭戦感をあおり、投降を促す活動を連日続け、掃射を受けながら決死の反戦工作を行っていることがわかる[26]。

　上記は鹿地が崑崙関前線で書いた活動記録だが、1940年1月25日、鹿地はこの「反戦同盟」西南支部最初の工作隊の記録を国民政府上層部に報告し、同盟の存在意義をアピールした。同時に、1940年11月7日には、この工作

〔写真4-2〕整列する日本人民反戦同盟西南支部員。写真は立命館大学国際平和ミュージアム提供。

第 4 章　鹿地亘と在華日本人民反戦同盟

活動記録を長編ルポルタージュにまとめ、『我們七個人』（邦題『ことばの弾丸』）として、「中国語版は重慶の作家書屋より、初版民国 32 年（1943 年：筆者注）6 月、B 6 サイズ、活版本、全文約 9 万字余り、署名鹿地亘、翻訳沈起予[27]で刊行」[28]した。鹿地は出版を通して日本人「反戦同盟」の存在意味と主張を中国社会に訴え、難しい時期に誕生した「反戦同盟」という組織の維持に腐心したのである。

鹿地は重慶で「反戦同盟」総部の立ち上げ準備のため、崑崙関にメンバーを置いて前線から桂林に戻るが、支部長の坂本ほかの隊員は引き続き前線で対敵活動にあたった。ほどなくして、林長墉が大山邦男と松山速夫（台湾出身、陳松泉）の 2 名とともに前線に加わり、佐々木と廖済寰を交代させた。

日本軍は、鹿地と「反戦同盟」西南支部の前線活動をどのように感じていたのか。防衛庁防衛研修所戦史室編纂による『支那事変陸軍作戦　3』に、この時の鹿地と「反戦同盟」工作隊に関する記述がある（文中の傍線は筆者による）。

　　崑崙関の放棄（二十九～三十一日の戦況）戦線の小康もつかの間、崑崙関正面においては二十八日夜に入るとともに、重慶軍は北東端に突出する日の丸高地に対して逐次肉薄してきた。執拗なその反復攻撃に、同夜、ついに敵は日の丸高地の一角に進出。翌二十九日天明とともに全火力を同高地に集中し、午後十時ごろには約一五〇〇こえる重慶兵が、この猫額大の高地をめざして潮のごとくおしよせてきた。（中略）二十九日午前十一時五十分、日の丸、津田山両高地は敵手に記した。（中略）
　　　この二十九日夜、鹿地亘らの反戦工作隊は、この血のにおいのこめられた両高地にマイクを据え、おりからの月明のなかに反戦の第一声を放った。（中略）
　　翌三十日、崑崙関の放棄が決定された。（中略）
　　重慶軍はわれに追尾することをしなかったが、翌三十一日日没とともに、しだいに兵力を増加し、われに肉薄し来った。かくして九塘戦線は、終夜

たえまなき銃砲声と鹿地亘の反戦マイクの叫ぶなか、昭和十四年除夜の一夜を過ごしたのである[29]。

　上記日本軍の報告記録から、鹿地と「反戦同盟」工作隊が、日中両軍が対峙する前線で、至近距離で日本軍兵士に向けて反戦放送を行い、日本軍側がそれを苦々しい思いで聞いていた様子がみえてくる。
　中国軍は「反戦同盟」工作隊の活動と軌を一にするように勢いづき、日本軍を押し返す。鹿地ら日本人「反戦同盟」の行動は、中国兵士に日本人の兵士もこの戦争に反対しているという励ましとなったと、鹿地は陳誠政治部長に報告している。
　日本軍の報告記録からはまた、崑崙関では日本軍兵士は工作隊の反戦放送に直接的反応は返さなかったこと[30]がわかる。しかし「反戦同盟」の前線活動の影響はその後現れてきた。
　桂林南郊白面山付近に移転した共産党系の抗戦新聞『救亡日報』1940年4月26日の記事によると、桂林南前線（工作隊が活動した崑崙関前線）でひとりの日本軍兵士が捕虜になった直後、「私を鹿地亘先生が指導なさっている平和村に送ってもらえませんか？ と願い出た」[31]という。鹿地らが前線で反戦放送をした直後は、日本軍からは銃撃以外の反応はなかったが、呼びかけは日本軍兵士に届いていたということだ。工作隊の具体的成果はともかく、2年半の戦争に疲弊していた日中両軍の兵士にとって、日本人「反戦同盟」は中国軍兵士には励ましとなり、戦場で捕虜となった日本軍兵士には、生きる道への拠りどころとなったのである。
　手ごたえを得て桂林に戻った鹿地は重慶へ赴き、「反戦同盟」重慶総部発足の準備を始める。彼はまず桂林で新聞発表を行い、「反戦同盟」西南支部工作隊の崑崙関での活動を語り、国内外の報道を喚起した。反響は国民政府内部、中国各地におかれていた日本人捕虜たち、そして統一戦線を組む共産党八路軍からも返ってきた。
　「重慶では国民党の各長官から感謝状がおくられ、各戦区司令部からは反

第 4 章　鹿地亘と在華日本人民反戦同盟

戦同盟工作隊派遣の要請が殺到し、また各地の日本人捕虜の間に、同盟支部組織の機運が湧いてきた。(中略) 間もなく延安に送られた日本人 (捕虜：筆者注) から、支部を組織するので規約綱領を送れという要請が中共を通してとどけられ、延安支部が発足することになった。(中略) 岡野進 (野坂参三：筆者注) が延安に入るのはそれから三年近く後のことである。(中略) 湖北の第五戦区でも朝鮮義勇隊に参加していた伊藤進ほか数名が、義勇隊の応援で支部の組織に着手した」[32]。

　この体験を通して鹿地が再確認したことは、「当時国民党軍の各戦区にはまだ集結されていない捕虜たちがいたるところ散在していたということで、彼らを同盟に吸収してゆく仕事や、各戦区の工作隊派遣の要請に答えてゆくには、私たちの現状では到底手が足らず、急速に重慶総部を確立し、活動家を養成するという仕事が、緊急に私をまちうけている」[33] ということであった。

　延安の日本人捕虜の求めに対し、鹿地は共産党員の馮乃超を通して「反戦同盟」の綱領と規則を延安に送ることにした。国民党が鹿地と延安の共産党との関係に神経を尖らせ、警戒していたからだ。重慶の鹿地が、その後も延安の日本人捕虜たちと直接の連携をとれなかった原因も、そこにあった。

　そんな時、崑崙関前線に残って活動を続けていた「反戦同盟」工作隊が爆撃にあい、3 人のメンバーが犠牲となった。1940 年 2 月 2 日、退却の途上機銃掃射で大腿を負傷した同盟員の松山速夫を、大山邦男と鮎川誠二が上林県の村まで担架で運んで、休んでいる時に日本軍の空爆を受け、3 人同時に犠牲になったのである[34]。

　重慶と桂林では犠牲となった 3 人のために盛大な追悼会が開かれ、白崇禧、林蔚、呉石ら広西派の将校が並び、呉石参謀長が三烈士の反戦同盟員に追悼文をささげた。

維

中華民国二十九年四月二日在華日本人民反戦同盟西南支部桂林行営総顧問

呉石謹致祭於桂南前線殉難烈士松山、大山、鮎川同志之霊曰
　　太和浩劫　産此鴟鴞　興戎悟国
　　荼毒生霊　侵略華夏　師出無名
　　圧抑人民　墨動大兵　民生凋弊
　　農作不興　災黎遍野　哀哀其鳴
　　懿欤烈士　先覚先民　蒿目日弊
　　急謀自新　誓除軍閥　拯溺国魂
　　一致反戦　聯結同盟　崑崙広播
　　警惕愚玩　正義浩然　河嶽星辰
　　天胡不吊　斯喪鴻熏　聞者哀悼
　　風悲日昏　英霊不滅　長存永生
　　尚響

訳：維れ民国二十九年四月二日在華日本人反戦同盟西南支部行営総顧問呉石、謹んで祭を桂南前線殉難烈士、松山、大山、鮎川三同志の霊に致して曰く、

天地自然の大道災禍にかかり、兇悪なる鴟鴞(しきょう)を産み、戦を興し国を誤り、人民を塗毒し、隣邦中華を侵略、師を出すに名なく、みだりに大兵を動かす、民生凋弊し、農作興らず、災民野にあまねく、哀々として鳴くのみ。うつくしきかな烈士、先覚の天民、時弊を憂え、速やかに自から新にせんと謀り、誓って軍閥を除き、溺国の魂を救わんと、一致反戦し、同盟を結び、崑崙に放送し、愚頑を警惕せり。正義は河嶽星辰に浩蕩、天いずくんぞ憐まざらん、この大勲を空しからしめん、聞くもの哀悼し、風悲しみ、日亦昏し、英霊滅びず、とこしえに存生せん。ねがわくば響けよ。

「反戦同盟」日本兵捕虜の戦死に対して、重慶の指導者たちも、国内外の世論に配慮して鹿地や捕虜たちに、深い同情と敬意を示すが、国民党と共産党の関係が日に日に悪化するに従い、鹿地と「反戦同盟」の活動には露骨な制限が加えられていった。

第2節　在華日本人民反戦同盟重慶総部の成立

「「反戦同盟」メンバー3名（うち松山速夫は台湾人通訳陳松泉：筆者注）が前線で犠牲になったことは、中国国内に大きな感動を引き起こし、「重慶博愛村」（軍政部第2捕虜収容所分所：筆者注）における同盟の組織化に道をひらくことになった」[35]。だが、「反戦同盟」設立の計画を知った「博愛村」所長の鄒任之（特務系）が同盟を自分の支配下におくための策動に出る[36]。このような国民党上層部が鹿地らをその指導下において利用しようとする動きを、鹿地は最も警戒した。鹿地の捕虜工作の基本は「外部から機会を与えられて始まる反戦運動ではなく、捕虜の内面からの反戦意識の醸成」[37]で、「反戦同盟」は独立した日本人の組織でなければならなかったからである。

1940年3月29日、鹿地は馮乃超と重慶近郊、揚子江南岸の楊家林の「博愛村」を訪れ、「博愛村」収容所の日本人捕虜50名の中から16名を選抜して揚子江北岸頼家橋へ移した。頼家橋は重慶から約30kmのところにある小村で、馮乃超らの尽力で、ここに「反戦同盟」総部兼宿舎を建設中であった。翌3月30日、鹿地と選抜された日本人捕虜16名は頼家橋で第1回総会を開催し、「反戦同盟」重慶総部を発足させる。

だが、国民政府は鹿地への警戒から、1940年3月23日突然「杜心如を同盟総部総顧問に特派する」[38]という政治部訓令を出す。これは三庁長郭沫若を免職し、「反戦同盟」総顧問である郭の地位を藍衣社系の杜心如に与え、杜を「反戦同盟」のお目付け役に据え、かつ杜心如の配下の汪恰民を常駐顧問にするというものであった。

杜心如は康沢の後任の政治部二庁長（任期：1939年7月10日～1940年9月2日）である。「常駐顧問汪恰民の主要な任務は、第一には反戦同盟と郭や馮たちとの関係（共産党系との関係：筆者注）を切り離すことであり、第二には進歩的な外部との接触（夏衍ら『救亡日報』関係者と延安に発足した同盟の関係者：筆者注）を一切封じつつ、同盟員の思想教育に監視の眼を光らせることである」[39]、

と鹿地は考えた。国共関係の悪化とともに、鹿地と郭沫若、馮乃超ら共産党系の三庁メンバーや延安共産党地区に発足した「反戦同盟」支部の関係者との関係に、国民政府はいらだった。

　国民党が鹿地への警戒を強める中、「反戦同盟」西南支部は反戦劇『三兄弟』の公演活動を始める。『三兄弟』は鹿地が書きおろした三幕物の反戦劇だ。『救亡日報』編集長の夏衍が中国語に翻訳して、1940年3月3日から『救亡日報』で連載され[40]、中国語の題名も『三兄弟』[41]。その後、三庁科員葉君健（翻訳家、58頁）が英訳して1941年、ソ連のモスクワで出版された月刊『国際文学』にも掲載された。内容は夫に先立たれた貧しい労働者の母親が3人の息子を育てるという家庭を描いている。国に召集され中国の戦場に出征する1番上の兄、思慮の浅い1番下の弟、そして2番目の弟は日本軍閥の中国侵略戦争に反対するために革命に身を投じるというストーリーだ。

　『三兄弟』は、1940年3月8日から3日間、桂林の新華戯院で上演された[42]。「反戦同盟」西南支部の多くのメンバーがこの公演に加わり、反戦平和活動を行う日本人捕虜たちの舞台を中国の多くの民衆が鑑賞した。

　『三兄弟』公演の目的は、①松山ら殉難した3名の同盟メンバーの祈念、②監視と締め付けが増した「反戦同盟」の活動資金補充のためであった。当初「反戦同盟」の教育などの資金は、全額国民政府から提供されていたが、監視と規制の強化に伴い資金が絞られてきたからだ。また、新しく発足した「反戦同盟」重慶総部の支援と激励も、目的のひとつであった。

　「反戦同盟」西南支部は、桂林地区の文化界、学術界の支援を得て、この反戦劇を国立西南大学で学生のために公演（4月21日）し、同大学は機関誌『週刊国立大学』で「在華日本人民反戦専刊」の特集号を出すなど、中国社会は「反戦同盟」の公演活動を温かく迎え入れた。

　これにこたえて、鹿地たちはこの公演収入の一部を、中国兵士の慰労基金にあてた。「今回の公演は切符の総収入が九千五百元で支出を除いて四千元位が残っています。同盟基金にはその半分を貰いました。他の半分は前線将士を慰問する為に使うことになりました」と、廖済實は鹿地に報告している。

第4章　鹿地亘と在華日本人民反戦同盟

　1940年6月5日の新聞『新華日報』の公演告知をみると、『三兄弟』のチケット代は、普通券は4種類で1元、3元、5元、10元である。9500元の収入を計上した同盟の公演は、非常に好評で大成功だったことがわかる。このように鹿地らは内外の情勢をにらみ、活発な活動を途切れなく展開した。そして「反戦同盟」総部をとり巻く厳しい環境の中で、「反戦同盟」への理解と支持を「後方軍民」[43]にさらに広げようと努力したのである。

〔写真4-3〕　重慶時期の鹿地亘。写真は立命館大学国際平和ミュージアム提供。

　公演後、「反戦同盟」西南支部の『三兄弟』上演に対して、各界から続々と反響が寄せられた[44]。

● 1940年3月8日の公演初日から10日までの3日間、『救亡日報・文化崗位』が『三兄弟』公演特集号発行。孟超「抗戦！ 反戦！ 中国人、日本人、かたく手を握る！——鹿地亘氏「三兄弟」の演出」、陳残雲「受難者の声」、黄崇庵「「侵略戦争反対」——「三兄弟」をみたあとで」等の評論記事が掲載された。
● 3月11日、各界の要請にこたえて『三兄弟』2日間の追加公演を行う。
● 3月12日、国防芸術社八桂鎮総部での茶話会に「反戦同盟」西南支部の『三兄弟』上演スタッフ全員が招待される。救亡団体代表および内外マスコミ関係者も出席。
● 3月14日、『救亡日報・介紹と批評』第6期で3月9日に開かれた『三兄弟』の座談会記録を掲載。座談会には新波、陳残雲、孟超、華嘉、周行、

林林、欧陽凡海、陳子谷らが参加した。夏衍は同号で「私はこの戯曲「三兄弟」を推薦する」の記事を書き、その中で、「「三兄弟」は今日の演劇界における喜ばしい成果である、ぜひ中国語での再上演を期待する」[45]と書く（主な俳優が同盟西南支部のメンバーだったため「三兄弟」は日本語で上演された）。

● 3月15日、桂林野戦司令部が『三兄弟』のトーキー映画化を計画。

● 3月17日、中華全国文芸界抗敵協会桂林分会が『三兄弟』の上演時に同盟基金募集を決定。

● 3月18日、『救亡日報』での『三兄弟』連載完結。

● 3月25日、『救亡日報』（社長は郭沫若）が「反戦同盟」西南支部メンバー全員を招待し、桂林滞在期間中の反戦宣伝活動をねぎらう。

● 4月6日、鹿地が重慶から打電し、中国の実情にあわせるため、夏衍、欧陽予倩に『三兄弟』の脚本修正を依頼する。

● 4月10日、鹿地から重慶行きを督促する電報を受け「反戦同盟」西南支部巡回劇団メンバーの坂本秀夫、吉岡昇、村上清、浅野公子ら十人余に林長塀、李若泉、演出の呉剣声が随行して重慶へ向かう。

● 4月21日、夏衍が中国語に訳した『三兄弟』が桂林・南方出版社より単行本として出版される[46]。「反戦同盟」西南支部劇団は西南大学の招きで『三人兄弟』を上演。

● 4月24日、「反戦同盟」西南支部は林長塀引率のもと、桂林より重慶へ向かい『三兄弟』を上演、映画を製作[47]。

『三兄弟』の公演は多くの観衆を集め、収入をあげただけでなく、鹿地が期待した「反戦同盟」に対する国党区各界の反響と、その活動に対する注目と支持が広がっていった。

5月8日、「反戦同盟」西南支部巡回劇団は重慶に到着[48]する。「（重慶で：筆者注）六月五日から五日間の予定で公演が始まった。ここでも田漢、洪深（田漢は3庁6処長、洪深は6処1科長：筆者注）をはじめ演劇界の多くの人々に援けられ、たまたま重慶を訪れていたアグネス・スメドレーなども激励にやっ

第4章　鹿地亘と在華日本人民反戦同盟

〔写真4-4〕　1940年6月5日～8日反戦劇『三兄弟』（重慶国泰劇院での公演時）重慶臨江門江岸でトラックの上から歓迎してくれた群衆に挨拶する鹿地（右から4番目）。右から2番目の人物は元三庁科員の張令澳氏（通訳）。鹿地の後ろに立っている人物は中国国民外交協会秘書長と記者。写真は張令澳氏提供。

てきて、公演は圧倒的成功で進められた」[49]。しかし臨都重慶での公演は、突然国民党執行部から横やりが入った。

　アメリカ人の女性ジャーナリスト、アグネス・スメドレーはその時の様子を『重慶、1940～1941年』という文章の中で次のように書いている。「「日本反帝同盟」が6月のある晩に上演した一幕物の芝居を観劇した。彼らは若い日本人捕虜兵で、20名あまりが日本の革命作家鹿地亘の指導のもと中国人民と日本人捕虜のために劇本を執筆、出版、上演した。公演二日目に、戯院は教育部長の陳立夫から警告を受けた。罪名は革命だった！　芝居では戦争が日本の貧しい人々に与えた影響の大きさを描き出していたが、それが革命的すぎるというのだった」[50]。この時、スメドレーは重慶に来たばかりだった。当時の重慶の重い空気を彼女はまたこう続ける。「時局は緊迫し、重慶全体の雰囲気は、白色テロと政治的迫害という日本の中国侵攻前夜を思い起

111

[写真 4-5] 『三兄弟』公演の劇団を組んで重慶に入った「反戦同盟」西南支部を迎える重慶市民。トラック上に立って挨拶しているのが鹿地亘。後方は揚子江。写真は立命館大学国際平和ミュージアム提供。

こさせた。作家、編集者、公法団体の進歩人が続々と香港や解放区へ逃れる準備をしていた。(中略) 私はすぐに、国民党政府内部の親日派が内戦をしかけていると悟った」[51]。

しかし、重慶の息苦しい政治状況と一般民衆の反応は異なっていた。馮乃超は、「反侵略戯劇「三兄弟」公演の感想」(『大公報』) という文章の中でこう書いている (文中の下線は筆者による)。「日本反戦同盟西南支部の同志たちが重慶に来たその日、道々で中国の民衆の歓迎を受けた。何より重要なのは、この民衆たちの行動である。我々中国人が抗戦に対して理解を深めより向上したことを証明したのだ。我々が戦っているのは日本人だが、我々の抗戦に加わる日本人もいる。<u>今我々は日本人を二つに分けて見極められる</u>。言い換えるなら、敵を明確に定め、この戦争の性質を明確に定めたということである。(中略) この意味で「三兄弟」の公演は大いに歴史的意義があったのだ」[52] と。

第4章　鹿地亘と在華日本人民反戦同盟

〔表4-3〕　在華日本人民反戦革命同盟会総部組織系統および名簿リスト（1940年5月付）

部門	職務	メンバー
会長（幹事長）		鹿地亘
委員（幹事）		山川要、池田幸子、岸本勝、▲成倉進、秋山竜一、▲佐々木正夫、鹿地亘
書記局	書記長	鹿地亘
	書記員	岸本勝、江都洋、森本清
教育部	部長	成倉進
	部員	鹿地亘、岸本勝、新井田寿太郎、▲浅野公子、山田浩
機関誌部	部長	秋山竜一
	部員	▲中村一夫、村上清、佐々木正夫、鹿地亘、池田幸子、緑川英子
資料調査部	部長	佐々木正夫
	部員	▲松野博、新井田寿太郎、▲秋山盛
経理部	部長	山川要
	部員	江都洋、岡村利子、森本清、▲高野誠、▲根本新平

注：同盟総部メンバーは17名。▲印は、後に（1941年3月16日）収容所から逃亡を図った8名。この逃亡劇が「反戦同盟」が解散させられる原因となる。
出典：鹿地亘資料調査刊行会編『日本人民反戦同盟資料』第4巻、不二出版、1994年、9頁。

　共産党（馮乃超は三庁内の共産党特支責任者）がこの時期から、軍閥の日本人と、捕虜を含めた日本軍国主義に抑圧されている日本人を、峻別していたことを馮乃超の文章は示している。最も近くで「反戦同盟」にかかわった中国人馮乃超は、「反戦同盟」の存在意義を、日本人が中国で抗戦に加わったことは中国人の抗戦意欲と中国兵士の士気を高めただけでなく、中国人に2つの日本人を見極めさせたと評価している。鹿地と日本人捕虜兵が中国で行った反戦平和活動を、当時中国人がどのようにみていたかの一端を反映している。
　『三兄弟』の重慶公演は国民党執行部の横やりで中止させられたが、桂林での『三兄弟』の公演は、桂林戯劇界の新記録を作り[53]、観客は桂林の5日間だけで6700人にのぼった。『新華日報』は、「今日、中国の演劇界、日本人民の演劇界に鮮烈な血しぶきが飛び散った。二つの民族の敵は一つである。迫害される者と侵略される者が共に手を携え共通の敵を倒そうではない

〔表 4-4〕 在華日本人民反戦革命同盟会西南支部組織系統および名簿

部門	職務	メンバー
支部長		坂本秀夫
委員		坂本秀夫、鯉本明、沢村幸雄、坂本敬二郎、桜井勝、田中達、平田稔
書記局	書記長	坂本秀夫
	書記員	鯉本明、沢村幸雄、南部実
教育部	部長	鯉本明
	部員	益田一郎、平田稔、秋月敏郎
機関誌部	部長	沢村幸雄
	部員	林長吉、坂本秀夫
資料調査部	部長	桜井勝
	部員	川本篤、山田渡、曽根竜雄、田中達、平田稔
経理部	部長	坂本敬二郎
	部員	田中達、源正勝、吉岡昇、松尾勇
無任所		平田稔、田中達

注:西南支部も17名。
出典:鹿地亘資料調査刊行会編『日本人民反戦同盟資料』第4巻、不二出版、1994年、10頁

か!」[54]と書きたてたが、国民党政府の「反戦同盟」への規制はこれ以後さらに強まっていった。

　鹿地は中止させられた「反戦同盟」西南支部巡回劇団員と重慶総部のメンバーが合流できた機会をとらえて1940年7月20日、2つの「反戦同盟」の全メンバーが参加する中で、重慶総部の成立大会を開催した[55]。さらに「反戦同盟」の改組も行った。

　改組後の「反戦同盟」総部および西南支部組織の名簿は〔表4-3〕〔表4-4〕の通りである。

　改組後の「反戦同盟」西南支部と「同盟総部組織系統および名簿」から、①「在華日本人民反戦同盟」の名称が突如「在華日本人民反戦革命同盟会」に変更されている、②「反戦同盟」は桂林西南支部11名と重慶総部16名で構成されていたが、西南支部17名、総部17名に同盟員が拡大している、③

第 4 章　鹿地亘と在華日本人民反戦同盟

メンバー増員と活動拡大により、成立当時より組織系統が細分化していることに気づく。

名称を「在華日本人民反戦革命同盟」に変更した理由を鹿地は説明していないが、「成立大会宣言」にある「我らは日本人民の海外に於ける<u>革命的枝隊</u>として（中略）中国抗戦を軸とする朝鮮、台湾等の東亜諸民族の光輝ある解放戦と呼応協同し東洋平和の奠定に邁進する」[56]（文中の傍線筆者）という言葉に、鹿地の「革命」という言葉へのこだわりと使命感が感じられる。鹿地と同盟員の革命的反戦平和活動への自負の表現だったのだろう。

1939年以降反共政策に転じた国民党は、「反戦同盟」[57]改組直後の1940年8月、ついに三庁廃止に出る。元三庁主任秘書陽翰笙は次のように回想している。

「蒋介石反動派（中略）は三庁科員に対して、次第に「溶共政策」の圧力を強め、前後三回、科員全員に対し国民党への入党を迫った。最初は1938年末の桂林時代だ。同志たちは分散して撤退の途中だったため、誰も相手にせず失敗に終わった。二回目は1939年の後半（馮乃超の年譜によると39年8月：筆者注）、当時周恩来同志が一時的に重慶を離れており、郭沫若氏が親の葬儀のため楽山へ帰っていたちょうどその時だった。陳誠、賀衷寒、張励生一派が再度全員に国民党入党を画策した。私は城内[58]でこの知らせを受け、非常に憤慨した。まず楽山へ人を遣り、郭沫若氏にすぐに重慶へ戻るように伝えた（馮乃超も郭に手紙を出している：筆者注）。同時に、城内へかけつけた馮乃超と南方局[59]へ状況を報告した。私たちの報告を受けたのは南方局の博古[60]同志だった。（中略）郭沫若氏はすぐに戻り抗議表明のため憤然と辞職を申し出たが、三庁の社会的影響は大きく、国民党も何の口実もない状況では郭氏の辞職を許可するわけにはいかなかった。同年10月、国民党は「共党問題処理法」を内部で公布し、大後方[61]において「一般企業や団体に所属し業務を行っている共産党員は、発覚した時点で即座に非合法活動に従事した罪に問う」との明文規定が設けられた。三回目は1940年8月、国民党が郭沫若氏を異動させて部務委員とし、何浩若[62]を三庁長にさせようと画策した

〔写真4-6〕 鹿地亘、池田幸子夫妻。撮影場所は重慶。写真は元三庁科員張令澳氏提供。

時期で、再度全員の入党を迫った。「軍事委員会各単位の所属人員は一律国民党へ入党すべし」と蒋介石の直接命令が出され、範揚副庁長が特に強行な姿勢で入党を迫った。(中略)郭沫若氏は全体大会を開き、強い口調で述べた。「入党(国民党)しようがしまいが、抗日は変わらず実行できる！ 庁に在籍しようがしまいが革命も変わらず遂行できる！」。そしてその場で辞職の電報を当局へ打電した。(中略)他の者も続々と辞職を申し出た。何日もしないうちに、蒋介石が唐突に郭氏、杜国庠、馮乃超、田漢、私(三庁の科長以上の幹部：筆者注)を引見し、こう述べた。「我々は別な部門を設けたいと思っている。やはり第三庁の人にやってもらい、郭先生にトップを引き受けていただきたい。(中略)つまり部内に「文化工作委員会」を設置し、文化工作研究を行いたいのだ」といった」[63]。

　1939年前後から国民党が共産党に近い郭沫若ら三庁メンバーに対する態度を硬化し、「溶共、防共、限共、反共」政策を盾に三庁を廃止に追い詰めていった様子が、陽翰笙の回想からよくわかる。

　元三庁科員張肩重の回想もみてみよう。「1940年9月1日、郭先生が三庁長を辞任すると宣言し、三庁のすべての同志も国民党系以外はみな即座に辞任した。すべて自発的にである。もとより郭先生への支持表明でもあったが、それ以上に国民政府への不満と抗議表明の意味合いが強かった」[64]。

　「国共合作の象徴」と称された三庁だったが、三庁内の「正式な共産党員

第4章　鹿地亘と在華日本人民反戦同盟

〔写真4-7〕　写真4-6と同日。鹿地夫妻、郭沫若（中央）、洪深などの三庁職員。1939年重慶で写す。写真は元三庁秘書翁沢永氏夫人倪愛如氏提供。

は少数で、ほとんどの科員は進歩的人士だった」[65]。元三庁特支（三庁内に秘密裏に設立された共産党特支部）[66]の共産党員張光年の回想によると、「当時特支は三庁内の共産党員20名を直接指導していた」[67]という。人員約300名余りの三庁内で正式な共産党員は多くはなかったが、三庁の多くの進歩的インテリは彼らを支持したので、三庁が行う大衆宣伝活動によって、共産党の勢力が庁内および国民大衆の中で勢いづくことを国民党は恐れた。かといって三庁の知識人たちが敵にまわるのはこまるというので、文化工作委員会の新設は「郭ら共産党系の人々を三庁から分離させるが政治部からは分離させない」ための苦肉の策で、三庁所属員たちが延安（共産党）に行くのを阻止するためであった。

　陳誠の後任の政治部部長張治中の回想録によると、この措置に対して周恩来は、張治中にこう言った。「第三庁にいる人々はみな無党派の文化人で、社会的な声望の高い人ばかりだ。抗戦のために来たというのに、その彼らま

117

で標的にするつもりなのか。いいだろう！　あなたがた（国民党：筆者注）が必要としないなら、我々（共産党：筆者注）が必要とする！　今我々は彼らに延安行きを要請しているところだ。トラックを何台か貸してくれればよい。我々が彼らを送って行こうではないか」[68]。

　このような経過をたどり1940年9月、国民政府は政治部を改組した。9月2日、郭沫若、周恩来、陳誠は同時に職を解かれ、張治中が政治部長に就任し、王東原が政治部副部長、袁守謙が一庁庁長、徐会元が二庁庁長、李寿雍が三庁庁長、呉子漪が四庁庁長（四庁が新設された）に就任した。そしてその月のうちに、何浩若が李寿雍を引き継いで三庁庁長になった（9月18日）[69]のである。

　政治部文化工作委員会[70]（以下「文工会」とする）は、1940年10月1日に成立した。郭沫若は「文工会」の主任に、陽翰笙らは副主任に任命され、「文工会」には国際問題研究、文芸研究、敵情研究の3つの部門が設置された。馮乃超は「文工会」党内書記、敵情研究組織長に就任し、引き続き鹿地らと協同し、鹿地と「反戦同盟」を支援した。それは「郭沫若と新任政治部長との交渉で、「反戦同盟」の管理権をこの委員会（文工会）に委ねることを条件の一つにして（郭は：筆者注）この仕事をひきうけた」[71]ことによるものであった。

　「文工会」の名簿は〔表4-5〕の通りである。

　「反戦同盟」の所管部署であり後ろ盾でもあった三庁の突然の撤廃は、「反戦同盟」の捕虜たちの心理をゆさぶった。動揺した2名のメンバーが逃亡を図った[72]ことから、鹿地は直ちに「反戦同盟」前線工作隊を再び組織する。目的は、厳しい政治状況下で「反戦同盟」解散の口実を与えないための活動展開を行うためと、重慶以外の環境で捕虜の再教育と訓練を行い、メンバーの動揺を鎮め、団結を強めるためであった。

　「反戦同盟」総部メンバー9名[73]による「総部前線工作隊」は、1940年9月22日から1941年1月末まで、第6戦区湖北省宜昌前戦南岸趙家柵前戦で反戦宣伝活動を行った[74]。同じ時期、「反戦同盟」西南支部メンバー8名による「西南支部前線工作隊（先鋒隊）」も、広東方面で活動を展開した（1940

第4章　鹿地亘と在華日本人民反戦同盟

〔表4-5〕　軍事委員会政治部文化工作委員会

主　任：　郭沫若	
副主任：　陽翰笙　　謝仁釗　　李俠公	
専任委員：	
沈雁冰　　　沈志遠　　　杜国庠　　　田　漢 　　　洪　深　　　鄭伯奇　　　尹伯休　　　翦伯賛 　　　胡　風　　　姚蓬子	
兼任委員：	
舒舎予　　　陶行知　　　張志譲　　　鄧初民 　　　王崑崙　　　侯外廬　　　盧于道　　　馬宗融 　　　黎東方　　　呂振羽	
第一組　　国際問題研究	
組長：　　　張鉄生　　蔡馥生（代） 　　蔡馥生　　　葉籟士　　霍応人　　　冼錫嘉 　　高　植　　　石嘯冲　　銭運鐸　　　翁植耘 　　徐　歩　　　黄序寵　　陳世沢 　　雇員： 　　盧　逸　　　孟世昌　　陳田華　　　鄭林曦 　　馮××（非常勤）	
第二組　　文芸研究	
組長：　　　田　漢　　石凌鶴（代） 　　石凌鶴　　　光未然　　賀緑汀　　　李広才 　　王　琦　　　李可染　　盧鴻基　　　丁正献 　　臧雲運　　　龔笑嵐　　高龍生　　　万迪鶴 　　秦奉香　　　白　薇 　　雇員： 　　沈　慧　　　柳　倩　　安　娥　　　劉　巍 　　劉子谷	
第三組　　敵情研究	
組長：　　　馮乃超 　　廖体仁　　　蔡　儀　　郭労為　　　康天順 　　朱　喆　　　緑川英子　劉　仁　　　史殿昭 　　潘念之　　　王学瀛　　徐経満＊	
敵情収聴室	
責任者：　　朱　喆 　　王孝弘　　　周　継　　李　嘉 　　雇員： 　　郭宝権　　　盧炳雄　　郭敬賢　　　史××	
城内秘書室（天官府七号）	
責任者：　　羅髫漁　　朱海観 　　駱湘楼　　　郭培謙　　王肇啓（3人ともに副官）	

楽嘉煊（会計）　　李　平（文書）　　　陸堅毅（タイプ） 　　雇員： 　　呂佩文　　姜夢綺　　　郭美英
郷間秘書室（頼家橋全家院子） 　　負責人：　　何成湘 　　盧鴻漠（副官）　施白蕪　　荊有麟＊ 　　汪遐（出納）　　梁文若（資料）　　高履芳（資料） 　　林健美　　　何億嫺　　　裴吉英（幼稚園） 　　植字房（5人） 　　負責人：　　郭敬賢 　　張　曜　　　王××

＊：徐経満、荊有麟は国民党が配置したスパイだったが、文工会の多
　くの所属員は彼らの身分を知っていた。
出典：陽翰笙「戦闘在霧重慶」『新文学史料』1984年第1期、62頁

年10月21日から1941年1月17日まで）。鹿地が国統区で設立した「反戦同盟」は、国共合作が破綻してゆく中、あえて前線へ赴き活動によってその意志を示した。

　この時鹿地ら「反戦同盟」総部前線工作隊に同行した中国人通訳が、2004年上海で筆者が取材した元三庁七処3科科員で北海道大学に留学した経験をもつ張令澳[75]であった。

　張令澳は、当時三庁はすでに廃止されていたため、「陳誠が私を第6戦区司令長官部機要室へ異動させて中佐付秘書とし、鹿地と前線工作隊に同行して恩施[76]へいくよう命じた」、と話した。

　前回の経験から、「反戦同盟」の工作隊は、日本軍兵士の心理に合わせた放送用の宣伝原稿集「ことばの弾丸」（鹿地のルポルタージュとは別のもの）や「日本兵士要求書」などの新しい宣伝資料を準備していた。その結果、この時の出動で初めて、日本軍兵士から「了解した」[77]という返事があり、日本軍の使者と面会する成果をあげた。「（中国軍：筆者注）司令官は我々に「ますますの努力を祈る」と打電してくれた」[78]ほか、「副司令長官からは、暫時各戦区を巡回し、中国軍兵士を指導して日本語スローガンを呼びかけさせるよう要請され」[79]、中国軍司令部もこの時は「反戦同盟」工作隊の成果を認め、

第4章　鹿地亘と在華日本人民反戦同盟

〔写真4-8〕1941年7月20日、重慶の各界人が頼家橋の文化工作委員会弁公処の全家院子で集会を開き、「反戦同盟」総部設立1周年を盛大に祝った。集会には「反戦同盟」総部のメンバーや文化人約60人が参加した。写真は参加者の寄せ書きと署名（約55人が署名している）。

文化工作委員会主任の郭沫若は中央上部に毛筆で七言律詩を書いた。

　　英雄肝胆佛心肠　　鉄血余生几战場
　　革命精神昭日月　　和平事业奠金剛
　　风声飒飒流松籟　　鸟语嘤嘤庆草堂
　　同是东方好儿女　　乾坤扭转共担当（1962年に再書き込み）
（訳）英雄の肝胆、仏心腸、
　　　鉄血生を余すこと幾戦場。
　　　革命の精神、日月より明らかに、
　　　和平の事業、金剛を奠む。
　　　風声颯々として松籟に流れ、
　　　鳥語嘤々として草堂を慶ばす。
　　　同じく是れ東方の女子児女、
　　　乾坤扭転し、共に担当せん。（鹿地亘訳）

文化工作委員会副主任の陽翰笙は行書で七言絶句を書いた。
　　红海何如黄海优　　中华蓬岛共千秋
　　同盟今天三杯酒　　誓建和平东海头

中華全国文芸界抗敵協会常務理事、総務部主任、文化工作委員会兼任委員の老舎は中ほどに署名し、隷書で七言律詩を書いている。

一代和平风扫沙　海天雷雨斗龙蛇
　旧潮垂死碧成血　大地重生春是家
　小住巴山盟菊竹　待还瀛岛醉櫻花
　临流共誓同舟志　东海晨开万丈霞

　在家日本人民反戦革命同盟会総部成立1周年記念寄せ書きに署名した主な人は、「反戦同盟」メンバー：岸本勝、広瀬雅美、山川要、新井田寿太郎、江都洋、秋山竜一など。
　文化工作委員会メンバー：馮乃超、廖体仁、郭劳為、朱潔夫、康天順（康大川）、徐金満、史殿昭、霍応人、銭運鋒、鄭林曦など。
　子ども劇団メンバー：厳良堃（解放後は中央楽団の指揮者になる）、于漚生など。
　その他：江明、李名侠、陳善海、王樹華、李林、甘雨崗、劉耀華、高原、張十方、王志敏、楊歩雲、賈啓武、郭培謙、呉尚智など（沱源「在华日本人反战同盟重庆总部始末」（四）『黔东南社会科学』1994年第4期、46頁）。
　写真は鹿地亘の長女坂田暁子女史提供。

〔表4-6〕「反戦同盟」総部宜昌前線工作隊名簿（9名）

指揮	鹿地亘
隊長	山川要
副隊長	岸本勝
隊員	中村一夫、成倉進、新井田寿太郎、佐々木正夫、森本清、高野誠

　出典：鹿地亘資料調査刊行会編『日本人民反戦同盟資料』第4巻、不二出版、1994年、鹿地亘『日本兵士の反戦運動』（上）同成社、1962年、鹿地亘『ことばの弾丸』中央公論社、1947年を主に参考。

前線上層部も工作隊の活動の効果を評価した。

　鹿地に同行し「反戦同盟」の前線活動を間近で経験した張令澳は、「中国の兵士、民間人はすでに戦争を4年も経験し疲れ果てていた。みな苦しかった。誰もこれ以上戦いたくはなかったし、そういう意味では愛国心も欠けてきていた。日本人相手に武器もなく、戦えるはずもない。そこに我々が日本人を連れて前線へ行き、中国の住民はそれを見る。そしてこう考える。日本人が来た、でも自分たちと戦いに来たのではなくて助けに来た、と。陳誠は私に日本人を前線へ連れて行かせ、彼ら（工作隊：筆者注）に宣伝させた。日本人に自分たちのことを語らせたんだ。「自分はどんなにまっとうな農民だったか、まっとうな工員だったか。でも、召集されて中国へ戦いに来た。しか

第4章　鹿地亘と在華日本人民反戦同盟

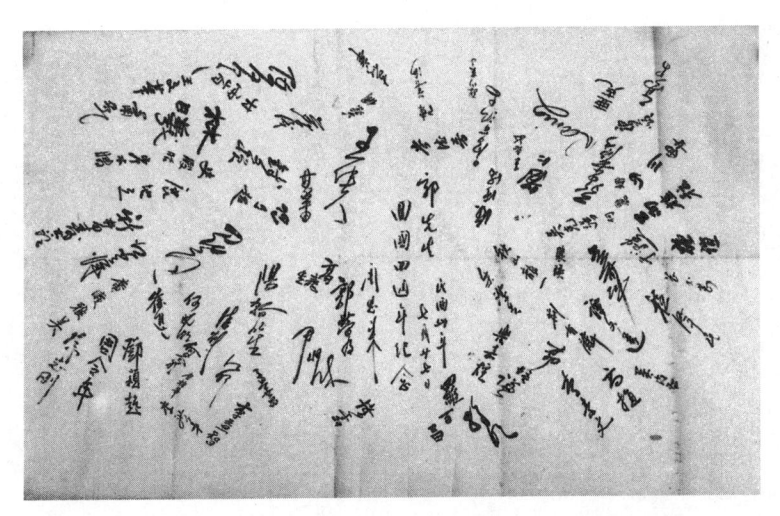

〔写真4-9〕　1941年7月27日、郭沫若の帰国4周年を祝って関係者が記念に書いた寄せ書き。周恩来、鄧穎超、陽翰笙、馮乃超、翁澤永、康天順などの署名がみえる。鹿地亘は左上に毛筆で署名している。「反戦同盟」の広瀬雅美、新井田寿太郎、岸本勝、緑川英子、山川要、秋山竜一なども名前を書いている。写真は元三庁秘書の翁澤永氏の夫人、倪愛如女史提供。

注：こうした「記念会」は国統区における共産党の重要な「政治闘争」のひとつであった。同時に国統区の文化人が共産党と接触する重要な機会でもあった。元「文工会」副主任の陽翰笙は次のように書いている。「1941年10月上旬のある日、郭氏と私が郭氏の自宅で仕事について協議していると、周恩来同志が来て、郭氏の五十歳の誕生祝と創作活動二十五周年記念をしようと嬉しそうに提案した。郭氏はその場ですぐ辞退した。恩来同志は「あなたの誕生祝をすることは大きな意義のある政治闘争なのですよ」と穏やかに言った（陽翰笙「戦闘在霧重慶——回憶文化工作委員会的闘争」『新文学史料』1984年第1期、50頁）。

〔表4-7〕　反戦同盟」西南支部広東方面前線工作隊（先鋒隊）名簿（8名）

隊長	坂本秀夫
副隊長	鯉本明
顧問	林長埔
隊員	平田稔、益田一郎、田中達、南部実、吉岡昇

出典：鹿地亘資料調査刊行会編『日本人民反戦同盟資料』第4巻、不二出版、1994年、鹿地亘『日本兵士の反戦運動』（上）同成社、1962年、鹿地亘『ことばの弾丸』中央公論社、1947年を参考。

〔写真4-10〕 1942年郭沫若ら文化工作委員会メンバーとこども劇団団員。頼家橋全家院子で写す。郭沫若（最前列左から6人目）の左隣に後に郭の妻となる于立群、その左隣が鹿地亘（左から4人目）。写真は前出の翁沢永夫人倪愛如女史提供。

し、中国人にはなんの恨みもない。なぜあなたたちの国に来なければならなかったのか、山河を乗り越えてあなたたちの領土へ来なければならなかったのか。なぜ戦いに来なければならなかったのか。結果はどうだ。捕えられて自分は捕虜となった。日本政府が自分たちを選び、日本の軍国主義のために戦わせ、中国を侵略させた。自分たちも辛い。日本にいる妻や子はどうしているのだろうか、会える日が来るのかさえわからない。だからもう戦うのはご免だ。日本人は侵略者だ。自分たちも戦争反対だし、日本人のどの家も反対だ。日本人が戦争をやめたら、ふるさとに帰れるだろう」と。こうした言葉で住民たちを励ました。日本人でさえ戦争に反対しているのだから、もしかしたら中国人が最後には勝てるかもしれないと、希望を持った」と語ってくれた。

「反戦同盟」総部前線工作隊は1941年1月26日に任務を終え重慶に戻る。この前の1月6日、国共合作の終わりを決定づける「皖南事件」がおこる。

〔写真4-11〕 三庁七処3科の元科員で、「日本人民反戦同盟」会長・鹿地亘の通訳兼秘書をしていた、張令澳氏。後ろは郭沫若寓居（2004年4月26日上海にて筆者撮影。張氏は2012年春現在も健在。）。

第3節　国民党支配地域における「反戦同盟」成立の意義

　蒋介石は優れた軍人として正確な敵情把握の重要性を早くから主張し、日中戦争における日本人捕虜の価値も認識していたが、それは中国軍の中で周知されなかった。アメリカの暗号解読者が日中戦争初期の国民党統治区の様子を、次のように書いている。「1939年3月、1937年の戦争開始から今日までの、日本人戦死者は100万人に達したが、中国側がとらえた捕虜は60名

しかいなかったことを総部より知った。蒋委員長はこの捕虜の価値を知っていた。その証拠に日本人を生きて捕えた場合20元の懸賞を出すという規定を設けていた。(中略) 私は各地に分散していた60名の捕虜を重慶に集め、私の仕事 (暗号解読：筆者注) に関する技術的情報の聴取を提案したが、これは拒否された。この点を、誰もわかっていなかった」[80]。

蒋介石は捕虜の価値は理解はしていたが、防共こそが彼にとって最重要であった。それゆえに鹿地の捕虜工作は、党内の勢力争いと防共政策に翻弄され、常に不安定な綱渡りを余儀なくされた。国統区における鹿地の捕虜工作と反戦平和活動は、共産党根拠地延安地区の「反戦同盟」のように、保護と協力のもとで順調に育てられた状況とは逆で、困難な道のりから短命であった。

本章の第1節、第2節で示したように、国統区に誕生した「反戦同盟」には、国共合作の申し子として誕生したために、国民党と共産党の関係悪化とともに、さまざまな障害がふりかかった。このような環境の中で展開された国統区での日本人の反戦平和活動は、どのような意義があったのであろうか。鹿地が国統区で組織した「反戦同盟」西南支部と重慶総部の活動期間は約2年と短い。しかし国統区における鹿地らの活動は国内外、特に海外メディアが集まり世界が注目する地区で展開されたところに特徴があった。

1. 国際的反響の大きさ

「反戦同盟」はまず1939年12月桂林で「西南支部」を、翌年1940年3月29日重慶で「総部」を発足させた。戦局の変化に伴って、国民政府は南京、武漢、重慶と移転を繰り返し、大後方は次第に奥地へと入っていった。軍政機関の移転に伴い、文化や民衆、国内外のメディアとその関係者たちも、国民政府の移転先へと移動した。「反戦同盟」があった桂林、重慶は、情報の集積および発信の核心基地となり、そこに集まってきた国内、海外の新聞雑誌が、鹿地ら日本人の反戦平和活動を大量に報道した。そして鹿地は国内、海外のメディアを通して自身の反戦平和思想を訴えることができたのである。

第4章　鹿地亘と在華日本人民反戦同盟

〔表4-8〕　桂林の主要国内外通信社および新聞社、記者

アメリカ	UPI 通信社	エプスタイン
アメリカ		スメドレー（女性作家）
ソ連	タス通信社	ロゴフ
オーストラリア	海瑞徳通信社	ウォーレン
フランス	アヴァス通信	馬菊恩
フランス	ユマニテ	黎蒙
中国	中央社	『武漢日報』『新華日報』『大公報』『中央日報』

出典：広西桂林図書館等編『桂林文化大事記』(1937-1949) 漓江出版社、1986年を参考。

　当時桂林には〔表4-8〕のような国内外の新聞社や通信社、記者が駐在していた。

　鹿地は日本人捕虜の反戦平和活動が、蒋介石の道具として、国際宣伝の広告塔にされることに神経を尖らせたが、国統区に集まってきた世界各国の通信社、新聞社が「反戦同盟」の活動を称賛し、その報道が国内外の反響を呼びおこし、国民政府執行部の鹿地と「反戦同盟」承認につながったともいえ、メディアは国民党の攻撃をかわす盾ともなった。

　しかしメディアが報道した鹿地の「日本軍国主義の中国侵略戦争反対」の言動は、日本にも正確に伝わった。中国での鹿地の活動を注視していた日本政府は、国内の新聞紙上で「祖国を裏切った鹿地亘」[81]、「売国奴作家の醜態」[82]と、熾烈な鹿地非難を展開する。

　「日本外務省22日、香港からの消息によれば、左翼作家鹿地亘（本名瀬口貢、36歳）と愛人池田幸子[83]は中国で非国民的行為を行っていることが判明した」、「にっくき鹿地亘」[84]などと荒々しく書き、鹿地の首に懸賞金をかけた。朝鮮義勇隊長金若山の話によると、「私たちの隊（朝鮮義勇隊：筆者注）が日本軍の書類を抑えたのですが、その中に、あなた（鹿地：筆者注）の写真と経歴入りの全軍にあてた懸賞逮捕令がありました。殺した者には二万、生捕りした者には五万です。すぐ最高当局に提出しましたが、大変喜ばれましたよ」[85]。

127

第1章で述べたように、日本の新聞で鹿地バッシングが始まると、故郷で暮らす鹿地の両親は村人から敬遠されたのである。

　日中戦争に対して当初慎重な態度をとっていた欧米諸国は、鹿地の「反戦同盟」の活動が始まった1938年以降から対中援助（〔表4-2〕100頁）を急激に強化し始める。

　世界情勢の変動が背景にあったものの、中国抗戦陣営の中で、鹿地ら日本人が国際統一戦線を形成したことが好印象となったことも否めない。なぜならば、英米は鹿地の「反戦同盟」活動に、早くから関心を示し注視していたからである。

2. 中国国内での影響

　日本人捕虜による反戦組織発足の情報は、直ちに延安など共産党根拠地に収容されていた日本人捕虜たちの耳にも届いた。

　1939年11月15日、重慶『新中華報』は「在華日本人民反戦同盟」設立の趣旨の内容、「目下侵略戦争において、日本軍閥は我々の血の最後の一滴まで絞り取ろうとしている。我々はこの残忍非道な犯罪行為に断固として反対する。中国の革命が成功してこそ、アジアの人々は解放される。我々は中国人民がこの目的を達成するために尽力する」[86]を、大きく報道した。鹿地らは各界から注目され、「反戦同盟」支援網を広げた[87]。

　延安など共産党根拠地にも反戦平和の意思を持つ日本人捕虜たちがおり、国統区での「反戦同盟」発足を知ると、鹿地との連携を図り、国統区の「反戦同盟」と歩調をともにしたいと願った。それに関係する延安から鹿地にあてた3通の手紙がある。

　「各同盟支部及支部以外との連絡の問題ですが、今後万難を排して連絡したいと思います。そして支部の設立なき処には支部設立に努める。これは我々の義務であると思います。目前延安と最も近き西安にも八路軍から行った捕虜が相当いますし連絡も取り易いと思います。そこで貴殿より当

第4章　鹿地亘と在華日本人民反戦同盟

方に連絡すべく責任者へ通知してくだされば誠に喜ばしい次第です。（中略）我々は本部（鹿地：筆者注）の最後的規約に基づいて活動します。

　　　　　　　敬礼　　在華日本人反戦同盟延安支部
　　　　　　　　　　　　　　森　　健
　　　　　　　　　　　　　　春田好夫
　　　　　　　　　　　　　　市川常夫」[88]

　手紙には八路軍政治部用箋が使われている。日付はないが、文面に「盧溝橋事件勃発三周年記念大会の際、私は大勢の面前で支部設立を宣言した」とあるので、1940年7月前後に書かれたものだと思われる。差出人は、延安八路軍の日本人捕虜、森健、春田好夫、市川常夫の3人で、鹿地の重慶「反戦同盟」総部の支部として延安支部を設立したことがわかる。また、「在華日本人反戦同盟延安支部規約」が同封されており、規約では「他の同盟支部と連携するよう努める」とうたっている。「我々は本部の最後的規約に基づいて活動します」との文言は、延安の日本人捕虜らが国統区の鹿地らと連携しようとしていることを示している。

　もう1通は、新四軍で政治工作に従事している日本人捕虜からの手紙である。日付は1940年、署名は新四軍の日本人民反戦者となっている。
「昨日の晩我々の処に着きました分件内容豊富で有意義なるうちの「真理の闘い」、教育資料など、後方重慶から帰りてその疲労を休めず再び筆を執って編集された「人民の友」など有難く受け取りました。（中略）新四軍に正式参加した我々五名は既に綱領第二条を遂行しつつあります。此方の工作としては現部隊の兵士たちに「日本語」の教育、喊口号及反戦か其の他宣伝ビラを書くなどです。と言ってもまだ我々の工作は幼稚なので尚今後会長（鹿地：筆者注）諸兄の正確なる指示をお願いします。（折々通信をたのむ）」[89]。
　手紙の中に「反戦同盟」西南支部が重慶で1940年6月5日から8日まで上演した「三兄弟」にふれている部分があるので、この手紙が書かれたのは1940年6月ごろだろう。

3通目は八路軍地区で成立した「八路軍日本人反戦連盟」メンバーから鹿地あての手紙である。

「重慶政府留日本反戦同盟鹿地亘先生：貴同盟発足以来、我々は何度も先生と意見交換を行い密に連絡を取り行いたいと願ってまいりました。しかし申し訳ないことに、今日に至るまでできずにおりました。今日、華北駐留の日本軍の反戦厭戦感情が日増しに高まるなか、延安、冀南、山東、冀魯豫の八路軍で同盟支部を発足させました。本联盟の組織には支部もあ(原文ママ)ります。（中略）今後、密に連絡を取り合うことは、目下発足した貴同盟と本联盟にとって非常に重要なことです。具体的な案を検討し、ご指導を賜りますようよろしくお願いします。

　　　　　　　　　　　　　八路軍日本人反戦聯盟　拝」[90]

3通の手紙の差出人たちはいずれも、鹿地らの国統区「反戦同盟」との連携を希望している。留意すべきは、1通目の八路軍日本人捕虜森健らの手紙にあるように「我々は本部の最後的規約に基づいて活動します」と、鹿地の「反戦同盟」重慶総部の指導のもとで活動することを前提とし、1940年7月7日成立した「在華日本人反戦同盟延安支部」を「重慶総部」の一支部とみなしていることである。

しかし、国共両党の共闘関係が「皖南事件」（1941年1月6日）で破綻する前から、延安など共産党地区と鹿地は直接的連絡はとれなかった。延安地区の元日本人捕虜前田光繁は『八路軍の日本士兵』の中でこのように書いている。「重慶の鹿地亘という日本人が組織した「反戦同盟」の消息をきき、我々はすぐに手紙を書き彼と連絡を取ったが、いくら待っても返事はなかった。仕方なく我々は自分たちで"覚悟联盟"（以下、覚悟連盟とする：筆者注）を組織した」[91]。鹿地と連絡を試みたがとれなかった山西省遼県麻田鎮の八路軍総部にいた杉本一夫、小林武夫、高木敏雄、松井英勇、吉田太郎、岡田義雄、石塚修など7名も、1939年11月7日、ソ連の十月革命記念日に「覚悟連盟」

第4章　鹿地亘と在華日本人民反戦同盟

を設立した。

この「覚悟連盟」は、国統区の鹿地らの「反戦同盟」西南支部より1か月ほど早く設立されていたが、鹿地の日本人捕虜組織構想と、国統区の「反戦同盟」発足に影響を受けて成立したことは、前出の手紙から明らかである。それにもまして、鹿地の「反戦同盟」結成の消息が、中国大陸に点在する日本人捕虜たちに、死ぬことよりも生きることを模索する契機をもたらしたことは重要である。

戦後鹿地は、国統区と共産党根拠地域の2つの地域の反戦同盟運動について、次のような文章を書いている。「国民党地域でこの（反戦同盟：筆者注）運動が先にはじまり、中国では国民党地域と中共地域とに、2つの日本人反戦運動があったようなことをいう人がいますが、実はそれは「岡野・田中」の手紙（「日本の共産主義者に与える手紙」をさす：筆者注）に導かれた日本人の（同じ目的を掲げた：筆者注）1つの運動であったということです」[92]。

戦争状態と当時の立ち遅れた連絡手段で、国統区と共産党根拠地域間の通信、往来は国共合作時でも難しかったが、「皖南事件」で国共合作が決裂してからはさらに困難だったようだ。国民政府にマークされていた鹿地はその中で1940年4月、延安入りした野坂参三[93]と連絡をとるのだが、これは、幾重にも国民党の関所があり人の往来、電報、通信も検閲される状況の中で[94]、中共サイドの人の手から手を通してやっとできたことであった。

とはいえ鹿地が戦後中国から持ち帰った「反戦同盟」などの大量の資料の中には、延安側の資料もかなり含まれている。延安の反戦同盟の機関誌『兵士的友』、小冊子、宣伝ビラなどの延安関係資料が『日本人民的反戦同盟資料』に収められている。困難な中で、延安と連絡をつないでいたことがわかる。元鎮遠「和平村」収容所主任管理員康大川氏は、「たとえば、手紙を共産党員や往来する人々の荷物に挟むなどの方法で、我々は（延安の共産党と：筆者注）連絡を取り合った」と語った。しかし、両地域の指導者鹿地亘と野坂参三は、中国で一度も会うことはなかった。

岡野進、即ち野坂参三（林哲の別名もある）は、1940年4月にモスクワから

〔表4-9〕 共産党地域の日本人反戦組織

1939年11月7日	在華日本人「覚醒連盟」山西省遼県麻田鎮第八路軍野戦総部で成立
1940年5月1日	「在華日本人反戦同盟延安支部」山西省延安で成立
1940年6月2日	「覚醒連盟山東支部」第八路軍115帥で成立
1940年6月23日	「覚醒連盟第一支部（太行支部）」八路軍129帥で成立
1941年2月23日	「反戦同盟冀中支部」第八路軍冀中軍区で成立
1941年5月4日	「反戦同盟晋察冀支部」第八路軍晋察冀軍区で成立
1941年5月15日	「延安日本工農学校」延安で設立*
1941年6月2日	「反戦同盟山東支部」第八路軍山東縦隊で成立
1941年8月7日	「覚醒連盟冀南支部」第八路軍冀南軍区で成立
1941年8月15日	「覚醒連盟冀魯豫支部」第八路軍冀魯豫軍区で成立
1941年9月18日	「反戦同盟膠東支部」第八路軍膠東軍区で成立
1942年3月15日	「反戦同盟蘇中支部」新4軍第1軍帥（蘇中軍区）で成立
1942年4月	「覚醒連盟太岳支部」第八路軍太岳軍区で成立
1942年6月23日	「在華日本共産主義者同盟」延安で成立
1942年7月15日	「反戦同盟蘇北支部」新4軍第3帥（蘇北軍区）で成立
1942年8月15日	華北日本士兵代表大会および華北日本人反戦団体大会延安で開催、「在華日本人反戦同盟華北連合会」成立
1942年9月	「反戦同盟晋西北支部」第八路軍第120帥で成立
1942年9月18日	「反戦同盟清河支部」第八路軍清河軍区で成立（1943年随軍区とともに渤海支部に名称変更）
1942年10月	「反戦同盟淮北支部」新四軍第4帥（淮北軍区）で成立
1942年11月	「反戦同盟浜海支部」第八路軍浜海軍区で成立
1942年11月	「反戦同盟淮南支部」新四軍第2帥（淮南軍区）で成立
1943年3月31日	晋冀魯豫反戦同盟代表大会と晋冀魯豫日本士兵代表大会を開催。「反戦同盟晋冀魯豫地区協議会」成立
1943年5月14日	「反戦同盟華中地方協議会」新四軍軍部で成立
1943年5月18日	「反戦同盟魯南支部」第八路軍魯南軍区で成立
1943年6月30日	「日本工農学校晋西北分校」設立*
1943年7月8日	山東日本士兵代表大会および山東反戦同盟代表大会を開催、「反戦同盟山東地区協議会」成立
1943年7月	「反戦同盟魯中支部」第八路軍魯中軍区で成立
1943年	「反戦同盟第5支部」新4軍第5帥（鄂豫軍区）で成立
1944年1月15日	反戦同盟華北連合会が拡大執行委員会を開催。「日本人民解放連盟」成立を決議

第4章　鹿地亘と在華日本人民反戦同盟

1944年5月4日	「日本人民解放連盟冀東支部」第八路軍冀東軍区で成立
1944年11月2日	「日本工農学校山東分校」設立＊
1945年1月25日	「日本人民解放連盟冀魯豫地区協議会」成立

＊：日本工農学校は校長・野坂参三、副校長・趙安博、教務主任・森健。
参考資料：
　小林清『在華日人反戦組織史話』社会科学文献出版社、1987年（小林清は元「反戦同盟」膠東支部副部長。戦後中国にとどまり中国人女性と結婚。天津社会科学院などに勤務し、天津市政協委員も務めた。）
　孫金科『日本人民的反戦闘争』北京出版社、1996年
　秦郁彦『日本人俘虜』上原書房、1998年

延安へ入った。その後共産党地域の「覚醒連盟」[95]などの日本人反戦組織を指導した。同地域の日本人反戦組織は、共産党の積極的支援を得て順調に発展し、1945年の戦争終結まで華北の各共産党根拠地域では「反戦同盟」支部が続々と設立されていった。

　1942年8月には共産党地域の各「反戦同盟」が集まり、「在華日本人反戦同盟華北聯合会」を結成。1944年4月「日本人民解放聯盟」（以下「連盟」と略す）と改名し、組織を拡充した。

　一方、国統区の鹿地らの2つの「反戦同盟」は、国民党の政策転換で1941年8月25日、解散させられてしまう。国統区の「反戦同盟」の活動停止により、1941年以後の中国での日本人「反戦同盟」の活動は共産党地区の「連盟」のみとなった。1945年第2次世界大戦終結時、「連盟」は20の支部[96]を持ち、メンバーの数は800名余りとなっていた（1939年以降延安地区で組織された「反戦同盟」は〔表4-9〕の通り）。

　「連盟」は1943年の1年だけで100万枚以上の宣伝ビラを散布するなど、活発な活動をしたが反面[97]、前線での工作活動などで25～38名の日本人捕虜工作員が犠牲となった[98]。

　1941年5月には延安で野坂参三が校長、中国共産党の趙安博が副校長、森健（「覚醒連盟」発起人のひとり）を教務主任とする「延安日本工農学校」が創設され、約300名の日本人捕虜がこの学校へ入学した[99]。「延安日本工農学校」の目的は、日本軍閥の中国侵略に反対する反戦思想教育だったが、戦

後の日本社会の幹部養成、日本とのルート構築も視野に入れたものであった。副校長趙安博は、戦後の日中関係で中国外交部門の幹部として活躍した。中国共産党が戦後の日本対策を早期に準備していたことがわかる。鹿地の捕虜工作構想は、国統区で実践され短命だったが、その目的は共産党統治区の「連盟」に継承され発展したのである。

注
1 鹿地亘『中國の十年』時事通信社、1948年、108頁。
2 陽翰笙「第三庁——国統区抗日民族統一戦線的一个戦闘保塁（三）」『新文学史料』1981年第2期、31頁。
3 鹿島節子「在鹿地亘的著作中的朝鮮義勇隊」『朝鮮近現代史』明石書店、1996年、366頁。
4 沱源「在華日本人民反戦同盟西南支部」『黔東南社会科学』1993年第2期、47頁。
5 郭沫若『洪波曲』人民文学出版社、1979年、229頁。
6 桂林行営参謀処第1課長、陸軍上佐。湖南省衡陽県の地主の家に生まれ、1927年湖南農民運動が続発する中で一家離散した。当時16歳だった廖済寰は広東省へ逃れた後、黄埔陸軍軍官学校へ入学、政府派遣により日本の東京帝国大学経済学部へ留学する。抗日戦争中に帰国し、廬山軍官訓練団で訓練をうけた。鹿地が桂林広西学生軍事訓練班（大卒士官の養成機関）で講演した際、通訳を務めた廖は鹿地と意気投合し、「反戦同盟」西南支部の熱心な支援者となった。
7 呉石将軍の桂林野戦司令部参謀処時代の腹心の部下。アヘン戦争の名将林則徐の孫にあたり、「反戦同盟」西南支部の直接的な協力者。
8 鹿地亘『抗戦日記』九州評論社、1948年、136-137頁。
9 48人中11人というのは数は多くはないが共産党の葉剣英の助言に従い、厳しい選考が行われたからである。鹿地亘資料調査刊行会編『日本人民反戦同盟資料』第3巻、不二出版、1994年、267頁参照。
10 鹿地亘『火の如く風の如く』講談社、1958年、321頁。
11 鹿地亘『火の如く風の如く』講談社、1958年、325-326頁。
12 鹿地亘『火の如く風の如く』講談社、1958年、325頁。
13 鹿地亘資料調査刊行会編『日本人民反戦同盟資料』第3巻、不二出版、1994年、273頁。
14 鹿地亘『日本兵士の反戦運動』（上）同成社、1962年、69頁。
15 鹿地亘資料調査刊行会編『日本人民反戦同盟資料』第3巻、不二出版、1994年、274頁。
16 鹿地亘『日本兵士の反戦運動』（上）同成社、1962年、72-73頁。

第4章　鹿地亘と在華日本人民反戦同盟

17 鹿地亘『日本兵士の反戦運動』（上）同成社、1962年、73-74頁。
18 鹿地亘『日本兵士の反戦運動』（上）同成社、1962年、78頁。
19 「反戦同盟」西南支部成立の日付については複数説ある。鹿地は、自著『日本兵士の反戦運動』（上、同成社、1962年、178頁）では12月中旬の後、25日と決めたと書いているが、中国の研究者沱源の「在華日本人反戦同盟西南支部」（『黔東南社会科学』1993年第2期）によれば12月21日、同じく中国の研究者孫金科の『日本人民的反戦闘争』（北京出版社、1996年）では12月中・下旬である。しかし、鹿地が陳誠に提出した報告書「関於第一工作隊出勤桂南会戦工作的報告」（日本語）では、「12月23日、「反戦同盟」西南支部成立大会の前日来電あり、25日大会を終えるとすぐ出発した」（鹿地亘資料調査刊行会編『日本人民反戦同盟資料』第3巻、不二出版、1994年、279頁）とある。本文は報告書を根拠とし12月25日とした。
20 鹿地亘資料調査刊行会編『日本人民反戦同盟資料』第3巻、不二出版、1994年、198-199頁。
21 鹿地亘資料調査刊行会編『日本人民反戦同盟資料』第3巻、不二出版、1994年、279頁。
22 楽群社は軍事委員会の桂林招待所である（沱源「在華日本人反戦同盟西南支部」『黔東南社会科学』1993年第2期、51頁）。
23 鹿地亘資料調査刊行会編『日本人民反戦同盟資料』第3巻、不二出版、1994年、242頁。
24 法政大学大原社会問題研究所編『日本労働年鑑　特集版　太平洋戦争下の労働運動』労働旬報社、1965年。
25 鹿地亘『続 火の如く風の如く』講談社、1959年、36頁。
26 鹿地亘資料調査刊行会編『日本人民反戦同盟資料』第3巻、不二出版、1994年、280-283頁。
27 （1903-1970年）四川省巴県出身。作家、翻訳家。1920年より1927年まで日本の東京帝国大学に留学し文学を専攻する。1927年帰国。上海で郭沫若、馮乃超等が設立した創造社に参加する。1930年中国左翼作家連盟へ加入。1939年から1940年まで重慶第2収容所分所「博愛村」で上佐管理員を務める。後に、博愛村の日本人捕虜を描いたルポルタージュ『人性的恢復』（1946年、群益出版社）を著した。1943年の鹿地亘のルポルタージュ『我們七個人』を翻訳した。
28 沱源「在華日本人反戦同盟西南支部」『黔東南社会科学』1993年第2期、53頁。
29 防衛庁防衛研修所戦史部『支那事変陸軍作戦　3』朝雲新聞社、1975年11月、71-72頁。
30 鹿地亘『ことばの弾丸』中央公論社、1947年、60頁。
31 林林『八八流金』北京十月文芸出版社、2002年、69頁。
32 鹿地亘『日本兵士の反戦運動』（上）同成社、1962年、86-87頁。
33 鹿地亘『火の如く風の如く』講談社、1958年、358頁。
34 鹿地亘資料調査刊行会編『日本人民反戦同盟資料』第8巻、不二出版、1994年、

230 頁。
35 鹿地亘『日本兵士の反戦運動』（上）同成社、1962 年、107 頁。
36 注 35 と同じ。
37 注 35 と同じ。
38 鹿地亘資料調査刊行会編『日本人民反戦同盟資料』第 4 巻、不二出版、1994 年、66 頁。
39 鹿地亘『日本兵士の反戦運動』（上）同成社、1962 年、126-127 頁。
40 広西桂林図書館等編『桂林文化大事記』（上）漓江出版社、1987 年、110 頁。
41 沱源「在華日本人反戦同盟西南支部」『黔東南社会科学』1993 年第 2 期、57 頁。
42 広西桂林図書館等編『桂林文化大事記』（上）漓江出版社、1987 年、111 頁。
43 鹿地亘『日本兵士の反戦運動』（上）同成社、1962 年、129 頁。
44 広西桂林図書館等編『桂林文化大事記』（上、下）漓江出版社、1987 年；鹿地亘資料調査刊行会編『日本人民反戦同盟資料』第 3 巻、不二出版、1994 年を主に参考。
45 鹿地亘資料調査刊行会編『日本人民反戦同盟資料』第 3 巻、不二出版、1994 年、335 頁。
46 初版 5000 冊、販売価格は 2 角 5 分。鹿地亘資料調査刊行会編『日本人民反戦同盟資料』第 3 巻、不二出版、339 頁参照。
47 文天行編『国統区抗戦文芸運動大事記』四川省社会科学院出版社、1985 年；鹿地亘資料調査刊行会編『日本人民反戦同盟資料』第 3 巻　不二出版、1994 年；広西桂林図書館等編『桂林文化大事記』漓江出版社、1987 年を主に参照。
48 鹿地亘『日本兵士の反戦運動』（上）同成社、1962 年、129 頁。
49 鹿地亘『日本兵士の反戦運動』（上）同成社、1962 年、136 頁。
50 『中国抗日戦争時期大後方文学書系　第 20 巻　外国人士作品』重慶出版社、1992 年、234 頁。
51 注 50 と同じ。
52 馮乃超文集編集委員会編『馮乃超文集』（下）中山大学出版社、1991 年、293-294 頁。
53 鹿地亘資料調査刊行会編『日本人民反戦同盟資料』第 3 巻、不二出版、1994 年、254 頁。
54 文天行編『国統区抗戦文芸運動大事記』四川省社会科学院出版社、1985 年、138 頁。
55 「反戦同盟」総部成立大会は重慶三庁の大講堂で開催された。
56 鹿地亘資料調査刊行会編『日本人民反戦同盟資料』（別巻）不二出版、1995 年、69 頁。
57 「反戦同盟」は突如「在華日本人民反戦革命同盟」に名称変更されたが、鹿地は基本的に「在華日本人民反戦同盟」を常用したので本文も「反戦同盟」の略称を使用する。
58 三庁は重慶移転後、住居や空襲対策のためか、政治担当部門を城内と城外の 2

か所に分散させた。三庁の城内事務所は両路口にあり、政治部事務所と同じ場所にあった。郭沫若は城内で執務していたが、三庁のほとんどが郊外に居住し、頼家橋全家院と三塘院子に勤務していた。杜国庠、馮乃超が日常業務を担当し、鹿地亘と池田幸子も郊外に居住していた。

59 1937年12月、中国共産党中央委員会政治局会議において武漢に南方局が設置された。メンバーは項英、周恩来、博古、董必武など。周恩来、王明、博古、葉剣英らによる中共代表団が武漢へ赴き活動を展開した。12月23日、この2機構は合併し、対外的には中共代表団、内部的には中共中央長江局と称した。委員は、項英、周恩来、王明、博古、葉剣英、董必武、林伯渠ら。書記は王明、副書記は周恩来。後に凱豊も委員に加わる。

60 (または秦邦憲・1907-1946年) 共産党政治家。1926-30年ソ連留学。以後共産党の要職を歴任。抗戦時期1937年以降、中共長江局、南方局組織部長など歴任。1946年4月重慶から延安に向かう途中の飛行機事故で死亡。享年39歳。

61 大後方は、国民党統治地区および国民党を指す。本来は前線に物資を供給する戦線の後方の意味。

62 2004年筆者訪台時、何浩若は105歳であったが、台湾で健在だった。

63 陽翰笙「第三庁——国統区抗日民族統一戦線的一个戦闘保塁（五）」『新文学史料』1981年第4期、28-30頁。

64 張肩重「在第三庁工作的回憶」『中華文史資料文庫』第5巻、中国文史出版社、1996年、854頁。

65 陽翰笙「第三庁——国統区抗日民族統一戦線的一个戦闘保塁（五）」『新文学史料』1981年第4期、29頁。

66 「三庁特支」は1938年6月三庁内に秘密裏に設立され、中国共産党長江局が指導する共産党特支部に直属した。馮乃超が書記、張光年が宣伝幹事、劉季平が組織幹事に就任した。李尚徳主編『默默的播火者』中山大学出版社、2001年、89頁参照。

67 李尚徳主編『默默的播火者』中山大学出版社、2001年、89頁。

68 『張治中回憶録』文史資料出版社、1985年、676頁。

69 周美華編『国民政府軍政部組織史料』第2冊、国史館、1996年12月、247-250頁。

70 文化工作委員会は1945年3月30日、蒋介石の政治部への命令によって解散させられた。当時、共産党支援勢力はますます拡大していた。「1937年の時点で党員約4万、軍事力3万だったものが、1940年には党員が80万、軍は50万、根拠地の人口は1億にまで達した」と毛沢東は1944年4月12日、延安での高級幹部会議の講演『学習と時局』で言及している。1944年4月にはさらに党員90万人、民兵227万に達した。

71 鹿地亘『日本兵士の反戦運動』（上）同成社、1962年、140頁。

72 岡村利子と村上清が逃亡したが、すぐに捕えられて軍法処へ送られた。

73 鹿地亘の著書『日本兵士の反戦運動』では「宜昌前戦に12人の組織工作隊

……」とある（141 頁参照）。しかし、鹿地が同行し宜昌前戦工作活動を描いたルポルタージュ『ことばの弾丸』では、工作隊は鹿地を含めて 9 名とあるため本文では『ことばの弾丸』に従った。このほかでも鹿地の記述には不統一がある。

74 鹿地亘資料調査刊行会編『日本人民反戦同盟資料』第 4 巻、不二出版、1994 年「「反戦同盟」前方工作隊関与第六戦区（宜昌南岸）工作報告表」177 頁。

75 張令澳は、鹿地の著書『日本兵士の反戦運動』（上）の中で何度も登場する。南京第二歴史档案館档案 772-638「政治部三庁工作報告 1938-1941 三庁 11 月報告」中でも、「本月八日から十日まで当科張令澳、徐金満の同志 2 名が池田委員に同行し、南岸博愛村において捕虜教育を行った」などその名前が散見される（池田幸子の 1939 年 12 月 16 日付け鹿地あての手紙にこの件の詳細記述がある。鹿地亘資料調査刊行会編『日本人民反戦同盟資料』第 12 巻、不二出版、1995 年、168-169 頁参考）。このほか、南京第二歴史档案館档案 772-2094「政治部第三庁人事被佐履歴和級以上位職姓名・名単」（1938 年 9 月）では、服務員見習 36 名の中に張令澳の名がある。筆者取材時（2004 年）張令澳は 88 歳だったが言葉は正確で記憶鮮明で非常に健康だった。2012 年現在も上海で健在だ。

76 恩施市は、陳誠の第 6 戦区司令長官所在地。湖北西部の都市。

77 鹿地亘資料調査刊行会編『日本人民反戦同盟資料』第 4 巻、不二出版、1994 年、180 頁。

78 鹿地亘資料調査刊行会編『日本人民反戦同盟資料』第 4 巻、不二出版、1994 年、183 頁。

79 注 78 と同じ。

80 『中国抗日戦争時期大後方文学書系　第 20 巻　外国人作品）』重慶出版社、1992 年、355 頁。

81 『東京朝日新聞』1938 年 4 月 6 日。

82 『東京朝日新聞』1938 年 4 月 23 日、第 11 面。

83 鹿地亘と池田幸子は中国で結婚したが、中国での逃亡生活中で法律的な婚姻手続きはされていない。

84 『報知新聞』1941 年 1 月 18 日；鹿地亘資料調査刊行会編『日本人民反戦同盟資料』第 9 巻、不二出版、17 頁。

85 鹿地亘『抗戦日記』九州評論社、1948 年、109 頁。

86 沱源「在華日本人民反戦同盟西南支部」『黔東南社会科学』1993 年第 2 期、51 頁。

87 鹿地亘『日本兵士の反戦運動』（上）同成社、1962 年、70 頁。

88 鹿地亘資料調査刊行会編『日本人民反戦同盟資料』第 9 巻、不二出版、1994 年、293-295 頁。

89 鹿地亘資料調査刊行会編『日本人民反戦同盟資料』第 9 巻、不二出版、1994 年、303-304 頁。

90 鹿地亘資料調査刊行会編『日本人民反戦同盟資料』第 9 巻、不二出版、1994 年、139 頁。

91 香川孝志・前田光繁『八路軍の日本兵たち』サイマル出版会、1984年、175-176頁。
92 鹿地亘「第二次世界大戦時期在華日本人の反戦運動」『労働運動史研究』40号、労働旬報社、1965年9月、14頁。
93 『野坂参三選集・戦時編』人民出版社、1963年、9頁。
94 鹿地亘「第二次世界大戦時期在華日本人の反戦運動」『労働運動史研究』40号、労働旬報社、1965年9月、12頁。
95 「覚悟連盟」はほどなくして「覚醒連盟」に改名された。
96 共産党地区での「連盟」の総数は日中研究者の間で異なっている。秦郁彦氏は楊式庚の「在日中戦争中在華日本人反戦運動」（未出版）の資料に基づき、2地方協議会、4地区協議会、19支部としているが、元延安地区の「連盟」のメンバーで、戦後中国に残った小林清は著書『在華日人反戦組織史話』の中で、3地区協議会、軍区内で成立した19支部などで合計23支部としている。また、中国の研究者孫金科は1地方協議会、2地区協議会、24支部としているなど、まちまちだ。
97 秦郁彦『日本人捕虜』（上）原書房、1998年、117頁。
98 小林清『在華日人反戦組織史話』社会科学文献出版社、1987年、127-132頁。
99 秦郁彦『日本人捕虜』（上）原書房、1998年、117-118頁。

第5章 鹿地亘の反戦平和活動の継続

第1節 「反戦同盟」解散後の鹿地亘と「反戦同盟」員の反戦平和活動

　1939年以降国民党は反共政策を継続し、鹿地亘が組織した「反戦同盟」は1941年8月25日、国民政府によって解散させられた。第5章では主に「反戦同盟」が解散させられた背景と、解散後鹿地と「反戦同盟」員がどのように反戦平和の主張を続けたかを考察する。

　1941年、国民党の反共政策は頂点に達し1月6日「皖南事件」が起きる。国民党軍が、皖南（安徽省南部）の泾県茂林地区で約9000名からなる新四軍北方移動部隊を突然包囲し攻撃した事件だ。新四軍の被害は甚大で、軍長の葉挺は国民党軍に逮捕され、新四軍の陣地は1月14日までに国民党軍に完全に占領され、副軍長の項英（共産党南方局幹部）、参謀長の周子昆を含む新四軍のほぼ全員が犠牲となった。犠牲者の中には、魯迅の葬儀で鹿地と一緒に柩をかついで行進した、黄源（翻訳家）もいた[1]。黄源は『歓迎"中国の友人"——鹿地亘』の小文を残している。

　1月17日、蒋介石は国民政府軍事委員会の名義で命令を発し、「新四軍の名称取消し」を宣言した。国内外、特にイギリス、アメリカなどの支援国は中国に抗戦の継続を強く要求。内戦には発展しなかったものの、国共両党間の抗日共同戦線体制は決裂した。

　「皖南事件」の発生は、鹿地と「反戦同盟」メンバーにも激震をもたらした。鹿地が「皖南事件」発生の消息を聞いたのは、「それ（事件）から約二十日あまり後、ちょうど（反戦同盟）工作隊が重慶にひきあげてくる揚子江の旅の

途中のことだった。しまったと思ったが、もうおそかった。というのはそもそも（重慶：筆者注）総部の主要な人員をほとんどみな工作隊に組んで湖北に連れ出したのは、同盟のしめ殺しをくわだてる重慶の国民党反動の息もつけない環境から、組織をすくいだすのが私たちの主要な目的のひとつだった。湖北での四か月、日本軍前線（兵士：筆者注）との交歓にまでこぎつけ、蒋介石、陳誠、政治部長の張治中をはじめとする政府首脳の激賞の電報がぞくぞくととどけられ、同盟の評価がとみに高まったところで、工作隊をやすめ、組織を拡大する目的でいったん重慶にひきかえすことにしたのだが、私たちの凱旋は組織の拡大どころか、まっくらな雲にとざされている最中の首都に、頭からつっこむ結果になるのだった」[2]。

　鹿地亘が危惧したように、体制の動揺は「反戦同盟」の日本人捕虜たちの心理をも揺さぶった。「皖南事件」から2か月後の3月16日、「反戦同盟」総部メンバーの逃亡事件が起きる。

　当時、「反戦同盟」の会長の鹿地亘と「博愛村」収容所所長で国民党頑固派の鄒任之は、日本人捕虜の管理や教育の方法で対立していた。鄒所長が「反戦同盟」の不満分子を煽動して「反戦同盟」の改編を企てていることは、鹿地も気づいていた。3月初め、鄒所長は突然下記の「反戦同盟」の組織改編プランを鹿地につきつける（（　）内筆者注）。

1. 桂林西南支部を取消し、同盟のメンバー全員を重慶に集め、改めて人選を行い、再訓練を実施する。
2. 組織を調整する。まず、外との関係では、現在の同盟は対外的に孤立しているのが非常に不利である。第1に収容所との関係を密にする。収容所は同盟からの委託を受け、重慶に2つの収容所を設立する。ひとつは同盟候補者の「訓練所」とし、別のひとつは落ちこぼれ分子の「再訓練所」とする。
3. 政治部以外に、中宣部（国民党中央宣伝部）、国際宣伝処、国際問題研究所など、国民党の各機関との協力関係を密にする。特にこうした機関

の有力者から名誉顧問を招聘し、さらに次の20名を（「反戦同盟」の）賛助会員に加える。王芃生、劉維熾（軍司令部第1科長）、陳博生、劉峙（重慶警備司令）、軍政部王司長、崔万秋（国民党宣伝部）、龔徳伯、張季鸞（『大公報』主編）、何浩若（政治部三庁長）[3]、郭沫若（文工会主任）、馮乃超など。

4. 同盟内部における会長の地位を高め、同盟にいかなる事情が起きようと、会長は直接の責任を負わないことにする。そのため会長の下に中国人指導員2名をおく。会長は同盟の綱領を決定する以外、会務や人事などには関与しない。同盟を軍隊組織にし、民主的性質を排除し、会長との接触が許されるのは少数の幹部のみとし、この少数幹部と2名の中国人指導員は会長に対して責任を持ち、命令によって方針を遂行する。

5. 同盟の活動方針には一貫した計画性が必要である。これまで前線での宣伝工作を重点としていたが、それは正しくない。同盟に疑問を抱く人々は、工作隊が日本軍に対して何を宣伝したかに疑問を持つこともありうる。だから、何よりも後方で、すべての人の理解と同情を勝ち得るような活動を公開で行い、文書による宣伝と研究に重点を移すことが大切である。

6. 現在の情勢では、同盟員は将来的な保証を持てない。そのため一部の同盟員は不安に陥り動揺している。たとえば、中国と日本が妥協して戦争を終結するという状況になったら、同盟はどうするのか？ あなたはこのことを考えたことがあるのか？ この点について、政府との間に明確な政治的取り決めを結んでおく必要がある。

7. このように改編を行った場合、同盟には当面約2万元の経費が必要になる。これを政府から補助金の形で同盟に支給させる必要がある[4]。

鄒任之の改編プランは、鹿地を有名無実の会長にし、「反戦同盟」を国民党の完全な支配下におこうとするものだった。鹿地が承服できなかったことは、彼が一貫して主張してきた「日本人の自立した立場の海外組織」、「日本

を解放するための反戦運動」、という原則が、完全に反故にされていることであった。また鄒のプランは、「反戦同盟」工作隊が前線に赴いて活動することを禁じ、鹿地を捕虜に直接接触させず、鹿地と「反戦同盟」メンバーを分離しようとしていた。鄒任之の提案を鹿地は、「同盟を傀儡組織にしようという国民党本来の意図をあきらかにしたものだ」[5]とみなした。

　3月15日、鹿地は馮乃超と相談し、鄒任之を訪ねて協議を行うが、結論は出なかった。その翌日の3月16日、「反戦同盟」重慶総部メンバー8人の逃亡事件が起きるのである。

　佐々木正夫、中村一夫、秋山盛、松野博、浅野公子、高野誠、根本新平、成倉進ら8人の「反戦同盟」員は午前中次々と外に出かけ、夜になっても誰ひとり戻ってこなかった。夜彼らの机の引出しを調べてみると、成倉進などが国民党の各界関係者にあてた「上申書」のコピーが見つかった。

　上申書には鹿地と池田幸子は、中国の三民主義を信頼せず痛罵し、「我々は中国抗戦よりも教育が大事だ。抗戦支援は名ばかりだ」と言って「反戦同盟」員に共産主義教育を行っている、しかし自分たちは三民主義を信じているなど、会長である鹿地の指導に対する強い不満が記されていた[6]。「上申書」は「以上によって、(我々は：筆者注)彼ら鹿地、池田などを信頼し目的を遂行することは不可能と堅く信じ、(中略)座視するに忍びざる行動であります[7]。(中略)姿を消したとはいえ、決して逃亡にあらず、現同盟を脱退したのちは、次に生きるべき新しき反戦同盟を鶴首して待ち注視しています」[8]という6枚におよぶ無署名の文書だった。

　事件後、鹿地は馮乃超、郭沫若と相談して事件を調査し、鄒任之と王芃生が関与していると知る。逃亡したメンバーの「上申書」の内容は、鄒任之が鹿地に出した「反戦同盟」改編プランを正確に反映するものであった。鹿地は政治部長張治中に便箋36枚におよぶ報告書「本会総部同盟員八名の逃亡とその前後の経過に関する報告」を書く。その中で首謀者の成倉進が松野、浅野らを煽動した際の密談内容「現在「新四軍処罰問題」を機として中国国内に内戦の危機が迫っている。反戦同盟会員はこの機に全部殺されるに違い

ない。鹿地は中国政府に信頼されているから、一部幹部を率いて安全なる某所に逃げるだろう。自分らは犠牲にされるから、その前に鹿地らを殺害して逃亡を決行しよう」[9]としたことや、「自分たちには有力な後援者がいる」[10]と言っていたことを明らかにし、逃亡事件が、政情不安定な国統区の中で、前途に不安を抱き動揺している日本人捕虜の心理を利用し、鹿地排除を画策した人物の陰謀であることを指摘した。

　鹿地は、厳しい政治対立の中、鹿地がおかれた状況を憂慮する郭沫若らの忠告を入れ、黒幕は収容所長の鄒任之であるが、鹿地と「反戦同盟」の活動に存在する問題を調べてそれを戒めとして、気をつけて是正する必要があることも述べ、執行部の体面にも配慮した。8人の逃亡者は3月末逮捕され、鄒任之は職責をそのままに日本軍が占領する上海に派遣された。

　「反戦同盟」員逃亡事件はこれで一件落着したかにみえた。なぜなら、国民党特務系王芃生と密接な関係にあった青山和夫主宰の「青山研究室」でも5人の日本人が逃亡する事件が起き、鹿地の記述によると、時期は1941年8月8日の米英ソ中4か国連合戦線結成声明のころだった。事件後青山は5人を憲兵に引き渡し逃亡者は全て収容所に送り返された[11]が青山和夫は何の処分も受けなかったからだ。しかし、鹿地亘と「反戦同盟」は、1941年8月22日、国民党軍事委員会政治部長張治中から「解散」の訓令をうける。訓令の内容は次のようなものだ。

　　該会は以前会員逃亡事件をおこし、（逃亡した同盟員は：筆者注）逮捕されたが本部の綿密なる調査によればおおよそ該会会員は会長の統制に従わない傾向にあり、逃亡員の処罰のみならず再教育の必要があると考え、全員を（貴州鎮遠の：筆者注）軍政部捕虜収容所で再教育する。該同盟会の名義と会長の地位はそのまま残す。

　　　　　　　　　　　　　　　　　　　　　　　　　部長　張治中[12]

　「反戦同盟」の名義と鹿地会長の地位は保留するが、「反戦同盟」メンバー

全体に再訓練を行う必要があるため、即座に貴州鎮遠の軍事委員会第2収容所に送還するとしている。書面上は名義保留だが、「反戦同盟」解散命令である。1939年12月25日から鹿地が国統区で合法的に行ってきた日本人捕虜への教育と反戦平和活動は1941年8月の解散命令をもって終焉する。

　3名の犠牲者を出しながらも中国陣営の抗戦を支援した「反戦同盟」が、わずか2年で国民政府に解散させられるに至ったのはなぜか。

　鹿地亘と郭沫若は、それぞれの著書の中で、「反戦同盟」メンバーの背後で画策する国民党の人物が、鹿地の排除を企てたのが原因だったと述べている。それも重要な原因のひとつだろう。しかし次の資料から、別の要素もみえてくる。

　政治部の1通の暗号電報がある。日付は1941年1月13日だ。鹿地が「反戦同盟」総部前線工作隊を率いて宜昌で日本軍相手に宣伝活動をしている時に、第6戦区司令長官の陳誠が政治部長の張治中に出した電報である。内容は次の通りである。

　「渝政治部張部長文白兄宛 3915暗号文、暗号電報によると、鹿地亘の反戦同盟は熱心に努力して活動しており、最近は前線で宣伝工作を行ってかなりの効果を上げている。しかし、敵と対話する際に、敵が望郷の念を呼び起こす言葉で誘ってくると、その中（反戦同盟の中：筆者注）の捕虜だった者は感銘を受けているようである。ゆえに思想と生活態度に注意が必要な者は（一）望郷の念が非常に強い、（二）1ヶ月の生活費がわずか20元（一説には40元）であるのに、鹿地亘個人はゆとりある生活をしているため、それに多くの不満を抱えている同盟員、（三）イタリアの失敗に非常に関心がある同盟員、（四）偽名を使用し、頻繁に住居を変えるなどの状況にある同盟員である。

　特に電報で報告し、陳誠・文幹宇の印を施す」[13]。

　文面からは、鹿地亘と日本人捕虜「反戦同盟」に対する国民党の不信感と

第5章　鹿地亘の反戦平和活動の継続

捕虜の心情に対する誤解が読みとれる。(一) は、鹿地亘の「反戦同盟」での努力に敬服し、鹿地亘と「反戦同盟」が前線で日本軍に対して行った宣伝活動の貢献を賞賛しているが、「反戦同盟」員が前線で日本軍兵士と対話、交流する際に、日本軍兵士に望郷の念を喚起している効果は認めるが、また「反戦同盟」工作隊員自身の激しい望郷の念を起こさせていることを警戒している。「反戦同盟」の工作隊員も同じ日本兵だからである。(二) は、鹿地夫妻と「反戦同盟」員の捕虜の間に経済的な不公平が生じているとの前提で、鹿地に対する「反戦同盟」員の反感を指摘する。鹿地夫妻は2人とも政治部設計委員として少将の待遇で招聘された。これは政治部の庁長クラスに相当するため、夫婦にはそれぞれ毎月250元の生活費が支給された。一方捕虜である「反戦同盟」員に支給される生活費は月20元、もしくは40元であった。鹿地と同盟員の待遇格差については、先の逃亡事件の首謀者である成倉が「上申書」の中で書いたことでもある。(三) については、「反戦同盟」員が学習の中で、イタリアの敗戦問題に大きな関心を寄せていたということだが、鹿地は自著の中でこのことについてはふれていない。(四) は「反戦同盟」員の日本人捕虜が偽名を使用することをいぶかっている。「反戦同盟」員が中国での反戦平和活動をカモフラージュし、中国侵略に反対する彼らの反戦平和活動は「反戦同盟」員の真意ではないのではないかと疑う。しかし、国統区であろうと共産党地域であろうと、日本人捕虜は収容所ではほぼ全員が偽名（工作名）を使った。理由は、国内にいる家族に「虜囚の辱」、「国賊」の家族という災いがふりかかるのを避けるためであった。多くの文章の中で鹿地が自分たちのよき理解者として記した陳部長も、鹿地ら日本人への警戒を緩めてはいなかったのである。

　もう1通は、「延安支部成立に関する」政治部1940年11月10日付の「密函」（秘密書簡）への、三庁長何浩若の次のような回答だ。

「反戦同盟は日本共産党、及び左傾分子によって組織されている。国民政府は反戦同盟成立に許可を与えた。これは日本将兵を誘導し、これら左

傾分子の宣伝により反戦に加え、敵の力量を弱める。もし対敵に限れば、意義がないことはない。ただ、実質的に反戦同盟員と中国共産党は同一の「信仰」（共産主義：筆者注）をもっており、同じくソ連の指導を受けている。反戦同盟と中国共産党が相互に連絡しないことは保証できず、他に陰謀をもって何か計画を準備するかもしれない。また反戦同盟は桂林支部を設立し、西南支部を準備中であるが、報告によれば延安支部のことはなお不明な点が残る」[14]。

国民政府が鹿地と共産党との関係深化を警戒していたことは先に述べた。「支部を作りたいので綱領と規約をおくれという請求が、重慶の十八集団軍（八路軍）連絡事務所を通して延安から届けられ、馮がすぐそれを送ってくれたが、延安の支部が生まれたのは、その後まもなくのことだった。国民党では後日になって、私たちと延安支部にどんな関係があるか心配して問い合わせてきた」[15] と、鹿地も書いており、この記述は政治部秘密書簡（1940年11月10日）の問い合わせと一致している。

もうひとつ、国民党中央調査局調査資料の中に『鹿地亘担負連係敵俘中共産主義分子之工作』という文書がある。主な内容は次の通りである（（　）内と下線は筆者による）。

「政治部鹿地研究室主任の鹿地亘は現在、重慶市頼家橋にある反戦同盟の旧住所に居住し、家族は妻、息子ひとり（長男は生後まもなく死亡）、娘ひとりである。鹿地亘は元来日本共産主義同盟の活動分子であり、日本に留学した我が国の胡風、劉仁、朱喆、廖体仁、沈趙予など（全員があい前後して政治部で勤務している）は東京滞在中にいずれも鹿地亘と知り合っている。鹿地亘は日本で投獄され、妻の池田幸子の活動によって出獄すると即座に日本から中国に渡り、上海に滞在中、胡風の紹介で魯迅に会っている。当時、鹿地亘は大陸浪人の風貌で上海に現われ、抗戦初期に一度、陝北に赴き共産党軍と交渉を行ったことがある。戦後設立された日本在華革命軍人（原文ママ）

148

第5章　鹿地亘の反戦平和活動の継続

　反戦同盟はもとは鹿地亘が責任者であり、同盟の住所は重慶市近くの頼家橋にあり、もとは二十余人のメンバーがいたが、後に逃亡事件が起こり、一昨年、解散を宣言した。しかし、名義はまだ残っており、鹿地亘はいまだに政治部に身を置いている。これが鹿地研究室設立の由来であり、研究室は政治部に直属している。ただし、すべての活動は政治部文化工作委員会を経て伝達され、文化工作委員会には対敵国際文芸など3つの組が設けられているが、共産党軍分子の馮乃超が対敵組の組長を務め、普段は鹿地亘に代わって一切の事柄を扱っており、実際には馮乃超が政治部と鹿地亘の仲介役であり、延安の日本共産主義同盟に関する情報も馮が伝達し、周恩来が重慶に滞在していた時には鹿地亘と直接行き来していた。
　以前は反戦同盟の活動分子で、現在は貴州鎮遠の捕虜収容所に身を置く宗十郎[16]、三本襄二[17]、山本要[18]、秋山義一、新井田寿太郎などはいずれも日本共産主義同盟に加入しており、現在は鹿地亘と時に書簡や小包のやりとりをし、関係は密である。鹿地亘はこの収容所を一度訪ねたことがあり、三人の捕虜を連れ出し、現在、その三人は鹿地研究室で働いている」[19]。

　この調査資料は1943年末以降のものと思われる。記述には148頁下線部分、149頁の名前（正しくは三木襄二、山川要）など明らかな間違いも散見される。「鹿地亘研究所」は1941年9月に発足し2年後の1943年12月、国民政府の許可を得て3名の元「反戦同盟」員を助手として配置している。国民党中央調査局はCC系[20]の機密機関に属するといわれていた。
　「反戦同盟」解散の直接原因は「8人の同盟員逃亡事件」とされたが、その背景には、鹿地亘と日本人捕虜に対する国民政府の根深い誤解と不理解、そして鹿地個人に対する不信頼が、これらの資料に表れているのである。
　1941年8月23日、「反戦同盟」解散の訓令を郭沫若宅でみせられた鹿地は、26日直ちに政治部長張治中宛同盟解散報告書を書き休暇をとった。鹿地が張部長に提出した報告書の内容は次の通り（（　）と下線は筆者による）。

報告

　本日二十二日の訓令に示されたところに違い、在華日本人民反戦革命同盟会は二十五日実質的に解散しました。

　私儀会長の重任にたえず、責任を完くし得ぬ仕儀に致ったことは、第一に閣下ならびに政治部に対し誠に申訳なく、第二には今日まで誓死行を共にしてきた多数同胞を不明のため不幸のまき添えにし、慚愧に堪えません。

　については閣下ならびに政治部に対し、又これらの同胞に対する責任上、必ず左（次）の如く私の進退を決したく、謹んで閣下の御裁下をお願い致します。

一、　同盟会の名義を存続するか否かは当局にお委せします。ただ私儀は会長を辞退させて頂きます。

二、　政治部名誉設計委員御任命は当然会長の辞任とともに意義を失い、また責任上からも併せて辞任させて頂きます。

三、　大過続出の私ことこの上御役に立つこともないと存じますので、<u>適当な身の処し方を自ら計る</u>ことを御許し下さり、右便宜お計らい願います。

四、　機を得て御面談の上、謹んで御詫び申し上げたく存じます。

　　民国三十年八月二十六日　　　　　　　　　　　　鹿地　亘　印

　　郭先生転呈

政治部部長張 [21]

　<u>適当な身の処し方を自ら計る</u>という表現は、露骨に国外退去といっては穏当を欠くという郭沫若の勧告で改められた [22] ものである。郭沫若はその場で鹿地の報告書を中国語に翻訳し、さらに自身の意見書を添付して提出し、かつ鹿地を国統区に慰留するよう、張部長に進言した。

　郭沫若が添付した意見書は次の通りだ。

　　ここに日本人民反戦革命同盟会会長鹿地亘の報告書を、原文に訳文を添

え、御覧に供します。思うに該員は敵国知名の士であり、反戦に従事して敵閥の忌むところとなり、抗戦の軍興るや敵方の捜査を輾転非難し、奮身して抗戦に参加し、対敵宣伝工作について多方策劃すること、ここに四年。今回のことは意外に出て、ついに退去を求むる念を生ずるに至ったのは、もとより人として当然の情に属します。請求の各項を御裁可あるか否かは、閣下にお委せします。ただ思うに、該員は学殖豊富、研究工作についても極めて興味を抱いておりますので、もと同盟会の経費から毎月補助金若干を発し、「鹿地研究室」を設立し、旧の如く抗戦に服務するところあらしめんことを、敬んで御裁可あるよう願います。
謹呈
部長　　　張
副部長　　梁
　　　　　王
　転呈
　鹿地亘報告および訳文各一部

郭　沫　若 [23]

　郭沫若が張治中に設立を勧めた「鹿地研究室」は、鹿地が延安に行くのを避けるための妥協策だった。1941年9月4日、国民政府は郭沫若の意見を入れ、政治部内に「軍事委員会政治部鹿地研究室」（以下、「鹿地研究室」と略称する）を設立することを許可する。「鹿地研究室」の任務は、敵情研究と馮乃超の管理する「文工会」第3組活動への協力という位置づけで、当然ながら、これまで鹿地が力を入れてきた捕虜工作は含まれなかった。
　「鹿地研究室」のメンバーは4人。鹿地亘、池田幸子の鹿地夫妻と事務員（助理員）と勤務兵各1名。名目上の機関ではあったが1941年9月、ともかく「鹿地研究室」は開始した。国統区からの離脱を考えた鹿地は、この「研究室」を拠点に再び反戦平和活動と日本兵捕虜工作に乗り出すことになる。
　鹿地亘は重慶の「鹿地研究室」に残り、2つの「反戦同盟」のメンバーた

ちは貴州鎮遠の第2収容所「平和村」に移された。これ以後、国統区における日本人の反戦平和活動は、重慶における「鹿地研究室」の活動と、鎮遠第2収容所「平和村」における訓練班（2つの「反戦同盟」のメンバー23名からなるグループ）を中心とする日本人捕虜の活動に分けられる。まず重慶の鹿地が「鹿地研究室」においてどのように反戦平和活動を続けたかをみてみよう。

　「鹿地研究室」の主な仕事は、政治部が規定した敵情研究と馮乃超が組長を務める「文工会」第3組の敵情研究活動への協力であった。しかし仕事とは名目上で、実態は「仕事はなるべくしないでいてくれ、といわんばかりの研究室」[24]で、三庁に入った時と同じで具体的な仕事はなかった。その上、郭沫若が「反戦同盟」に割り当てられていた経費から毎月若干の補助費を研究室に出すようにと進言してくれたが、「鹿地研究室」の経費は、鹿地たち一家の生活もままならぬ有り様だった。当時の重慶は激しいインフレーションで、鹿地夫妻の通訳をしていた張令澳は筆者に、「物価狂乱のなかで中国人はなんとか切り詰めて生活できたが、外国人でそれまで優遇されていた鹿地夫妻は相当にきつそうだった」と語ってくれた。

　そんな中で鹿地は、2つの活動を開始する。ひとつは、1941年11月から発行を始めた『鹿地研究室報』（謄写版、月刊）。発行元は軍事委員会政治部鹿地研究室編集印刷で、「文工会」の援助で収集した資料を分析し、日本軍の状況、戦局動向および世界情勢などを日本語文と中国語の訳文で構成した冊子だ。主に鹿地が執筆し、1941年11月1日の第1期第1輯から1944年10月5日までに18号が発行され、十数頁から多いものでは四十数頁あった。

　もうひとつの活動は、収容所にいる「反戦同盟」員たちとの連絡と学習教材として、『鹿地研究室報』を途切れず捕虜たちに届けることであった。『鹿地研究室報』のやりとりを通じて鎮遠第2収容所「平和村」にいる「反戦同盟」メンバーたちとの関係を保ち、収容所にあっても反戦平和活動を行うよう彼らを指導した。

　「平和村」収容所にいる「反戦同盟」メンバーに、鹿地からの連絡が途切れず届けられた背景には、1942年6月26日鎮遠第2収容所「平和村」主任

管理員として「文工会」から派遣された康天順（解散後康大川に改名）の存在があった。当時「平和村」で「反戦同盟」に加入し、その後指導者的存在となった長谷川敏三は手記の中で、「康天順同志に重慶との公然非公然の連絡にあたらせたことが、同盟員等に生気を与えた」[25]、と記している。
　康天順は1914年台湾生まれ。15歳で東京に留学するが、抗日戦に参加するため中国に戻った。「淞滬作戦」で勇名をはせた国民党第19路軍系60師に月給20元の政治工作員として採用され、抗日戦の最前線へ赴いた[26]。1939年3月国民政府が日本軍との長期戦に備えて対敵宣伝の幹部養成のために作った「日本語訓練班」に60師から派遣され、教官だった鹿地と馮乃超と知り合う。「日本語訓練班」は、教務部門は共産党、管理部門は国民党が分担管理した国共合作機関だった。日本留学ですでに日本語をマスターしていた康は教務部の仕事も手伝っていたようで、この時教務部長の廖体仁と親しくなる。卒業後はいったん60師団に戻るが、1940年再び政治部が開設した「第2期留日学生訓練班」に派遣され、その後発足したばかりの「文工会」に入る。
　康天順は親しい間柄であった廖体仁が所属する「文工会」第3組（組長：馮乃超、主任：廖体仁）に所属し、そこから一時期「反戦同盟」に常駐連絡員として派遣され、鹿地や「反戦同盟」員たちと親しい交わりが始まった。康天順の記述によると、正式職名は「文化工作委員会第3組派遣反戦同盟常駐連絡員」[27]だった。「反戦同盟」解散後の1942年6月26日、「文工会」から再び派遣され、鎮遠「平和村」収容所の主任管理員に赴任したのである。
　康天順は、収容所では国民党特務系の鄒任之所長（上海にいて不在）[28]の配下と日本人捕虜との間に入り、捕虜たちの盾となる。とりわけ「反戦同盟」員の生活と活動を誠実に支援し、前述の長谷川敏三以外にも多くの同盟員が、鎮遠で反戦平和活動ができたのは康天順の陰ひなたのない援助があったおかげと語っている[29]。
　主任管理員康天順の配慮で、『鹿地研究室報』は、所内の「反戦同盟」員と日本人捕虜たちにも届けられ、外界と遮断された環境の中にいる日本人捕

虜たちに日本、中国を含む世界情報を伝え、敵国の収容所に収監され不安な思いで生活する日本人捕虜や「反戦同盟」員らに情報を提供した。

同誌に掲載された文章や論文をみてみると、1941年に勃発した太平洋戦争を解説した「太平洋戦争の戦略的展望」(特別号、署名鹿地亘)、「太平洋戦争の歴史的考察並びに将来の発展に関する諸条件」(第4期第2輯、署名鹿地亘)、日本政府の対中政策を論じた「日本帝国主義の対支政策の現情」(第5集第10期、署名鹿地亘)、「太平洋並びに中国戦場の将来に関する展望」(第8集第13期、署名鹿地亘)、「河南会戦と中日戦争の新段階」(第9集第14期、署名鹿地亘)など[30]があり、戦争の行方を知りたがっている日本人捕虜たちに状況を教え、捕虜たちの精神的支えとなった。

これにこたえて収容所内の「反戦同盟」メンバーは、重慶の鹿地に多くの手紙を書き、自分の心情や所内での研究室報の反響を伝えた。同盟員が鹿地と隔離された時期、『鹿地研究室報』が鹿地と遠地の同盟員との関係を保ち、同盟員と日本人捕虜の精神的支えになった。

同盟員たちは『鹿地研究室報』を新入所の捕虜への啓蒙活動の教科書としても使った。鹿地と手紙で連絡をとりながら、収容所の中で学習会活動を展開し、反戦兵士を増やしていったのである。

1942年に入所した長谷川敏三は、大学卒の少尉で、1941年捕虜となり重慶の軍令部監獄に1年いた後、貴州の鎮遠第2収容所「平和村」に送られた。「反戦同盟」員たちが開いていた『鹿地研究室報』を用いた学習会に顔を出したのがきっかけで、「反戦同盟」に加入し、その後リーダー格のひとりになった。長谷川は、『鹿地研究室報』の1943年10月発行の同報第12期第7輯に、日本軍将校の経験からみた「日本軍の鄂（湖北省の別称）西作戦」の文章を入江幸一のペンネームで寄稿している。内容は、①日本軍の作戦目的、②作戦経過からみる日本軍の戦術について、③日本軍出勤兵力の推測、④中支派遣軍（特に第11軍）の主要動向について、⑤作戦経験からみる日本軍の弱点などで、便箋8枚の論文だ。士官としての目を通して日本軍の作戦を分析しており[31]、「これは私が1940年宜昌戦線以降第十三師団第×××聯隊の

第5章　鹿地亘の反戦平和活動の継続

第一戦小隊長として及び同年末より同聯隊政勢情報主任としての経験にもとづいての観察です」[32] と記している。

長谷川はこの論文ではペンネームを使用しているが、以後は工作名を使う捕虜が大半の中、帰国まで長谷川敏三の本名で通した。新入り捕虜の目に映った鎮遠第2収容所「平和村」の様子、「反戦同盟」に近づいていく様子を記述した長谷川の文章がある（（　）は筆者注）。

「収容所は当時「平和村」と呼ばれており、約4、500名の日本軍捕虜がいたようだ。収容所はウラとオモテの二つに分けて管理されており、ウラの方は古参の捕虜で人数が多く、オモテの方は新参者ばかりで百人近くいた。私はオモテの方に入れられた。オモテはまた訓練班（「反戦同盟」メンバー23人）、研究班（青山和夫の指導下にある元から「平和村」にいる20人の日本人捕虜）、新生班に分かれ、私は新生班に編入された。訓練班というのは、もとは郭沫若氏等の援助を得て日本の鹿地亘氏と夫人の池田幸子女史らがつくった反戦同盟の人びとで、生活はまじめで、よく勉強していた。一方ウラの人達は古参の捕虜が多く、大半は頑固な頭の持ち主で、「皇軍の生活や思想」から抜け切れず、また荒んだ生活にあけくれる者が多かった。徹底した軍隊教育をたたきこまれているので、捕虜になった以上は故国には帰れない、帰れたとしても必ずひどい目にあわされる。家族にも迷惑をかけると思いこんでいるのだから無理もない。当時私は28歳で、大学を出て間もなくであり、自分なりに国家の事もこんどの戦争のことも考えていた。こんなわけで訓練班に興味を抱きその学習をのぞくようになった。訓練班はマルクス・レーニン主義を勉強していた。当時の日本では禁書になっているものばかりで、それにしてもよくこんな本が、と不思議に思ったが、どうも郭沫若の按配で来ている収容所の首席管理員康天順氏の提供によるものらしい。そのうちいろいろなことがわかり、この戦争に対する私の疑問もとけるようになった。特に毛沢東の「持久戦を論ず」に感激し、自分の前途にも自信がもてるようになった。そして「新生班」（新入所者捕虜の班）に呼

びかけ、一部のものとともに「訓練班」に連合させて、反戦同盟のメンバーになった」[33]。

貴州鎮遠第2収容所「平和村」の「反戦同盟」員や後に「反戦同盟」に参加した長谷川ら日本人捕虜が、重慶の鹿地、「文工会」の郭沫若、馮乃超らと密接な関係を持ち、連絡をとりあっていたことを示す書簡は、鹿地が中国から持ち帰った資料を編集した『日本人民反戦同盟資料』第11巻の中だけでも350通収められている。鎮遠「平和村」の「反戦同盟」員たちは、鹿地夫妻だけでなく郭沫若と「文工会」メンバーとも書簡を交わしている。三庁時代から一貫して鹿地と「反戦同盟」を支持してきた郭沫若はとりわけ鎮遠に送り返された「反戦同盟」員に同情し、時には経済的援助を行い彼らを励ましていたことが往復書簡からわかる。

「反戦同盟」員沢村幸雄が馮乃超にあてた書簡には次のように書かれている。

「馮先生　前略、第四回を送付します。(鹿地：筆者注) 会長に渡して下さひ。僕らに特別のご配慮下さって恐縮して居ります。郭先生からの五百元は昨日頂戴しました。鯉本代表から改めて返事をだしました。当方盟員大部分は元気にて読書に研究に没頭しております。世界の動きは日増しに同盟国側が有利に展開して来ました。(中略) 米国あたりもいよいよ本腰で始めた如くに想へます。(中略) コーカサスの戦局も判っきりした。来年の春もう一度若干の攻勢を試みるでせふが、恐らくこの時期がヒットラーの最後の秋だと云ふことは疑ないものと想ひます。中国の抗戦もこれで自ずと判っきりしてくるわけです。反侵略側の勝利は押しも押されぬ決定的なものとなって来ました。僕らの活躍時期も真近になりつつあることを感じます。僕らその日に備へて努力します。十一月二十六日（1942年：筆者注）
宗十郎」[34]

（原文ママ）

収容所の「反戦同盟」員らは鹿地や「文工会」から送られてくる資料、冊

子、書簡などの"通信"で気力を維持し、戦争終結までの5年間、反戦平和の意思を持ち続け、解散後も同盟員たちにとって鹿地亘は、異国の地で捕われている自分たちの精神を支える"堡塁"であった。

第2節 戦後の日本はどうあるべきか

1941年12月8日、日本軍はアメリカの海軍基地真珠湾を奇襲し、同日アメリカとイギリスに宣戦布告した。アメリカとイギリスは翌日日本に宣戦布告し、太平洋戦争が勃発した。中国政府はアメリカ、イギリスと同日日本に宣戦布告。同時にドイツとイタリアにも宣戦布告した。ひと月後の1942年1月1日、米ワシントンでイギリス、アメリカ、ソ連、中国など26か国が「連合国共同宣言」に署名し、中国戦区における最高司令官には、国民政府の蒋介石が就任し、アメリカのスティルウェル将軍が1942年3月、(重慶で)統帥部参謀長に就任した。

太平洋戦争も日中戦争の緒戦と同じように、日本軍が迅速な進攻で次々と香港、マレーシア、シンガポールを占領、さらにビルマ(現ミャンマー)に侵攻した。

この時期アメリカは中国に戦時情報局の設置を準備していた。OWI(Office of War Information：戦時情報局[35])の調査員として1942年重慶に派遣されたハーバード大学教授のジョン・キング・フェアバンク(中国名：費正清)は、回想記の中で当時の様子を次のように書いている。

「1942年2月シンガポールが陥落し、日本軍はビルマに進駐しつつあった。そして、スティルウェルの中国派遣がすでに進行中だった。ワシントンのすべての機関が重慶に出先機関を設ける必要を感じていた」[36]。当時の重慶の人々は「米国が動いた以上大丈夫と、奇妙に第二次大戦の勝利を信じていた。私の存在自体がその証拠とされた。(中略)三十五歳のハーバード大学教授の私がこの尊敬される学者の身分の陰で、ワシントンの戦略情報局(OSS)が利用するための日本の出版物を見つけてマイクロフィルムに撮り、それによっ

て戦争に勝つための協力をする努力をしていたことは余り知られていなかった」[37]。アメリカは1942年重慶にOWIとOSS（戦略情報局）を相次いで設置した。

中国での情報活動に関しては、イギリスは華南の利益を維持するためにアメリカより早く準備を始めていた。「当地では英国人の方がアメリカ人よりもはるかに活動的です。スタッフの規模は二倍。出版計画を立てており、本が備えられた閲覧室を持ち、オックスフォードの教授一名を駐在させ、それ以外にも進行中のものが種々あるとのことです」[38] と、フェアバンクは書いている。

日本が太平洋戦争を引き起こしアメリカが参戦したことで中国の抗戦体制に変化が現れたことは、前述（156頁）の同盟員宗十郎の手紙にもふれられている。

抗戦体制の変化は、鹿地と「反戦同盟」の中国での活動にも当然影響をおよぼした。イギリスとアメリカが表に立ったことで、鹿地と同盟員に転機が訪れた。まずイギリスが、「反戦同盟」に関心を寄せ、接近してきた。

1941年12月下旬、中国イギリス大使館は国民政府に書簡を送り、「反戦同盟」前線工作隊のシンガポール派遣要請を試みてきた。鹿地は早くから駐中イギリス大使のカー氏を知っていた。「カー大使には武漢のころ、エドガー・スノーの紹介で青山和夫といっしょにあったことがある」[39]。だが国民政府はイギリスからの「反戦同盟」召集を鹿地には伝えなかった[40]。鹿地がこのことを知るのは年を越した1942年1月で、馮乃超を通してだった。

イギリス大使館から国民政府政治部に依頼があったのは1941年9月ごろだが、この時はすでに「反戦同盟」を解散させてしまっていた。外国政府からの突然の「反戦同盟」召集に困った国民政府は、「反戦同盟」を解散させたということをイギリスに伝えず、ずるずる返答を延ばしていた。4か月後の12月、国民政府は仕方なく軍政部を通して秘密裏に鎮遠「平和村」に連絡し、収監されている「反戦同盟」員の中から6人を選んで前線工作隊を作り、在中国イギリス大使館に引き渡すよう命じたのである。

第5章　鹿地亘の反戦平和活動の継続

　この時、鎮遠の「平和村」では、同盟総部、西南支部の計23名の同盟員は、収容所内で大会を開き綱領や行動計画を作り反戦平和活動を再開しようとしていた。

　「反戦同盟」の解散からこの時点までの同盟員たちの経過を、再度まとめてみよう。

　1941年8月22日、「反戦同盟」解散の訓令と同時に両同盟の全メンバーは即刻鎮遠「平和村」に送還されることになった。総部の7名[41]と西南支部の16名の同盟員は、9月6日鎮遠「平和村」に到着し、翌7日、同盟員は「総部、支部合体して総会を開き、名称、工作時間表、今後の方針を決定した。名称については、我々は訓練の名目で送られたのだから「平和村訓練班」と名付け、在村中の方針として、収容所当局に対する協力、模範的村民となる、村内の革命研究団体研究班と協同する、村民（捕虜：筆者注）の良き相談相手となる、全村民に対する啓蒙宣伝を行う、そして「平和村訓練班」を革命的に組織すること等を決定し、「到着直後から統制ある体制を作って生活を始めた」[42]。

　「平和村」収容所は、貴州東南部の雲貴高原にあり以前は監獄として使われていた。国民政府の収容所の中でも最も環境の悪い収容所だ。高さ5mの強固なレンガ塀が周囲に張り巡らされ、四隅に背の高い監視塔がある。入口では銃を構えた衛兵が警戒にあたる。

　塀の中の捕虜収容室は前院と後院に分かれ、「反戦同盟」員は前院にある木造2階建ての収容室に収容された。前院の収容室には約100名の捕虜が収監され、内訳は「訓練班」（「反戦同盟」員）23名、宜昌と長沙での会戦後捕まり各地の臨時収容所から送られてきた日本人捕虜の「新入所者班」（新生班）約50名、「青山研究室」[43]の指導下にある日本人捕虜の「研究班」24名である。

　後院には思想の変わらない軍国主義の頑固者、台湾人、朝鮮人、中国人からなる「特別班」20名などがいた。長谷川敏三が書いているように（155頁）、彼らの多くは前途を悲観し自棄になって荒んだ生活を送っていた。この他に、

前院の上の階には3人の女性捕虜もおり、1人は朝鮮人、2人は日本人で、ともに日本軍の慰安婦だった[44]。

「平和村」のあった貴州は当時も現在も中国の最も貧しい地域だ。当時の「平和村」の食事も国民党収容所の規定以下の最低レベルで、栄養と衛生環境の悪さからから、1941年12月から1942年11月までの11か月間で104名の死亡者が出た。「これらの死亡者は殆ど全部が栄養不良が原因」[45]だったと、同盟員の桜井勝(「反戦同盟」西南支部)は「俘虜日記」に書いている。「新生班」の長谷川敏三も、「1940年から44年まで約600人の収容者のうち、死亡者は159人に及んだ。最も多い病気はマラリヤとセキリと肺結核であった」[46]と書いている。

劣悪な生活環境をみかねて、「訓練班」の同盟員は収容所の壁に「壁新聞」を貼りだし、生活改善の啓蒙活動に動き始める。井戸を掘り、風呂を作り、寮を修繕し、衛生兵だった捕虜は病人の看護にあたるなど、収容所内の問題を自分たちで改善し、捕虜たちの意識を高める活動に取り組んだ。そんな時に舞いこんできたのが、前述(158頁)のイギリス政府による「反戦同盟」前線工作隊召集の知らせだった。

同盟員の山川要(「反戦同盟」西南支部員)は、重慶の鹿地と馮乃超に、イギリス政府からの召集を知らせた。「イギリスの反戦同盟工作隊シンガポール出動要求は(1941年)12月28日、軍政部から直接収容所に伝えられ、収容所長たちは私たち(反戦同盟)をよび、29日までに返答するよう言った」[47]。

軍政部の命令に対し、同盟員は出動条件として8項目の要求を出し、当局が要求を認めない限り自分たちは出発に同意しないと回答した。要求は、速やかに重慶の鹿地と郭沫若に連絡をとり、彼らとの自由な連絡を保証すること、「反戦同盟」前線工作隊の身分を保証すること、工作隊は日本人の自立した組織であり同盟員自らが決定することを認めること、収容所に残って留守を預かるほかの同盟員の学習と活動の自由を保証すること、などであった。「反戦同盟」の自主的地位と、重慶との通信の保障を要求したのである。

今回の前線工作隊には6名が選ばれた。6名のうち5名は「訓練班」の秋

第5章　鹿地亘の反戦平和活動の継続

山竜一、新井田寿太郎（同盟総部所属）、沢村幸雄、林長吉、益田一郎（同盟西南支部所属）ら同盟員、もう1名は青山和夫指導下の「研究班」に所属する江川洋だった。

「反戦同盟」前線工作隊は1942年の年明け間もない1月6日、あわただしく重慶に向けて出発した。重慶に到着すると彼らはすぐに鹿地らに会い、学習会を持ちながら出動命令を待った。その後、南方の戦局が急転変化し、1942年2月、シンガポール（イギリス軍）が日本軍によって陥落したため「反戦同盟」前線工作隊の派遣先は急遽インドに変更された。そして最後には今回の「反戦同盟」前線工作隊の派遣は中止されてしまったのである。彼らに代わって出動したのは「朝鮮義勇隊」だった。

イギリスによる「反戦同盟」前線工作隊派遣は実現しなかったが、このことは「反戦同盟」に対する中国社会と国際社会の関心を喚起した。同時に、鹿地と同盟員にとっては、「反戦同盟」の次の活動への自信となった。選抜された同盟員のひとり秋山竜一は、収容所に戻った後鹿地に出した手紙の中で、「僕らは新たな感激と勇気を持つことが出来ました。鎮遠で出来る仕事、今後は出来るだけそれに努力します。インドに往かなくても重慶に来たことで我々は立派な収穫があったと思います」[48]と書いている。イギリスの「反戦同盟」召集によって、国際社会の「反戦同盟」に対する重視と評価を国民政府が苦々しく再認識したことも、「反戦同盟」にとっては収穫だった。

イギリスの「反戦同盟」召集はアメリカを触発した。夏になるとアメリカの情報局が鹿地と「反戦同盟」に接触してきた。アメリカは戦時下の戦意作戦の役割を重視しており、アメリカが中国で展開する対日情報活動に、「反戦同盟」の日本人捕虜を使おうと考えたのである。

当初アメリカのOSS（戦略情報局）は、中国人や朝鮮人を雇って対日謀略工作を行っていたが、日本語の表現に問題があり効果があがらなかった。日本の文献から、日本人が迷信でキツネに化かされおじけづいてしまう、と判断して作戦への応用研究に乗りだしたり、昭和天皇をからかったビラもまいたが、日本兵は真剣に読もうともせず、それどころか逆効果を招いたことも

あった。こうした経験から、アメリカは日本人の心を読みとり、洗練された謀略宣伝工作を編みだすことができるインテリ要員の招請を考えていた[49]。

アメリカの対日宣伝が日本兵に不評である理由を鹿地は、「彼ら（アメリカ：筆者注）がいつも日本を「料理してやる」という思い上がった立場をみせていたから」[50]だとみていた。アメリカのOWI（戦時情報局）重慶出張所長フィッシャーに続いて、アメリカ軍（以下米軍と略称する）参謀バートン中佐、米軍参謀第1課長キッティ大佐が重慶の鹿地を訪ね、「反戦同盟」の活動経験を聞き、戦後日本の展望について鹿地と意見を交換した[51]。

アメリカは当初の対日宣伝工作の失敗から、次にアメリカ国籍の日系2世を採用した。アメリカは日本語ができるアメリカ兵を持ちながら、「反戦同盟」前線工作隊になぜ注目したのか。

「反戦同盟」前線工作隊の宣伝が、戦場の日本軍兵士の心理に符合した反戦宣伝を展開することをアメリカは知っていた。「反戦同盟」前線工作隊員は全て元日本軍兵士であり、当然ながら中国にいる日本軍兵士の心情、心理、不安を理解することができた。日本兵が戦場に遺棄した日記や書類などから兵士たちの出身地を看破し、ふるさとの訛りで日本軍に呼びかけを行うなど、日本兵の琴線に訴える心理宣伝と、日系2世が制作する戦場ビラには、大きな差があった。

「反戦同盟」前線工作隊が崑崙関前線で行った宣伝放送を聞いたある日本軍兵士は、「（「反戦同盟」の工作隊は：筆者注）実際に自分たち（下級兵士：筆者注）の不平を上官に話してくれて、有難いとも思いました。このことがあってからといふものは、上官の命令は必ずしも正しいものではないと思ふやうになってきました。それ以来といふものは、馬鹿らしい戦死なんかするもんかといふ気になりました」[52]と述べている。言葉以上に日本兵の目と耳、心理に訴える「反戦同盟」の元日本軍兵士の存在と作用に、アメリカは注目した。

心理作戦は中国軍などの連合国軍が行っただけでなく、日本軍も早くから中国戦場で展開し、効果もあげていた。たとえば、1938年5月の徐州会戦

第 5 章　鹿地亘の反戦平和活動の継続

で日本軍が拡声器を使い揺動放送をしている⁵³。そんなこともあって、イギリスとアメリカは対抗上、中国戦場での対日心理工作を強化する必要があったのである。

　イギリス、アメリカ両国が鹿地と「反戦同盟」に注目する中、国民政府も組織改変後の 1942 年 6 月、三庁に改めて対敵科を設置。10 月には国民党中央宣伝部も対敵宣伝委員会を設置し、鹿地を顧問に招請した。また翌年 1943 年 3 月 17 日には遠征軍司令長官（陳誠）司令部が鹿地を顧問に招聘し⁵⁴、国民政府は再び鹿地懐柔策をとり始めた。

　国民党中央宣伝部での鹿地の顧問料は不明だが、司令部は鹿地に交通費などの名目で毎月 1000 元を支給した⁵⁵。さらには同年 7 月、鹿地と日本人捕虜との分離を決めた政治部が「鹿地研究室」拡充の名目で、鎮遠にいる 3 名の同盟員を鹿地に引き渡すことにも同意するのである。

　「反戦同盟」がイギリスのオファーを受ける時に出した条件や、鹿地が政府機関の顧問を引き受けたことで、重慶の鹿地と鎮遠「平和村」の同盟員との連絡は、一気に風通しがよくなった。

　多少動きやすくなった鹿地は、重慶の国際放送用に、同盟員が取材した軍隊内部の情況を報告させ、放送原稿料の名目で「平和村」の同盟員に送金を開始した。この送金は、物価狂乱の中で収容所の同盟員や日本人捕虜たちの生活改善に役立てられた。

　ある同盟員は池田幸子に「一、病人費 100 元、一、同盟員生活補助費 500 元（これは個人と共同に分けて使用して居ります）」⁵⁶ と、送金の使用状況を報告している。

　派遣が中止になり 1942 年 4 月 6 日鎮遠に戻った同盟員たちは 5 月、同盟員からなる「訓練班」と青山和夫配下の「研究班」、そして新入所者たちの「新生班」を糾合して、収容所内の新たな組織「新生活協会」を設立し、生活改善と収監者の人格向上にさらに力を入れ始めた⁵⁷。

　同盟員岸本勝が鹿地に書き送った手紙によると、「感動して（新生活）協会に参加を申し込んできた彼等（台湾人の捕虜）をあわせれば、総計は百三十余

163

名になります。収容所総員数の五分の二以上が（新生活協会に）参加したことになります」[58]とある。同盟員たちが収容所内で始めた活動が、ほかの多くの捕虜たちの支持を得ていたことを示している。

「文工会」から派遣された康大川主任管理員の援助を受けて、1942年6月26日、同盟員らと日本人捕虜は「労働による生活改善」を加速させ、工芸品の制作を始めて薬など必需品の補塡にあてた。「（捕虜たちは：筆者注）みんな手先が器用で、いろいろな工芸品を作った。板があれば車や飛行機、汽車などのおもちゃ模型はたちまちできる。水牛の角でみごとなメガネのつるや印鑑を彫った。また木に水牛の角を薄く切って張り立派なマージャン牌も作った。バイオリンやウクレレ、胡琴も作った。時計職人は硬い板と石のおもりで簡単な掛け時計を完成させた。これら工芸品は製作者が収容所の雑役人に頼んで街で売ってもらい金に換えた。雑役人の中にはひどいピンはねをする者がいたので私は作品は自分で値段をつけ管理するよう改革した。「訓練班」や「新生班」の同志たちは売った代金を貯え病人用の薬代、栄養補給にあてた」[59]。康大川は当時の所内の様子をこのように書いている。さらに日本人捕虜たちの工芸作品は紅十字会（中国の赤十字会）の助力で、重慶の展示会に出品され、反響を呼んだ。

同盟員たちは、収容所の中でさまざまな活動を絶え間なく行うことで、捕虜たちの生きる気力を支え、生活環境を改善しながら同時に、反戦平和の思想を捕虜たちに広げていった。

太平洋戦争が勃発して2年が過ぎるころ、鹿地と「反戦同盟」の反戦平和活動は新たな段階に入る。

鹿地は戦争が最終段階に入ることを予想した日本人の反戦平和活動プランを模索し始めた。「従来の（厭戦をあおる：筆者注）反戦運動の形では不十分であり、展望される戦後日本への用意がはじまらなければならないことが感じられた。復活されるべき日本人の運動はもとの「反戦同盟」ではなく、「日本民族解放同盟」とも呼ばれるべき性質のものにならなければならないという腹案が次第に成熟しはじめた」[60]。

第5章　鹿地亘の反戦平和活動の継続

　太平洋戦争は 1942 年 6 月のミッドウェー海戦、ガダルカナル島の戦いを境に日本軍が攻勢から守勢に転じ、日本軍の戦況は日ごとに悪化していった。

　鹿地の「日本民族解放同盟」構想は、発表された時期からみると、ちょうど延安の野坂参三[61]などが「日本人民解放連盟」を提唱した時期と重なっている。1944 年 1 月 5 日、重慶の共産党系新聞『新華日報』は、『新華社』報道を転載して延安地区の「反戦同盟」を改組して「日本人民解放連盟」（以下、「解放連盟」と略称）を設立したという記事を載せている。これは野坂参三と延安地区の「反戦同盟」員[62]が、国内外にいる日本人反戦同志を糾合する受け皿として「解放同盟」を作り活動に踏みだしたものであった。

　鹿地の「日本民族解放同盟」構想は、延安の野坂らが提唱した「解放連盟」に呼応したものである。野坂らが「解放連盟」を提唱したのは 1944 年 2 月、鹿地が新たな日本人の反戦組織として国民政府に「自由民主同盟の提案」をしたのは 1944 年 5 月 28 日だった[63]。

　「あれはもう鎮遠から三人を引き取って帰ってくる途上のことだ（鹿地は 1943 年 12 月 6 日〜13 日、3 人の同盟員を重慶の鹿地研究室助手として引き取りに鎮遠に行っている：筆者注）[64]。貴陽で新聞記者が訪ねてきた。私はインタビューで、収容所の中でめざめた日本人たちの動きを語り、自分の今後の抱負をのべた。反ファシズム戦争の最後の勝利は、戦後の平和で民主的な日本をめざし、これまで「反戦」のためたたかってきた日本人の用意するべき時はきた。私は全ての海外の同胞を、信仰思想の如何にかかわらず包括する自由民主日本人委員会というようなものに組織することを呼びかけたいと思っている……と、（中略）それから一週間目延安で岡野進（野坂参三：筆者注）が日本人民解放連盟の組織を提案し、その報告が新華日報に発表された。言い合わせた結果になってしまった。どちらも「天皇制」にはふれず、反軍事独裁反戦争の民主的人民の連合を主張していた」[65]、というのが鹿地の説明である。

　鹿地と野坂参三は相次いで、国内外にいる日本人の反戦運動を糾合する必要を主張した。しかし、鹿地の中国での反戦平和活動資料の早期のものに、日本民族の統一機関「自由日本民族委員会」結成に関する書簡（1943 年 11 月

15日付)⁶⁶がある。これは1943年12月上旬の鎮遠行きの時期よりも前のものであり、「自由民主同盟の提案」の初期草案と思われる。しかしいずれにせよ鹿地が「自由民主同盟の提案」を書いたのは1944年5月28日であり、延安にいる野坂参三から「鹿地亘同志の「日本人民解放連盟」創立の趣旨に諸君が賛成され、重慶方面においてこれに類する組織を準備されつつあることを聞いて喜んでおります」という手紙（1944年4月5日）を受けとった後のことである⁶⁷。

その後1944年12月、鹿地は重慶の「鹿地研究室」で「日本民族解放同盟綱領試案」を制作し⁶⁸、国統区にいる日本人全員と鎮遠の「平和村」にあててこれを発送する。鹿地の「日本民族解放同盟綱領試案」の綱領は延安の「連盟」の綱領を参考にしており、内容は次の通りである。

日本民族解放同盟綱領試案
1　我らは日本軍部の発動した侵略戦争に反対する。戦争の即時停止により、祖国と日本人民を戦争の破壊的犠牲となることから救出せんことを期する。そのために、
(一)絶対権力を掌握し、人民に破壊的犠牲を強制する軍事独裁政府を打倒する。
(二)平和と解放を切望する全国人民の意思を代表する進歩的各党各派を糾合し、その連合によって日本人民政府を樹立する。
(三)即時停戦し、すべての占領地帯より日本軍隊と艦隊を撤退せしめ、人民政府によって、交戦諸国と公正な講和を締結する。
(四)満洲事変いらい今日まで、人民と祖国にはかり知れぬ犠牲と大禍をもたらした戦争責任者を厳罰し、日本に再び戦争製造者の勢力が跆頭することを防止するため、軍部の政治的特権（帷幄上奏権、軍務大臣軍人制等）を廃止し、軍部の指導する一切の団体（翼賛会、翼政会、翼賛壮年団、各種報国会等）を解散し、軍部の国政干渉一切不可能ならしめる。
(五)人民政府は徹底せる対外平和政策を遂行し、平和、独立、平等、互助

の原則にもとずき、諸国との友好を確立し、戦争の再発を永久に不可能ならしめることに努力する。
2　我らは人民の意思にそむき、これを無言の奴隷、無言の肉弾たらしめる独裁権力の基礎を消滅し、人民の意思と力を解放し、これによって祖国の回復と繁栄を実現することを期する。そのために、
(一)人民の権利を剥奪蹂躙した総動員法、戦時刑事特別法、治安維持法、その他の独裁権力行使のために設けられた一切の悪法を撤廃する。
(二)徴兵制度（強制兵役）を撤廃し、志願兵制度を採用する。
(三)戦争と独裁に反対し、人民の利益のために闘って逮捕されたるすべての政治犯人を釈放する。
(四)職業居住の移動制限を廃止し、言論、集会、出版、結社の完全な自由を実現する。
(五)二十歳以上の男女公民に選挙権を与え、祖国に民主的政治制度を確立する。
(六)右のため全国人民を代表する国民憲法会議を召集し、欽定憲法を改正し、民権の完全なる保証を目的とする人民憲法を確立する。
3　我らは軍部の亡国的戦争により疲弊の極に達しさせられた日本を復興し、人民の幸福のための富強な新日本の建設を期する。そのために、
(一)軍事費を国土自衛の最低限に縮小し、国家財政を経済の復興発展、人民生活の向上にあてて、その計画を樹立する。
(二)銀行、大企業（独占企業）に対し、平和維持と人民福利の保障を目的とする国家統制を強化する。
(三)現在の戦争企業を人民生活向上に必要なる生産資料、機器等の平和産業に転換し、発展させる。
(四)食糧、技術、材料等の豊富な生産のために、土地制度を改革し、農村の貧窮を消滅し、耕作機械、農芸新技術の恩恵を農民が充分利用し得るような農業政策を確立する。
(五)国民経済の充足と向上を目的として対外貿易を振興する。

4　我らは侵略戦争の犠牲となった人民を救済し、破産破滅に陥れられた人民生活の再建と向上を期する。そのために、

(一)物価をひきさげ、勤労者に対する税金を軽減し、人民の不当な諸負担（強制貯金、物資献納、献金、公債強制購買、勤労奉仕、その他）を撤廃する。

(二)賃金統制令を撤廃し、労働者、職員の生活を保障する最低給料制を確立し、労働時間を短縮し、工場法を復活、改善する。

(三)農民からの穀物強制供出と作付制限令を撤廃し、公正なる小作料をさだめ、土地取上げ、強制立退きを禁絶し、肥料、農具を安価かつ豊富に供給する。

(四)学術研究の自由を保障し、学生の勤労奉仕や軍事教練を撤廃し、国民文化を向上発展せしめる如き文化、教育政策を樹立する。

(五)中小企業に対して有効な救済と厚生の道をひらく。

(六)労働組合、農民組合、職業組合、進歩的学生団体等、人民各層の生活権擁護と福利増進のための自主的諸団体を復活させる。

(七)兵士、水平の給与を改善し、軍隊内の虐待酷使を厳禁し、外出、通信、読書、集会の自由を保障し、彼らに選挙権を与え、満期兵を即時帰還させ、その再召集を禁ずる。

(八)帰還兵の職業を保障する。傷痍軍人の生活を終身保障する。応召兵の家族と遺族生活を充分保障する。

(以上)[69]

鹿地の「日本民族解放同盟」構想は、ユートピア的共産主義色が強いが、戦地中国にあって、日本の敗戦を確実に察し、戦後日本の平和と民主主義の復興と建設をいちはやく構想したことは注目されよう。中でも「日本に再び戦争製造者の勢力が擡頭することを防止する」ことが必須だと強く主張しているくだり（試案第1条第4項）は、戦後鹿地が日本に戻ってから取り組んだ、中国を含む、かつて日本が侵略したアジア諸国との互恵平等な友好関係を確立する運動と連動している。天皇と結びつく勢力への厳戒も、日本に帰国し

第5章　鹿地亘の反戦平和活動の継続

てからの鹿地の一貫した姿勢だった。

　国内外の日本人からなる、新しい統一反戦組織「日本民族解放同盟」を設立するために、鹿地は国民政府と重慶にいたアメリカ政府関係者に協力を呼びかける。その過程でアメリカとの関係確立のため1944年、鹿地は重慶の戦時情報局（OWI）出張所が発行する日本語新聞の顧問に就任する。

　1944年12月26日、アメリカ国務省秘書官ジョン・エマーソンは鹿地に会い、米軍が日本本土上陸を行う際、犠牲を最小限に抑える方法を質問している。エマーソンが鹿地と交わした話の内容はアメリカ政府に報告され、"*Yenan Report*" 52（延安レポート52号）として残っている。"*Yenan Report*" 52では25頁にわたり鹿地の構想を紹介している[70]。

　その中で鹿地は、「解放同盟」構想を語り、統一された民主団体による自由な日本を建設する「機関」の設立を主張している[71]。具体的には、重慶の反戦組織（鹿地亘などの組織を指す）と延安の反戦組織（野坂参三などの組織を指す）、さらにアメリカの日本人組織（大山郁夫などの組織を指す）が合同で会議を開き、戦後の日本に関する諸問題を討議し、同時に新しい反戦組織を設立する[72]ということだ。

　さらにエマーソンの日本本土上陸時、米軍の犠牲を最小限に抑える方法についての質問に鹿地は、「日本人のメンバーを日本国民の説得にあたらせる必要がある、日系二世が米軍と日本人メンバーとの意思疎通をはかる役割を担当する。上陸前に米軍は日本人と日本人の習慣について必ず十分な理解をしておくべきであり、日本人民との接触は必ず日本人メンバーに担当させること。そうしなければ日本人民の抵抗に遭い、サイパン戦の時のように婦女子ですら投降を嫌って自殺してしまうかもしれない」[73]、と語っている。

　エマーソンは「あなたの考えに同意します。このあと岡野氏の意見も聞いてみたいとおもいます。しかし彼らのものは共産主義的記述が多すぎるので、アメリカは延安の資料は採用しないとおもいます」[74]と述べている。鹿地の記述によると鹿地と米軍との最初の接触は1942年夏ごろで、その後ジョン・エマーソンとの会遇まで数年の間があった。

エマーソンに次いで、アメリカOSS戦意作戦責任者デューリンが1945年春、鹿地に接触する。「突然デューリンというおとなしそうな平服の紳士が、副官の中尉といっしょに、（日系：筆者注）二世の安井研二に案内されて訪れて来た。この紳士はリトル大佐の後任で、OSSの中の心理作戦部門を担当し、一般にMO（Morale Operations：筆者注）と略称されている機関の責任者ということだった。一般に重慶在住の米国人のあいだでも、OSSということばがでると、何も聞かなかったふりで口をつぐむ。みな恐れまたは敬遠しているのがだんだんわかってきた。それに、この機関のことには何かすべてに秘密と不穏の暗いけはいがついてまわっている。そのうち蔣の特務機関、つまり軍統がこのOSSと合作して、中米合作社（SACO：Sino Americano Co-Operative；1943年4月発足：筆者注）というものを組織し、その基地が嘉陵江辺の磁器口附近に広大な規模で設けられ、アメリカ式の科学的な装備で蔣介石の特務の大量養成にとりかかっているという消息をきいた。（中略）これはもう「作戦行動」ではない。戦争の終わりの切迫とともに、作戦に名を借りた新しい何ごとかが布置されはじめているのではなかろうか？」[75]。

鹿地はデューリンと、昆明の米軍基地で発行する日本語新聞の編集を鹿地と「反戦同盟」が担当する問題について協議する。鹿地の回想によると「日本字新聞発行のため、私に十五人の日本人をつれてきてもらいたいというのだった」[76]。OSSに警戒心を抱きながらも鹿地がデューリンとの協議におよんだ理由は、「共同の目的——つまり反戦と戦後日本の民主化——さえはっきりしているなら、連合国との協力にどんな機会も失ってはならないという判断もあったが、主としては国民党に閉じ込められてしまっている反戦同盟のなかまたちに活路を与えるみこみがないので、米国と関係をつけて、この大切な時期に、彼らに機会を与えたいという痛切なねがいがあったからだった。それにOSSの中でもMOの部分はまだ協力の余地がありそうだ。米本国から藤井周而をはじめ、たくさんの進歩的な人々が参加する事実も私を安心させた」[77]からだといっている。

鹿地とデューリンとの協議は、「反戦同盟」の立場、待遇の詳細におよぶが、

第5章　鹿地亘の反戦平和活動の継続

　最終的に鹿地はアメリカ側の契約書には署名をしなかった[78]。「中尉が書類をもって来て私に署名をもとめたとき、談判は暗礁に乗り上げてしまった。みればとりきめの項目はすべてもれなくタイプされていたが、この書類は米軍職員の雇傭契約書ではないか！　その中には「米国政府に忠誠を誓う」「機密を漏洩したばあい、いかなる処分を受けても不服をいわない」という二項もある。中尉は署名を拒否され、思いがけない顔をした。約束がちがう。私は米軍に協力するとはいったが、米軍に雇われる約束はしていない」[79]というのが鹿地のいい分であった。

　しかし鹿地は初回の1945年6月15日に「鹿地研究室」の要員山川要を連れて、8月7日に再度昆明の米軍基地を訪れ、8月8日には鹿地が作成した「OSSと鹿地グループの覚え書」（OSSとの協力の内容を提示したもの）をデューリンに手渡している。

　こうしたアメリカ情報局、国務省との協力関係を鹿地は、アメリカが日本本土上陸を想定した戦争の最終段階に、鹿地と「反戦同盟」の活用を考えてのことだと考えた。すなわち、アメリカは米軍兵士の犠牲を最小限度に抑え、かつより早く日米戦を終わらせることを企図し、そのために重慶の鹿地や延安の野坂参三を含む日本人の反戦組織や蒋介石の国民党軍をとりこみ、対日作戦を強化したかった。日本の敗戦は間近に迫っていたが、日本軍将兵の頑強な抵抗によって、米軍は大きな損失を被っていたからである。

　戦争を早く有利に終わらせるために中国の鹿地や野坂らの日本人反戦組織の活用を考えたのは、アメリカだけではなくイギリスも同じであった。エマーソンは回想の中で「日本政府に投降を要求し、かつ連合国占領機構（GHQ[80]）に協力する日本人の国際組織を設立する、これは米英両国の一致した政策である」、と記している[81]。

　エマーソンは鹿地と会ったのち、鹿地の国際的組織設立の提案を持って延安に行き、野坂参三の賛同を得る。翌1945年1月下旬、本国に戻ると、占領政策に協力する日本人国際組織を設立するという鹿地らの提案を、2月、アメリカ政府に提出した。この案は1945年6月アメリカ政府に承認される

のだが、7月26日、日本の降伏とポツダム宣言が発表され、8月10日日本政府がポツダム宣言受諾をしたため、急展開の情況の中で鹿地らの案は結局実現には至らなかった。

　鹿地が重慶で展開した英米との協力関係の模索や日本敗戦に備えた国際統一反戦組織設立構想の推進は、論文や書簡を通じて鎮遠「平和村」の同盟員と新たに「反戦同盟」に参加した日本人捕虜たちのもとに届けられ、外界と遮断された捕虜たちの大きな精神的支えとなった。同盟員と新たに「反戦同盟」に参加した日本人捕虜たちは、世界の情報が集まる臨都重慶で鹿地が収集し分析した資料を使って学習会を開き、間もなく敗戦を迎えるであろう祖国日本の戦後を考え始める。

　塀の中の同盟員など日本人捕虜たちは、どのような資料や情報を用いて戦後に向けた思想準備を行ったのか、1942年から1946年の間に鎮遠の同盟員に影響を与えた鹿地の論文と彼らの反響からみてみよう（「平和村」の「反戦同盟」ら日本人捕虜は1944年12月、日本軍の貴州独山侵攻を受けて第2収容所「平和村」の移転を決めた国民政府の決定に伴い、12月2日「平和村」379名の捕虜たちは揚子江南岸南温泉附近の四川省巴県鹿角郷の収容所に移った）。

　1942年8月、『鹿地研究室報』の鹿地の論文「極東の戦機とその動態」[82]に対する反応は、以下のようなものであった。

　　1942年秋、康大川の鹿地亘あての書簡：
　　　時事解説の長文拝見しました。裏から幹部七名（皇軍思想を捨てない、いわゆる頑固派：筆者注）が参加し、秋山兄が読み上げました。大成功でした。白井の奴まで僕が知らないと思ってさっそく僕の部屋に、原文そのままを受け売りにきたのだから、その効果は推して知ることができましょう。お忙しいところを無理とは思いますが、一週間に一回くらい間断なくお書きくだされば、まことに結構です。これは僕と同盟員を教育するのに役立つばかりでなく、頑強な奴らに知らず知らず正しい時局の認識をもたせるのに最良の方法と思います。またこれによってみんなも同盟員に接近し、工

作上の障碍をのぞき発展を助成する力になります[83]。
1943年2月1日、沢村幸雄が鹿地に送った書簡：
「「日本陸軍総検討」送付します（国際放送用原稿と鹿地が同盟員に書かせ稿料を送っていた：筆者注）。ご査収されたし、国内戦に備えて革命軍を組織する資料になると想っています。（中略）金の方も宣伝部第二回目五百元、鹿地さんの三百元、政治部の五十元、池田さんの百元も入手しました。御安心下さい。新井田[84]（病気の同盟員：筆者注）も喜んでいます。しかし彼は重態です[85]。

『鹿地研究室報』に掲載した時事を分析した主な鹿地の論文は、次の2点である。
1943年2月22日、「現在の日本国内の情況」[86]。
1943年10月12日、「日本国民の反戦闘争の任務——岡野進同志の日本人に告ぐ書を読んで」。
1943年11月1日、『鹿地研究室報』に掲載された鹿地の論文「自由ドイツ委員会宣言」が鎮遠平和村の「反戦同盟」員らが発行する冊子『東亜先鋒』第2号に転載される[87]。
1944年2月23日、「太平洋並びに中国戦場の将来に関する展望」（『鹿地研究室報』第8集第13期）。
1944年4月2日、「日本人民解放闘争に関して同盟国諸友へ訴へる」。
1946年2月15日、「今日の日本政局」[88]。
1944年12月23日、鹿地の日本民族解放同盟組織計画を受けて、鹿角郷収容所で3班合同の「平和村教育隊」(90名)が結成される。1945年6月1日、「平和村教育隊」は改名し、100余名で「日本民主革命工作隊」を設立し[89]、統率力のある長谷川敏三が隊長になる。

鹿地の論文、書簡に連動して収容所の同盟員は終戦を想定して動いていったが、同盟員たちは新しく収容所に入って来る捕虜の様子や彼らから聞く話

によって、日本の敗戦が確かに近くに迫っていることを感じとっていた。終戦の2か月前に作った「日本民主革命工作隊」(1945年6月1日設立)の隊長になった長谷川敏三は、新しく入って来た日本兵捕虜の変化を次のように書いている。「鹿角郷に移って間もなく、湘桂作戦の新しい捕虜がどっと入ってきた。新来の捕虜は体格も劣っているうえ、被服や装備も貧弱で、まるで戦争はもう長くはないと知らせにきたようなみすぼらしさだった」[90]。

重慶にいる鹿地のやりとりで、早くから日本敗戦に備えていた同盟員たちは、1945年8月15日の第2次世界大戦終結に際し、比較的冷静に日本の降伏、敗戦を受け入れた。しかし、一部の頑固な日本人捕虜たちは、日本が敗戦して戦争が終結したことを頑として信じようとしなかった。そんな頑固な日本人捕虜たちに日本敗戦の事実を理解させるため、鹿地はアメリカ戦時情報局の協力を得て、1946年1月10日と11日の2日間、鹿角郷の収容所の中で「第二次世界大戦、太平洋戦史、ニュース写真展覧会」を開いた。

鹿角郷の同盟員江見治は鹿地研究室要員となって重慶にいる山川要(1943年12月中旬、岸本勝、沢村幸雄、山川要が「鹿地研究室」に加わった)に、「お計らいで「改造日報」(第三方面軍司令部発行：筆者注)が毎日航空便によっておくられて来るので、国内の様子もずっと認識が増しました。頑固分子達もこの日文の新聞は、貪るように読んでいるし、十日、十一日両日に鹿地さんの骨折りで開催した「第二次世界大戦、太平洋戦史、ニュース写真展覧会」によって、夢から現実に舞い戻った連中も多くなった様です」[91]と写真展の反響を伝えている。手紙の日付は46年1月11日、日本敗戦の4か月後である。

1946年5月になると、四川省鹿角郷にある収容所の日本人捕虜379名は釈放される。捕虜たちは収容所を出て日本軍総集団軍に編入し、5月14日南京に到着。帰国のための身上調査と部隊名の変更命令を受ける。170名[92]の同盟員らは「長谷川部隊」と名のり[93]、上海から帰還船に乗りこみ、6月14日祖国日本(福岡博多)に帰り着いた。

重慶の鹿地夫妻と研究室の同盟員(岸本勝、沢村幸雄、山川要と1945年1月に加わった空軍大尉だった小林一加)は、鹿角郷の同盟員たちより2か月前、とは

第 5 章　鹿地亘の反戦平和活動の継続

〔表 5-1〕「反戦同盟」員名簿（1945 年 12 月 6 日）

初期 1939 年 12 月 25 日～ 1941 年 8 月 25 日	
工作名	本名
秋山竜一	瀬戸栄吉
山川要	及川安之亟
岸本勝	山野井長一郎
沢村幸雄	久保芳造
益田一郎	矢沢正己
鯉本明	鈴木卓二
坂井敬二郎	伊東秀郎
林長吉	平井高志
秋山敏郎	川野聖
江都洋	柳原誠一
平田稔	荒木重之助
田中達	柵橋秀吉
桜井勝	小林己之七
広瀬徹	片橋広士
山田渡	秋田寛
曽根竜馬	荒信夫
吉岡昇	長谷川明
南部実	宮下憲三
源正勝	池田正男
伊藤進	近藤光
第 2 期 1942 年 3 月 15 日参加	
工作名	本名
平松信夫	江藤一夫
森一郎	藤村金作
1943 年 3 月 15 日参加	
小浦肇	馬場幸雄
谷村貫	三谷直之
小林光	若松春雄
新井敏男	村奈清
倉田政志	田中九十九

末永鋼一	八木嘉寿雄
三木襄二	高木邦男
非正式「反戦同盟」員（中国政府の承認を受けていない）	
工作名	本名
長谷川敏三	長谷川敏三
江見治	渡部冨美男
江川洋	内島吉郎
高田武	岡本巌
野本家六	野本家六
杉木幸夫	杉木幸夫
峰野繁	成田実
小林一加	堂園俊男
駒田信二	森郁夫
北川孝一	
溝上俊一	
横川毅	三上調一郎
秋吉大蔵	
反戦同盟外部組織員名簿・友の会	
工作名	本名
能登進	吉本進次郎
川越英夫	橋本芳
鈴木明	平間倉吉
中山博	中山博光
三浦正実	中野宇一
	木村福治
	横山好一
八束登	岩成万吉
伊藤昇一	山田孝一
稲月昇	堀井正吉
桧作寛一	梅本清人
早川義雄	早川義男
林直逸	渥美三郎

175

川下末松		青木寿一	
福田茂	稲生重雄		田口治
大山一彦	大浜一美		冷水喜太郎
中元章	添谷武治		宮園肇
関根徹	木下政市		田中富吉
南浩	豊川善英		坂井忠二郎
松原節	印南優造		中沢満
泉政夫	坂本良一		菊地一郎
滝淳	井筒留一		本田稔
志村晃	佐藤一郎		黒木正男
立花謙	上野岸夫		西野総市
奈屋勇	加藤員一		田畑正哉
佐藤有明	田村熊一		中村種男
中川勉	深町孝男		柳石幸次郎
高明雄	高城明雄		川口菊馬
吉田勤	田村信忠		今木一男
河合清	鈴木兵吉		毛塚春一郎
樋口哲男	井上哲男		筒井秀哲
若槻弘	杉下政春		村上正郎
今村綱志	狩俣勇吉		具志其一
加茂二郎	丹野正三		井上満
関村吉夫			山川久平
正木文	高橋貢		高木村一
	西川義美	強制収容所外郭組織・航空兵班	
	大谷九郎		本名
	川原清		菊田富家
	山田賢吉		閑野孝博
	井上正夫		内村強
	小林明一		古谷己善
	諸囲善一		小川勘衛
	山本忠		山崎重雄
	後藤一茂		松山正二郎
	富崎義治		井平義雄
	山口己年		沢口友雄

第5章 鹿地亘の反戦平和活動の継続

	林譲四郎		岩下誠
	安部吉男		佐藤清松
	神野時蔵		高橋誠吉
	海野勇		後藤吉一
	泡村政一		風呂田弘男
	桜井恣		宮本義男
	中川善		矢山定
	山本一		坂本時松
	海老原		安部太
	栗林		遠藤正司
	清水実		中橘武
	堀江利機		吉田義男
	橋本雅雄		川勝貞夫
	梶正二		塚木卯之助
	金子義男		池尻米次
	佐藤金次郎		多田伊助
	真田恒美		植木融
	河原崎猛		下田徹
	阿部虎雄		関外次
	後藤斉		堀場実
	内本博		日笠光雄
	浜西信国		久保卯一
	前川進		米倉辰郎
	森田保正		長谷川暢二
	福田淳太郎		松原健二
	岡本清一		

注：名簿には本名未記入の者、苗字だけの者がいるが、原資料のままである。空白はみな同様。
出典：名簿資料の出典はいずれも鹿地亘資料調査刊行会編『日本人民反戦同盟資料』第6巻、不二出版、1994年、294-297頁。

いえ、終戦の翌年の1946年3月14日、政治部の「帰国証明書」を受けとり、重慶の民間21団体の帰国歓送会に送られ3月18日、重慶を離れ上海経由で5月7日、福岡に上陸した。

〔表5-1〕は帰国前の1945年12月6日時点における「反戦同盟」員ほかの名簿である。左列の「工作名」は、「反戦同盟」の日本人捕虜が作った造語である。中国政府にすでに調査された者を除き、虜囚の辱が日本にいる家族に影響をおよぼすことを恐れて、多くの日本人捕虜は偽名を用いた。偽名は各自勝手につけた。後になって同盟員と新たに「反戦同盟」に参加した捕虜は、「作名」とも称したが、「工作名」、「作名」という呼称には、「反戦同盟」員の反戦平和活動に対する自負と使命感が反映されていた。

第3節　帰国後の鹿地亘と同盟員の日中友好運動

1945年8月15日第2次世界大戦は終結。翌1946年鹿地夫妻と同盟員は、それぞれの故郷に戻った。彼らが帰国した時、日本では連合国軍最高司令官総司令部（GHQ）の占領のもとで新しい社会建設が始まっていた。鹿地と同盟員は、どのように日本社会に迎えられ、日本社会と日本人は、彼らにどんな反応を示したのだろうか。

1946年3月18日鹿地夫妻と長女暁子[94]、次男真（長男は出生後半年でマラリアにより死亡）は、重慶から空路で上海に着いたが、GHQの「現在帰国の時期にあらず」の指令のために、5月まで上海に留め置かれる。この間上海で次男の真を事故[95]で失う。鹿地一家が2か月間も上海に置かれた背景は、「蒋介石政府が、私たちが国民党内のことをあまり知りすぎているというので、自分たちから手ばなしてしまうのを怖がった。彼らは「南京で顧問を続けてくれ」と私に申し入れてきた。特務の連中は暗殺まで企てた。米軍は戦争のあいだ、ずっと私たちや反戦同盟を買いとろうとした。つまり、日本をやがて占領者ののぞみどおりにするのに、（中国と人脈を持つ：筆者注）日本人を手の内におさめておこうとしたのだった。それをはねつけられると、彼らは私たちの帰国を妨害しはじめた」[96]からだと、鹿地はみていた。

国民政府外交部滬（上海）弁事処を通して鹿地に伝えられた、GHQの「鹿地亘ノ（日本）帰還ハ宜シカラズ」の通達原本は、『日本人民反戦同盟資料』

第5章 鹿地亘の反戦平和活動の継続

第10巻に収録されており、日付は4月15日となっている[97]。

日本では新たに制定された普通選挙法に基づいて4月10日に第22回衆議院議員総選挙が行われた。GHQは鹿地や延安にいる野坂参三の帰国によって共産党など革新勢力が刺激されるのを警戒した。結果は保守勢力が安定議席を確保し、革新勢力との割合は7対3。以降日本は長い保守の時代が始まるのである。

1952年4月の「サンフランシスコ講和条約」まで約7年間、日本がGHQの支配下におかれている間に、中国では1949年10月1日中華人民共和国が誕生した。新中国の成立により、日本社会には、新しい中国に呼応し、過去の交戦国中国と友好的関係を望む国民組織が誕生した。

1949年10月1日、上海から戻った内山書店店主内山完造を中心に、東京で「日本中国友好協会設立準備会」が発足した。彼らは日本国民と中国人民の恒久平和と友好関係の樹立を目的にかかげ、学者、文化人、政治家など各界名士約80名が発起人となった。鹿地亘と池田幸子も常任幹事として準備会に参加し、日中両国の友好関係構築と両国国民交流の必要性を呼びかけた。準備会は翌年1950年10月1日、東京で正式に「日本中国友好協会」（以後「日中友好協会」と略称する）を立ち上げ、内山完造が初代理事長に、鹿地夫妻は理事となる。この後多くの元「反戦同盟」員もそれぞれの故郷で日中友好協会の地方支部に参画し、日中両国関係修復と国民交流の流れを作るのである。

鹿地らが参加した「日中友好協会」はいわゆる市民団体だが、政界や経済界でも日中関係修復に向けた動きが始まっていた。1949年12月28日、日中両国間の貿易を促進する国会議員の組織「日中貿易促進議員連盟」が発足した。この「日中貿易促進議員連盟」の委員の中には、延安から帰国した野坂参三（日本共産党衆議院議員）がいた。次いで、民間の日中貿易促進組織として「日中貿易促進会」が東京で設立された。その中には内山完造、長谷川敏三と池田幸子が設立した中国専門の貿易会社（"友好商社"といわれた）の呉山貿易もこれに参加した。

戦後、特に新中国が成立してから1972年の日中国交正常化に向かう道程

の特徴は、あらゆる分野において「民が官を促す」すなわち、民間が政府の背中を押していくスタイルだったことである。中国政府は日本の民間組織、内山完造や鹿地らの「日中友好協会」を筆頭とする市民組織、そして長谷川敏三、池田幸子らの呉山貿易をはじめとする日中貿易に特化した貿易企業ら、中国に友好的な団体に破格の優遇特権を与え、その活動を支援した。このことが戦後の日中関係で、民間団体が重要な役割を果たす背景のひとつとなった。

　鹿地夫妻、内山完造、「反戦同盟」員ら、日中戦争時期中国で反戦平和活動をした日本人の多くが、戦後の日中友好運動に積極的に携わった。平和運動[98]、日中友好運動にかかわるようになった動機を鹿地は次のように書いている。

　「帰国以来の一年の間に、私は多くの「兵士ら」の両親と兄弟姉妹から、手紙を受けとり、訪問を受けた。(中略)これらの親たちは、涙ながらに「位牌」や墓石の處置に当惑した話を、今は笑い語りとして私に話してくれた。また、まだ帰らぬ子どもの所在を「もしや」というので問い合わせて来る人もあった。私が切実に感をあらたにしたことはこうだ。日本の人民大衆が、どんなに口に言えない深い悲しみと不安を永い間いだかされつづけ、聲を立てて泣くこともできぬ不幸にとざされていたかということだ。この不幸を二度とくり返させてはならぬ。我々は二度とこれをくり返してはならぬ。そのためには？国民ひとりひとり、ばらばらになり、自身の身を、その権利を、小さく守ろうとする個人主義的な生活をすて、それぞれの職場、職域において、民主的に団結しこれを総括した「組織され団結した国民」とならねばならぬ。ばらばらであった時、専制者は容易にこれを壓伏し、国民は政治に対してまったく無力であった。国民が力を持つためには、組織されることがたいせつだ」[99]。

　「日本人が戦争中に受けた形容できない悲しみ」は、ときに帰国した鹿地

第5章　鹿地亘の反戦平和活動の継続

と元「反戦同盟」員たちへの批判と攻撃にもなった。立命館大学国際平和ミュージアムに寄託されている鹿地亘の「反戦同盟」に関する個人資料の戦後[100]の未製本部分の中に、多くの書簡が含まれている。これをみると、鹿地と「反戦同盟」を支持し、その反戦平和活動に賛意を送る者がいる一方で、鹿地を激しく非難する者もいた。

　なんといっても私にとって最も不愉快な事は、祖国に背いたおまえが大きな顔で日本にもどって来たことだ。　　　　　香川県　瀬口貢[101]
(瀬口貢は鹿地亘の本名であり、この差出人の名前は嫌がらせのための偽名と思われる)
　国賊鹿地亘！　よくも国を売り、またその国に帰ったな！　戦争中毎日重慶から放送する反日宣伝の声の主がおまえだと知って、当時、日本の国民はどんなに悲しみどんなに憤ったか。国賊鹿地め、貴様の命は長くはあるまい。　　　　　　　　　　　　　　　愛媛今治　日本人[102]
　貴様が反戦運動の士と自ら称し、誇るなら、なぜ日本をかくもみじめな敗け方をする前に救わなかった。おまえはずるい。支那の奥地でワイワイさわいでも、戦争中の日本国民には聞こえないのがわからないのか。
　　　　　　　　　　　　　　　　　　　　　　　　　福岡県　男[103]

これは資料のほんの一端で、鹿地に対する激しい怒りは、国民が敗戦で受けた失望感と、戦後やっとものが言えるようになった安堵とが混ざった複雑な感情の発散であった。一方で、日本の新聞はじめマスコミの鹿地に対する反応は、戦後判で押したように一転し賞讃にぬり変えられた。
　1938年、中国国民政府が鹿地と池田幸子を招聘したことがわかると、「漢口に邦人2名　作家鹿地亘と内妻　抗敵文芸大会で演説」(1938年3月29日)、「祖国に弓ひく鹿地」(1938年4月6日)、「売国作家この醜状」(1938年4月23日)と熾烈な非難記事を連日掲載した朝日新聞は、戦後鹿地が中国から帰還すると、『天声人語』欄で「抗日三人男と呼ばれた野坂参三、鹿地亘、青山和夫の各位が中国の抗戦で行った任務は日中両民族の絆となる」(文中傍点は筆者

による）と持ちあげた[104]。

「国賊」から「温かな絆」へと、ためらいなく変節するマスコミよりも国民各人の反応の方が、賞讃であれ非難怨嗟であれ、正直である。

鹿地は帰国後すぐに故郷へ戻り、病に臥していた母親を見舞う。鹿地に同行した長女の坂田暁子氏はこの時の様子を筆者に話してくれた。「祖母は1946年私たちが帰国したあとすぐ亡くなったが、臨終には間に合いました。父（鹿地）がふるさとに行くと、新聞記者も大勢一緒に行って、カメラマンたちは病床の祖母と父との母子対面の場面を撮ろうとしていたけど、祖母はまだ意識がしっかりしていたので、わかっていて、"何をいうか、やつらはきのうまで何と言っていたのか。私は会わん"といったのです。おばのひろさん、えりさんも来て父と会って泣いていましたが、祖母はひろさん、えりさんや周りの人がいなくなり、父とふたりきりになった時、父が「長い間ご面倒おかけしました」というと「会いたかった、よう帰った」といいました。父が私を「あれが暁です」といって、初めて祖母に紹介されました。私は七歳でした。なぜ鮮明におぼえているかというと、大分の家に行くと靴を脱いで家に入り、畳に手をついて挨拶をするのも初めてで、びっくりしたからです。私が畳に手をついて頭を下げて挨拶する姿を（父は）「馬がエサを食べているみたいだ」といっていたそうです」。

マスコミに代表される日本社会の表層は鹿地を大歓迎したが、国民は鹿地の母親と同じように、政府に追従するマスコミの世論誘導を、不信と反感を抱いてみていた。

鹿地は亡くなる7年前、長女の坂田暁子氏に話す形で自身の生い立ち、中国での活動、戦後のことなどを語った6本のテープを残した。その中で日中友好活動を、日本という国の再度の軍事独裁を防ぐ"防波堤"運動と位置づけた。「運動をいち階級、いち政党の問題として考えてはいけない。我々は党派の綱領の代わりに人民の綱領の下で仕事を進めていくべきだ」と鹿地は語っている[105]。1946年の日本共産党中央委員で北海道炭鉱労働組合の指導者藤枝文夫との雑誌対談の中でも鹿地は、民間レベル、個人レベルの国際理

第5章　鹿地亘の反戦平和活動の継続

解の重要性を強調している。

　「今度の不幸は軍事独裁下において日本が鎖国状況にあったことが、非常に大きく影響をしてると思ふんです。第一に日本人に対する外国の諒解が非常に少なひ。日本人民の生活の姿は少しも紹介されていなひ。これは外国に非常な誤解をさせる原因です。で、僕は正当に日本人民を紹介することが第一の問題だと思ひます。同時に排外的な思想、さうして自ら優秀民族といふ幻想、これは外国の事情を知らなすぎるからだと思ふんです。だからあらゆる国の事情を日本人に紹介する必要がある。さうして心から諒解し合った国際関係の中に日本人民を入らせることが大切だと思ひます。さういふ点でできることがあれば僕は努力したひと思ってるんです」[106]。

　1951年鹿地が結核の肋骨手術を受けて藤沢市鵠沼で静養している時、「日中友好協会」理事島田正雄[107]が鹿地を見舞い中国の出版物の翻訳権を獲得する方法はないかと相談した。新中国は2年前に成立したが、多くの日本人は新中国の正確な情報を持っていなかった。新しく生まれた中国の出版物を読んでみたいと思っても新中国の書物がなかった。GHQ占領下の日本では、中国と連絡をとり、中国人作家の作品を翻訳して出版するという面倒を行う出版社はなかったからである。

　鹿地は島田の提案に賛成してすぐに北京の友人たちに手紙を書いた。日本国民の中国理解のために、中国人作家の翻訳権を委託してくれるように頼んだ。ほどなくして中国から、五十数名の中国の著名作家の翻訳権を鹿地らに委託するという通知が届いた[108]。新中国成立後、国家の文化分野で重要な職責についたかつての鹿地の友人仲間たち、郭沫若、夏衍、馮乃超らが尽力し、許可をおろしたのだった。

　鹿地は呉強の『真紅的太陽』、馮雪峰の『回憶魯迅』、毛沢東の『文芸講話』、趙樹理の『李有才板話』など次々に現代中国の作品を翻訳し、日本に紹介した。

日本で活動の糸口を見出した鹿地だったが、全力で活動することができたのは5年足らずであった。帰国後ほどなくして結核を患い、病と同居しながら活動を続けるが、1951年上記手術を受け、藤沢で療養中12月25日、GHQ直属の防諜部隊（CIC）の「キャノン機関」[109]に散歩中拉致されたのである。その後鹿地は1952年12月7日まで、東京湯島の旧岩崎邸はじめ、各地の米軍施設に1年余にわたり不法監禁された。当時新聞、雑誌など日本社会でセンセーショナルに騒がれた、いわゆる「鹿地事件」[110]である。
　米機関による鹿地事件は日本国内のみならず、中国、ソ連でも報道された。事件は、アメリカの諜報機関がソ連のスパイとみていた鹿地を、アメリカのスパイに、すなわち二重スパイに仕立てようとしておこしたものといわれている。1年後、米軍施設で働いていた日本人山田善二郎の助けで逃げ戻ることができたが、1953年11月、今度はソ連に情報を提供したとして電波法違反で起訴され、以降長い法廷闘争を続けることになるのである。
　鹿地は「自分はソ連のスパイではなく、逆にアメリカからスパイになるよう勧められたが断り続けたため、アメリカが自分をソ連のスパイだと捏造した」と主張した[111]。日本の共同通信社がアメリカ国立公文書館で行ったCICの資料[112]に関する調査などでも、「鹿地事件」に関するアメリカ側の情況ははっきりしていない。鹿地は18年におよぶ長い法廷闘争を経て、1969年6月26日、無罪となる[113]。
　法廷係争中には、米軍施設に勤務していて鹿地の逃走を助けた山田善二郎、内山完造、さらに長谷川敏三など元「反戦同盟」員、また多くの市民が鹿地に援助の手を差し伸べ、国会議員の中からも表に立ってアメリカの不法行為に抗議する者が現れた。上海時代、鹿地夫妻の香港逃亡を助けた古い友人レウィ・アレーは、「鹿地事件」を知り、訪中した日本人（平野義太郎）に自作の詩を託し、鹿地を励ました。

鹿地とユキに[114]
レウィ・アレー

第5章　鹿地亘の反戦平和活動の継続

路易・艾黎

この長い年月を
君たちはよくたたかった
日本の人民が
中国の人民と　そして世界の人民と
友情と平和にむすばれるために
襲いかかる　侵略軍めがけて
君たちは　君たちのかよわい
体をぶっつけた
中国の人民に味方して
偉大なる一つの勝利をかちとった
わたしはおぼえている
ユキの指を
赤ん坊を愛撫する母親の指が
ファシストの監獄のゴウ問部屋で
へし曲げられ膨れあがっていた

わたしはおぼえている
鹿地の顔を
裏切り者の蒋介石の手下どもが
はっきりものをいおうとしたかれの筆
どんなふうに禁じたか
日本人民のために書き
たたかった小林やかれらの仲間
われわれが誇りに思うまことの
人間がどんな死にざまをしたか
そんなことを語るときの鹿地の

顔にはやさしいかなしい微笑があった

鹿地はいま　でてきた
日本人民の要請によって
日本軍閥の牢獄からではなく
アメリカの軍閥の牢獄から
シーン・デニスやスチーブ・ネルスンや
そのほか多くのひとびとを
とじこめている牢獄から
民衆を牢獄につなぎ
毒ガス・毒殺・火あぶりにし
細菌をまきちらし
子どもたちを爆裂させる
獄史どもにむかって
鹿地はいまもなおたたかっている
学者らしく腰をかがめ
しづかに問いただす瞳をもって
おだやかなものごしの中に
鋼鉄の精神がひそむ

鹿地こそは
アジア人民の統一のシムボルだ
世界人民の統一のシムボルだ
大資本の利益のために
人民同士をたたかわせることが
どんなに不可能なことか
鹿地は全世界にむかって告げしらせる

第5章　鹿地亘の反戦平和活動の継続

鹿地とユキよ
君たちの未知のひとびとが
わたしといっしょに
ここでも
そしてあらゆる海の岸べに立て
君たちにむかって
敬礼する

一九五三・二・二六
於北京

注：1953年平野義太郎（元東京大学教授）が残留日本人（一般人、兵士）問題を協議するために中国を訪れた際、2月26日レウィ・アレーがこの詩を平野に託した。アレーは1960年、東京で開かれた「世界平和評議会東京大会」で日本を訪れた際、十数年ぶりに鹿地との再会を果たした。

　鹿地は1969年6月最終的に無罪を勝ちとるが、彼が日本でやろうとしていた活動の大部分の精力と時間が、法廷闘争に費やされたのである。

　文筆活動では、1965年8月、日本民主主義文学同盟の設立に参加。新日本文学会（日本共産党系）にも参加し[115]、中国で出版された自著の日本語での再出版を含め、『日本兵士の反戦運動』、『平和村記』など約20冊の著作を出版し、新聞、雑誌にも多くの文章を発表した。また、中国から翻訳権を委託されたのを受けて、毛沢東、趙樹理、呉強、馮雪峰などの作品を翻訳するなど、文筆をもって新しい中国との平和交流の道を追求した。

　戦後、郭沫若、馮乃超、康大川、呉石将軍、レウィ・アレーなど、中国の友人が日本を訪れた時、東京で彼らとの再会を果たすが、帰国後鹿地が新中国を訪れることはなかった。鹿地の最後の妻である瀬口允子氏は「1949年新中国ができたとき、私は鹿地と一緒に短波放送を聞いて、ふたりで感激したのを覚えています。いろいろな原因で再訪できなかったけど、亡くなるまで、中国が迎えに来てくれると言っていました」と話してくれた。

　次に、「反戦同盟」員たちの戦後をみてみよう。

1945年の日本敗戦時、鹿角郷の収容所には約380名の日本人捕虜がいた。その中の長谷川敏三をはじめとする170名の「反戦同盟」員（〔表5-1〕「反戦同盟」員名簿参照）は、釈放命令を受けて「長谷川部隊」として帰国の途についた。「反戦同盟」員の帰国の時には、康天順が上海まで彼らに付き添った。長谷川の回憶によると、「（同盟員たちは：筆者注）重慶を出発する時、お別れに北岸頼家橋の政治部内文化工作委員会主任郭沫若先生や馮乃超氏らを訪問した。この時、郭主任は同盟の帰途の安全のために上海まで康天順を随行させられた外に、参謀総長兼軍政部長陳誠将軍の親書（道中手形：筆者注）を持たせて下さった」[116]。郭沫若は「死線をくぐって、輝く新生を獲得した」という直筆の題辞を長谷川に贈り、一行の帰国を祝した[117]。

　約380人の日本人捕虜たちは5月8日漢口に到着し、捕虜らは日本軍の終結部隊に入れられ、「長谷川部隊」の「反戦同盟」員たちも上海から船に乗り6月14日祖国日本の博多港に着いた。

　博多に上陸した後、「反戦同盟」員はほかの日本人捕虜とともにGHQの復員立ち会い官の検査を受け、博多駅前の広場で解散式をする。「長い虜囚の日は終わった。焼野原の祖国で、祖国の民主化と建設に奮闘しよう。まず故郷に帰り肉親を見つけ出し、家庭を復活させよう。復員証によって生還手続を完了させよう。恩給を申請し、未払いの捕虜中の月給を支給させよう。故郷の実情によって、労働者・農民・中小企業いずれの階級でも集団組織を発展させよう。貴州、四川の学習生活の中で学んだ日本革命の理論を実地に生かそう」[118]と誓い合い、それぞれの故郷に帰っていった。一部の「反戦同盟」員は福岡県門司駅で、大分から東京に戻る鹿地と偶然再会した。

　次に示すのは、元「反戦同盟」員たちが鹿地や仲間の同盟員にあてた書簡である。鹿地亘戦後資料の書簡資料から、「反戦同盟」員たちが故郷に戻ってからも、東京の鹿地と頻繁に連絡をとり、鹿地に近況を報告し意見を求め、鹿地との関係を保っていた様子を知ることができる（（　）は筆者による）[119]。

51-6-1　富崎義次から山ケンへの手紙（51-6-1はミュージアムの分類番号。以

第5章 鹿地亘の反戦平和活動の継続

下同)。

「6月17日正午無事家郷へ安着しましたので安心してくれ。何しろ6年ぶりの対面で家の者又村の人達をはっきり分からなかったよ。村の人達は全部自分の家に挨拶に来てくれ皆義次義次といって泣いて喜んで出迎えてくれ自分も遂に嬉し涙が出たよ。そうして中国の話をして聞かせたところ皆ビックリして感心してくれたよ。驚いたのは海の堤防が破壊し潮水田や畑に入り農作物は全然取れないよ。(中略)まさかこんなことになっているとは予想以外だった。村の若い青年達は殆ど戦死していることにビックリした。こういふ事から考えると今後は自分が先頭に立って村の堤防工事に努力せねばと思う。(中略)一日も早く身体を回復させて村の為又日本全人民の為に努力する。次信を待ってくれ。身体を大事にサヨナラ」

51-6-4　内島吉郎(工作名・江川洋)から平井高志(工作名・林長吉)への手紙

「京都を三十日出発、七月一日郷里島原市に到着しました。両親は矢張り喜び迎えてくれ、余り変わってない外観の我家に一寸感無量でした。(中略)未だはっきりした状況は不明ですが、島原一帯は封建色が濃厚です。僕の家や近親も神様のご加護で小生が生還したと言っており、戦争、軍部に対しては相当反感を持って居ますが、天皇制政治に対しては無批判的(中略)、しかし一面時代の反映は現れつつあり、民主講座をやっていますので、僕も一つそれに参加して島原民衆の動向を見るつもりです。(中略)ひと月余り前の長崎新聞に小生の事が鹿地同志の紹介とともに第一面記事を賑わしていました。これによって消息を知った友人が手紙をくれたこともあります。七月一日」

51-6-5　内島吉郎(工作名・江川洋)から渡部冨美男への手紙

「就職は市役所勤めになるかも知れない。入党完了。地区委員会結成。僕らの過去の経験は大きな線として話せば役に立ちます。今度の読者会で

も話す予定でおります。しかし何といっても内地での所謂実社会での闘争ははじめてであって、相手が様々な市民だから当たるのも複雑です。（中略）鹿地、池田、長谷川等の諸同志は如何ですか。呉れぐれも最善の努力を切望致します。　七月十七日　　　江川」

52-2-48　早川義男（埼玉県江面村）から野本家亘への手紙
「野本君と上野駅で別れて私は三時前に家に到着致しました。家に着くと同時にマラリヤになって今日やっとおき上がりました。私の帰家に村の人々はまさかまさかとゆうて、驚きまあよく（帰って）来たと、ゆうてくれる人も、食べ物はありましたかと皆私に聞きます。私は現実のまま話をすると、はあー食べ物があってそれは何よりよかったですねとゆうて下さる。私の村では食べ物のふそくの為に飢死にした人が二、三名あります。よく支那（中国）は食べさせて下さったですね。私は捕まる時の話、つかまってからの話、重慶に居た当時の話をすると、はあー良くやって下されたですね……。みると日本上層部の奴等は自分の国で悪いことをやっていながら他国はああだこうだとやっている。日本が一番悪いのだと思った人が全部である。私は青年と良い友達になる様に力をつくしている」

51-9-2　長谷川敏三から鹿地亘への手紙
「本日江森、内田両氏と面談。正式に人民新聞編集長として明日より服務。（中略）特に中国側に連絡をとってくれとのこと。田舎の方から頼まれた村奈（清）、堀井への人民新聞送付契約完了、将来は是を中心に支局みたいにして組織に併行せしめては如何。報告まで」

51-6-16　溝上俊一から鹿地亘への葉書
「在支中は色々御指導援助の程重く御礼申し上げます。上陸第一歩に敗戦日本の人民諸君が我々復員者に対して意外に良い態度で話して下さるのも、敗戦日本の現実の問題から来たものと確信しております。在支の気持

は変わりませんので何かと御知らせ下さい。今後も御指導の程願い上げます」

52-1-12　村奈清から長谷川敏三への葉書
「貴方と金町で話し合ってから色々と村の青年連中を集めて収容所の話から、中日両民族の合作といふ方面に話を進めている次第です。長谷川君全生命を打ち込んで闘う時が来ました」

52-1-13　広瀬徹から野本家六への葉書
「弟は僕の意志に大いに賛成。又部落の青壮年僕と意気投合。思想的変化もたいしたもの。農民組合、青年団の会合等に出席して応援したり、研究会を開いたり当分やらうと思ふ。（近々時局漫画を書いて送らう。民主宣伝工作にも力を注がう）」

52-1-18　瀬戸栄吉（工作名・秋山竜一）から鹿地亘への手紙
「誰も捕虜になったことに対してさげすむどころか「もうけものをした」と言ってうらやましがっています。皆な沢山の愛い子を失ひ傷ついているからです。軍部に対しても現政府に対しても口を揃えて怒っています。（中略）都市からの疎開者、解放された兵士、職を失った海員とで村ははち切れるようです。しかし生産者である強みで飯米は充分持っているし、私も久々で白い飯を腹一杯食べました。さもしいことですが本音です。（中略）村の青年に対する啓蒙を始めることの必要を痛感しています。百姓だって国の政治に対して責任を持たねばならぬ、というと皆共鳴しています。どんな風にやるか、参考になる点をお暇な折に指示してくれれば幸甚です。重慶時代のことを家人や親類話ました。江見同志、桜井同志、沢村同志、池田同志、に別に出しませんから一緒に読んで下さい」

52-1-1　堀井正吉（新潟県三島郡庁具村）から野本家六への手紙

「家に帰りあまりの情勢の変りかたに驚くより外はありませんでした。先ず母の死亡致しておった事と父が床についておった事でした。(中略)思想方面については、思ったより時勢についての考え方が変わっており、日本は今の政府ではだめだ新しい政府を建立し今後の日本は我々の手で建てようとゆう、若き青年の意気は非常に強く私も喜んでおります。青年団も変り、団長は明治大学を卒業した人で先日私は面会致しました。
　一般農民商工業者は此の経済的飢餓下からのがれる為に奮闘しつつある。苦しみは現在が最上だと思われる。全ての闘争の次節は現在だ」

51-9-13　河野聖から鹿地亘、池田幸子への手紙
　「とにかく帰国して第一日より益々自信が出来てきた。重慶の訓練は決して机上の勉強ではなくて僕等の血と肉になってきたのだと確信を固めているというのが現在の情況です。(中略)反戦同盟帰国のメッセージを地方新聞で発表する予定です」

52-2-15　笹康信から林誠への葉書
　「マラリヤも出ず元気で働いて居ります。御安心下さい。勉強もしております。小作地取り上げ問題と(小作人)組合成立準備で忙殺されています」

51-1-11　若林春雄から鹿地亘への手紙
　「地方に在る吾々は先ず健康の回復に努力し併せて生活の安定策を考慮して居ります。六月十五日発行のアサヒグラフにて「反戦の記念アルバム」及び「中国と新日本を結ぶ人」を読み、我々の努力も序々報ゆられつつあることに力強さを感じ益々奮起して居ります。二人の兄も私の仕事をよく理解して呉れ、純情ばかりでは失敗するぞと常々注意して呉れます。(中略)近く中国進駐軍名古屋に来たらんとしているに際し、吾々中国に長く生活した者は、中日親善の礎石となるべくあらゆる方面に努力します。又聞くところでは安部同志は進駐軍の通訳として来名される予定です」

第5章　鹿地亘の反戦平和活動の継続

　書簡を通して、元同盟員たちが故郷での新しい生活の中で、それぞれの方法で新中国と日本との民間平和交流の道を模索し始めていたことがわかる。ある者は村の青年を集めて、自分たちが中国で経験した反戦平和活動を話して聞かせた。元同盟員の多くはその後、「日中友好協会」の各地の支部に参加し、支部の中心メンバーとなる。

　隊長として「反戦同盟」員を率いて帰国した長谷川敏三は、日中間の交流が非常に難しかった文化大革命の時期に、当時5万人余の会員を有していた「日中友好協会」全国本部事務局長となり、日中民間交流のルートを堅持した。また内山完造、池田幸子とともに中国専門貿易会社呉山貿易を設立して[120]、日中の経済交流の端緒を開くことに尽力した。さらに1947年研究者と有志によって設立された研究機関「社団法人中国研究所」の評議員となり、自らも中国での体験を研究誌で紹介するなど、中国領域の学術研究と日中両国の学術交流に腐心した。

　以下は、13名の元「反戦同盟」員と頑固派に属していた日本人捕虜1名の、主な活動状況である[121]。

山田渡（秋田寛）（以下、（　）内本名）
　四国生まれ。造船所の作業員。歩兵。1937年21歳の時徴兵に応じて入隊した。当時父親はすでに他界しており、故郷に母親とまだ幼い2人の弟と2人の妹を残しての出征であった。これは山田にとって非常に辛い別れであった。

　1939年9月上海・南京間の鉄道で警備員として働いていた時、中国軍の攻撃を受けて捕虜となる。桂林の収容所に護送され、後に「反戦同盟」西南支部に参加し、崑崙関の前線で日本軍に対する反戦宣伝工作に従事する。

　帰国後は、故郷で日雇い労働者となり、劣悪な労働条件に苦しむ同僚たちに呼びかけて労働組合設立に奔走した。このため、雇用側が雇った暴力団から何度も攻撃を受けたが屈服することなく、現場主任の悪行を告発し

て勝利を得た。その後、大阪府内にある市役所に配属される。市役所に移ってからはゴミ・し尿処理を担当する臨時職員の待遇と正規職員への採用改善を求めてストを実行したため、市内はゴミと排泄物であふれ、市民は不満を爆発させ、市長と市議会に抗議が殺到した。3年間の闘争を経て組合側が勝利し、山田は選挙で組合委員長に選ばれた。枚方市の「日中友好協会」設立に参加し、協会の常務理事として日中両国の民間平和交流のために努力し続けた。1985年、元「反戦同盟」員の長谷川敏三や小林己七らとともに最後の訪中後他界した。1985年の訪中時、北京でかつてともに学んだ『救亡日報』女性記者高汾との再会の様子は、高汾が北京『経済日報』に発表している（202頁参照）。

林誠（渡部冨美男）

　1918年兵庫県姫路で自作農の三男として生まれる。姫路中学卒。入営後、甲種幹部候補生として予備士官学校に入り、後に選ばれて諜報活動やスパイ活動等に関する教育訓練を目的とした陸軍中野学校で特殊訓練を受け、陸軍少尉になる。専門は北京語。黒龍江省安鎮出身の「満州人」に偽装していた。

　1941年、上海に入り、汪精衛の軍隊に潜りこんだが、任務執行中に白塢で第3戦区所属の遊撃隊に捕まり、鎮遠「平和村」収容所に送られる。

　収容所で「反戦同盟」のメンバーと熾烈な論争を繰り広げるが、次第に「反戦同盟」の理念に耳をかたむけ始める。しかし同時に、自分がこれまで犯した誤りに対する自責の念に駆られ、青酸カリで自殺をはかる。

　「反戦同盟」のメンバーは、林が自殺しようとしていることを察知し、同部屋の人間が、彼の手から青酸カリを叩き落とし、林の自殺は未遂に終わった。

　それ以来彼は「反戦同盟」の積極的会員となる決心をする。率先して談話会を組織するなど、「反戦同盟」および「日本民主革命工作隊」の幹部として誠実に活動した。林が重慶を離れる際、郭沫若は「人生はひとつの

第5章　鹿地亘の反戦平和活動の継続

手段である、これを人の役に立たしめよ」(1946年3月8日)と記した直筆の題辞を贈り、帰国を励ました。

帰国後は故郷で日本共産党に加入し、活動家として反税闘争を指導したりしたが、逮捕されて一時期刑務所に入った。晩年は病床にある妻の介護で外出が難しくなったが、市民向けの中国語学習教室を開設し、自ら講師を担当し中国語を通した中国理解に努めた。当時まだ貧しかった中国人留学生の面倒をよくみた。

桜井勝（小林己之七）

1917年7月28日新潟県十日町市の農家に生まれる。染め物職人。歩兵。幼少時に両親と離別し、祖母に育てられる。1939年、浙江省武康県で警備の任務中に現地の遊撃隊に捕まり、桂林の収容所に送られた。「反戦同盟」西南支部の設立に参加し、崑崙関の前線で反戦宣伝工作を行った。

収容所では「反戦同盟」の中心メンバーとして、さまざまな活動を担った。その中のひとつはニュース解説の仕事を担当し続けたことである。小学校も卒業していない桜井にとって、仕事は簡単なものではなかったが、努力を怠らなかった。

帰国後、工場の労働者となった桜井は、日本共産党に加入するが、そのために弾圧を受け、工場を解雇される。以後は小さな電気店を営むかたわら、立候補して東京戸田町町議会の議員となり、また東京都日中友好協会の会員として、日中民間交流を支援した。1985年、長谷川敏三、山田渡らと中国を訪れ、中国の友人たちと再会した。

谷村貫（三谷直之）

関西船舶会社の貿易部門の社員。通信兵。1942年安徽省で職務の実施中、ひとりで丘の上で電報を打っている時に現地の農民に捕まり、鎮遠の「平和村」収容所に送られた。翌年の1943年3月15日から「反戦同盟」に参加する。

中国語と英語の素養があったので、中国語の理論書を翻訳したり、英字新聞を閲読してニュース原稿を書いたりした。落ち着いた性格と豊富な知識や理論で、新しく入所してきた捕虜の身上調査や教育の面で重要な役割を担った。

帰国後は市役所に勤め、組合の活動家になる。その間、一度市役所を解雇されるが、後に復職し、28年組合の専任職員として働いた。

帰国した「反戦同盟」員と「日本民主革命工作隊」員からなる親睦組織「四川会」の関西地区責任者になり、メンバーの連絡と親睦に尽力した。

木村福治（本名同じ）

埼玉県北埼玉で農業と食品小売業を営む家庭に生まれる。幼少時八百屋で丁稚奉公する。砲兵。1942年の第2次長沙作戦で負傷し、捕えられる。収容所では、生活改善のための大工仕事、道具製作で活躍した。談話会では積極的に発言し、学習会では自らの家庭に立脚した貧しい農民生活の体験を分析し、日本人捕虜の意識向上に貢献した。

帰国後、さまざまな商売を行うと同時に中小規模の商工業者を集めて商工会を作り、税収、融資、販路拡大などの責任者を担当し、県商工会の会長を20年間務めた。

安部策馬（本名同じ）

鎮遠の「平和村」時代に「反戦同盟」に参加[122]。体に刺青を彫った関西出身の若い渡世人。中国戦線でさまざまな作戦に参加する途中で兵役満了となり、除隊すべきところをそのまま軍隊に残り、デスクワークを担当した。中国語が堪能だったので団長の通訳を務めたり、中国の遊撃隊に宣伝・慰撫工作を行っていたが、仕事をする中でこの戦争は中国側に正義があり、日本側に正義がないのではないかと疑問を持ち、中国軍の忠告を受けた時進んで投降し、鎮遠「平和村」収容所に送られた。

収容所では工芸品（水牛の角で作った煙管など）の製作にずば抜けた才能を

第5章　鹿地亘の反戦平和活動の継続

発揮し、捕虜たちの生活環境の改善、福祉向上に貢献した。また、もともと芝居好きであったため、話劇の監督をしたりした。鹿角郷の収容所では国民党スパイを教育するため「大芝居」を演出し、自ら主役を演じて才能を発揮した。

　帰国後、劇団を立ちあげ、芝居の台本を書き、全国各地を巡って公演を行った。農村や小さな町の人々に娯楽をもたらし、芝居の中に平和の大切さをこめた。しかしある時劇団員を乗せた車が田舎を移動中に事故に遭い、車は崖下に転落して多くの劇団員が死傷、安部も重傷を負った。この事故で劇団は解散を余儀なくされたが、安部は健康を回復した後、地域の日中友好協会に参加して活動した。

小林光（若林春雄）

　1919年愛知県豊橋市に生まれる。豊橋中学校を卒業。歩兵科下士官。第1次長沙作戦後、湖南省臨湘県の宿営地でひとりで水汲みに行った時、遊撃隊の襲撃に遭い捕えられ、収容所に送られる。

　帰国した時、実家は米軍の空襲でなくなっていた。日本共産党に加入し、市民の要望を受け入れる仕事に尽力した。また日中友好運動にも熱心に参加した。中国からさまざまな代表団や芸術団が来日した時には、進んで警備を担当したり、公演のチケット販売などを黙々とこなし、日中民間交流を進める活動を支えた。2001年逝去。

秋山竜一（瀬戸栄吉）

　石川県の小さな町でトラックの運転手をしていた。28歳の時、徴兵されて中国戦線に送られる。一等兵。軍隊では運転技術を活かして、一等兵として兵站輸送隊に所属した。1938年、輸送隊が山西省で物資を輸送している時襲撃に遭い、全軍が壊滅状態となる。生き残った秋山らは中国軍に捕まり湖南省常徳の収容所に送られた。

　重慶の「反戦同盟」総部設立に参加し、ほどなく「反戦同盟」の中心的

メンバーになる。普段は裏方にまわって仲間を助け、「反戦同盟」を支えた。鹿地は前線で工作する時、重要な後方支援責任者の役割はいつも彼を任命するほど鹿地の信頼が篤かった。鎮遠の「平和村」収容所では、入所当初皇軍思想にこり固まっていた長谷川敏三の教育に温厚な秋山が大きな役割を果たした。「反戦同盟」員は彼を敬愛し「秋山老」（老は中国語の敬称）と呼んでいた。

　日本の敗戦時40歳近くになっていたが、帰国後は亡兄の残した3人の子どもの世話をし、魚屋を経営するかたわら村の民主活動に力を注いだ。居住する地域に電力会社が原子力発電所の建設を計画した時、建設反対同盟を作って原子力発電所建設に反対し、最終的には電力会社に建設計画を放棄させた。環境保護運動と日中友好運動に全力で取り組んだ。

林長吉（平井高志）

　1915年島根県出雲市の農家に生まれる。軍艦造船所の組立工。歩兵、上等兵の軽機関銃手。1938年4月山東省台児庄戦役で重傷を負う。捕えられた捕虜の中で兵歴が最も古かった。収容所も常徳、鎮遠、重慶と転々と移り、重慶で「反戦同盟」総部に参加する。

　戦役で大腿部に受けた傷の手術を中国で3回受けたが、最終的には自立歩行が十分にはできない状態だった。そのため、前線での仕事には参加せず、「秋山老」（秋山竜一）とともに後方を守った。

　軍艦作りには二度とかかわらないと決心し、帰国後は故郷で農民となる。村民の面倒をよくみるだけでなく、地元の人々に常に反戦、平和を呼びかけ、地元の名士となった。

江川洋（内島吉郎・朝永吉郎）

　1918年マレーシア生まれ。父親はゴム農園を経営。台湾の台北高等商業学校で学び、その後大阪の貿易会社に勤務する。徴兵されて台湾歩兵第一団に入り、一等兵で南寧作戦に参加した。1940年捕えられて桂林の収

容所に送られた。当時「反戦同盟」西南支部は前線工作で収容所を離れており、江川は皇軍思想が強い頑固派の中に入れられた。

　頑固派の捕虜たちの言動に反感を抱いた江川は、鎮遠の「平和村」に送られてから「研究班」に入り青山和夫の指導を受ける。青山の影響から「反戦同盟」とよく対立したが、収容所内で捕虜たちの生活改善運動に努力している「訓練班」（反戦同盟）と「新生班」（長谷川敏三が班長）の活動に共鳴し、運動に参加するようになり、ほどなく「反戦同盟員」の共同学習会に参加する。

　決定的な変化は、シンガポール反戦工作隊の一員に選ばれ、重慶に派遣される時、青山らから「反戦平和運動なんてものはやらんでいい」と言われてからで、「研究班」のメンバーと青山との間に溝ができ、最終的には「研究班」メンバー全員で、「日本民主革命工作隊」の隊員となる。

　帰国後は日本共産党に入党し、長崎で教師となるが、「赤狩り令」で教職追放となり、その後銀行で働き、組合の支部長となり、組合協議会の副会長を務めた。また前後して居住地域の青年団団長、会長に選ばれ、声望が高かった。地域に日中友好協会の支部を作り、自ら長崎県連副会長、島原支部支部長となり、日中両国の平和交流と経済交流に尽力した。

沢村幸雄（久保芳造）

　中京地方にある材木商の販売員。歩兵下士官、伍長。1938年大別山作戦で捕虜になり、湖南省常徳の収容所に送られた。重慶で「反戦同盟」総部に加入する。収容所では、新しく入所してきた捕虜に対する日本の国内状況の聞き取り調査を丹念かつ正確に行った。調査の内容は資料として反戦放送の原稿にされ、彼の調査力は高い評価を得て、「反戦同盟」の中心メンバーのひとりとなる。1943年末、「鹿地研究室」助手に選ばれて、鹿地に従って重慶の「鹿地研究室」に行く。

　戦後は鹿地夫妻とともに重慶から飛行機で上海に行き、収容所にいたほかの「反戦同盟」員より一足早く日本に帰った。『赤旗』の支局などで働

いた後に故郷に戻り、商売をしながら多くの活動に参加したが、特に、多くの平和運動に取り組んだ。

岸本勝（山野井長一郎）

　栃木県下都賀郡の農家に生まれる。上等兵。「反戦同盟」員の中では若手（当時33歳）の方だったが、山川要（本名は及川安之亟）、前出の沢村幸雄とともに「反戦同盟」の中核メンバーとなり、活動に貢献をした。戦後故郷に戻ってからは農業に従事する。農民運動と市民運動に力を入れたが、早くに病死した。

長谷川敏三（本名同じ）

　1914年、新潟県に生まれる。父親は政府職員。明治大学卒業。歩兵少尉。大卒者に対する徴兵の制限が取り消されてから26歳で兵営に入る。甲種幹部候補生の試験に合格し、予備士官学校を卒業して1940年に中国宜昌戦線の第160団に配属される。中野学校出身だが中国語はできない。政務主任になり、1941年3月には敵軍と和平交渉を行う際の日本軍の使者となる。敵軍の陣営にいた時に日本軍の夜襲があり、その場で捕えられる。重慶に送還され、スパイの疑いをかけられて軍令部の監獄に収監されるが、最終的には不起訴処分になり鎮遠「平和村」収容所に送られる。
　当初、皇軍思想が強く、「訓練班」（「反戦同盟」メンバーの班）とは対立し、主任管理員の康天順にも反抗していた。しかし、周囲から熱心に手を差し伸べられ、学習会に顔を出すうちに収容所内で捕虜たちの騒動が発生したりしたことから、所内で捕虜教育に努める「反戦同盟」の反戦平和活動に理解を寄せ、参加を決意する。鹿角郷で「訓練班」、「新生班」など3つの班の統合を促し、「日本民主革命工作隊」を組織し、その隊長に選ばれる。日本の敗戦後は収容所の日本人捕虜を引き連れて日本に帰国する。
　帰国後、内山完造、池田幸子とともに中国貿易商社「呉山貿易」を設立し、日中民間経済交流の道を開いた。また、1950年の「日中友好協会」

の設立に参加し、協会が最大の困難に見舞われた中国の文化大革命時期の数年間事務局長の要職を務めた。1980年代は日中両国の旅行業を拡大するために、日本で最初の日中専門旅行会社の設立に加わる。

　元「反戦同盟」員の親睦組織である「四川会」を発足させ、元メンバーとともに思い出の地である鎮遠や重慶などの地を何度も訪れ、中国の友人たちと旧交を温めた。

　1989年、日中友好協会が実施した中国建国40周年祝賀代表団のメンバーとして中国を訪れたのが最後の訪中となった。この年の6月4日、北京では「6・4天安門事件」が起こり、中国を訪れる日本人は激減した。そうした中で代表団に参加し、北京で江沢民国家主席など国家要人と会見した後、康大川（康天順は戦後康大川に改名）、林林ら「反戦同盟」時代の旧友と再会し旧交を温めた。1992年に病没。

佐藤辰之助（同盟員と対立した頑固派の捕虜）
　歩兵下士官（伍長）。非「反戦同盟」員。桂林の収容所から鎮遠、重慶、鹿角郷と収容所生活が長かった。その間、いわゆる"頑固派"の代表的人物。

　佐藤は戦後、来日した元鎮遠第2収容所「平和村」の主任管理官・康大川の歓迎会に、長谷川敏三の呼びかけを受けて出席した。当日は佐藤だけでなく、収容所では何かにつけて康大川と「反戦同盟」に反発していた頑固派の人たちが、次々と康大川の宿泊するホテルを訪ねて再会したり、歓迎会を催すなど、帰郷した安心感もあり穏やかな交わりの時をもったが、戦後同盟員たちとは活動上の接点はなかった。

　長谷川敏三らは1938年5月28日に元在華日本人民反戦同盟生存者の会「四川会」[123]を発足し、会報を出し会員間の連絡を保った。戦後一度も中国を訪れることのなかった鹿地とは異なり、「四川会」のメンバーは、1972年の日中国交正常化以降中国への自由渡航の道が開かれると中国訪問団を組織し、

機会あるごとに新中国を訪問。中国の要人となったかつての友人郭沫若らと再会し、日中間の交流ルート拡大に努力することを確認した。

鹿地と「反戦同盟」員たちは、帰国当初は葉書、書簡で頻繁に連絡を取りあっていたが、ある時期から、両者の関係は遠のいていった。この原因については、鹿地と池田幸子の離婚とされるが、依田憙家論文「池田幸子さんの生涯」『龍渓』第5号、1973年2月によると、「池田幸子は明確に文革(文化大革命)を支持しており、(鹿地とは)中華人民共和国成立後の中国の動向、日本共産党の路線に対する見解の相違」[124] があった。

瀬口允子氏も「結婚してから鹿地は「反戦同盟」の会合に一度出たと思う。しかし、「反戦同盟」の会「四川会」は池田幸子、長谷川敏三のいわゆる「文革派」が中心で、鹿地は文革を強く批判していたので、その後むこうから連絡がこなくなった」と、筆者に語ってくれた。

鎮遠「平和村」で「反戦同盟」に参加した三谷直之氏も戦後「(鹿地と池田が文革に対する見解の違いから離れたように:筆者注) 鹿地さんと長谷川敏三さんもそういう関係ですね。鹿地さんは「正統派」[125] で、長谷川敏三さんが文化大革命を支持しました」[126] と語っている。

中国の文化大革命に対する見解の相違から鹿地は、池田、長谷川との関係だけでなく、「反戦同盟」員の「四川会」のメンバーたちとも文革を境に疎遠となっていったのである。

桂林時代「反戦同盟」員と交流し、彼らと一緒にスポーツをしたり彼らに中国語を教えたりした元『救亡日報』編集者の高汾氏が、1985年北京の新聞に、元「反戦同盟」員たちとの再会の様子を書いている(( )内は筆者注)。

「(1985年北京の)民族飯店の一室で私は数名の日本人の友人と会った。友人とは昔、中国の日本人反戦同盟に所属していた小林已之七(本名は桜井勝)、秋田寛、長谷川敏三のことである。会ってすぐに小林氏が抗日歌曲の『長城謡』を、歌詞を少しも間違えることなく歌った。彼が「これは当時、あなたと姉さんの高浩さんが私たちに教えてくれた歌ですよ。忘れるはずが

ないでしょう」と言ったのには驚いた。当時私が働いていた『救亡日報』編集部で反戦同盟のメンバーとよく交流会を開き、抗日歌曲を歌ったり、学んだ事について語り合ったり、さらに彼らの活動を新聞（救亡日報）に載せたことがあった。その時の若者が今では髪の毛もひげもすっかり真っ白になっている。この40数年間同盟の影響を受けた（彼ら）日本の軍人は、工場や農村に入って堅忍不抜の意志で日中友好などの活動を行い、ほとん

［写真5-1］『救亡日報』元編集員の高汾氏。北京で筆者撮影。

どの人達が活動の中堅メンバーとなっている。彼らに会い、日中間の友情の道で彼らがどれほど多くの苦労をしてきたかを私は痛感した」[127]。

元「反戦同盟」員の中には身につけた中国語力を活かし、故郷で中国語教室を開き、20年以上続けた者（渡部冨美男）もいた。夜しか勉強できない人を対象にしたボランティアの活動だったが、戦後間もないころは「中共（中国）から金もろうてやっとるんや、そやなかったら、あんだけ一生懸命やるはずがない」[128]と言われたり、誤解や迫害があった。日中両国の国家間の関係が正式に正常化（1972年）されるまで、中国語を話したり中国との交流について語ったりするだけで、いわれなき誤解を受けることがよくあったという。保守的な地方の町では戦前と同じように、中国というだけで異端視された。そんな時代、鹿地と「反戦同盟」員は日本各地でそれぞれの方法で、日中両国民の平和的関係を築くために民間人として努力した。

前述したように、鹿地は帰国後すぐに結核を発病し、以後数度の入院、手術、静養を繰り返す中で1951年にはアメリカ諜報部の機関による拉致、その後十数年にわたる法廷闘争の生活を送った。そんな中で1947年から20冊の単著を著し、日中戦争時期の中国社会と中国人、そして日本人兵士たちが

中国で行った反戦平和活動を日本社会に紹介し、日本人の中国観の誤解に一石を投じた。

亡くなる年の1982年1月（鹿地は癌のため7月26日に死亡）鹿地を取材した菊池一隆氏は著書の中で、「(取材は) 小雪混じりの日鹿地氏が入院している病院でおこなった。入院中にもかかわらず、ベットの上の細長い机には、四〇〇字詰めで三〇〇～四〇〇枚の原稿が置かれ、執筆中で、私はその姿に心の底から畏敬の念を覚えた」[129] と記している。

鹿地の気質、性格の問題や、「鹿地事件」の背景への疑問などは、中国における鹿地の反戦平和活動の考察の本論の趣旨ではない。むしろ鹿地が亡くなる直前まで反戦平和と日中友好の活動を、彼自身の表現方法で模索しつつ実践し、研究を継続した一徹さに興味を覚えたのが研究の動機だった。

今日中国は世界経済を牽引する世界ナンバーツーの経済大国となった。中国の経済力が高まるほどに日本での中国脅威論、警戒論は多様化し、形をかえた中国バッシング論となる。日中貿易総額の伸びとはうらはらに、中国によくない印象を持っている日本人は84.3%[130] と空前の中国離れが出現している。日中両国民の相互理解と安定した平和関係の継続を希求した鹿地や「反戦同盟」員たちの活動は戦場の美しい泡沫だったのか、と嘆息する人、鼻白む人こそ、日中の相互理解に人生を賭けた人々の歴史を知ってほしいと心から願う。

注
1 抗日戦争への新四軍の参加に伴い、鹿地亘が「反戦同盟」西南支部前線工作隊とともに崑崙関で宣伝活動を一度行った後、黄源は夏衍を通じて鹿地亘に手紙を渡し、「私達のところの日本人同志もすでに反戦同盟支部を設立しており、あなたとの連絡を希望している」と伝え、新四軍の当時の状況などについても紹介している。1940年2月12日に書かれたこの書簡は、鹿地亘資料調査刊行会編『日本人民反戦同盟資料』第10巻、不二出版、1995年、293-294頁に収録されている。
2 鹿地亘『続 火の如く風の如く』講談社、1959年、127頁。
3 何浩若は郭沫若辞職後、1940年9月17日から1941年6月3日まで国民政府軍

第5章　鹿地亘の反戦平和活動の継続

事委員会政治部第三庁庁長を務め、その後、1944年3月3日から1945年3月20日まで政治部副部長を務めた。2004年、筆者は台湾で関係者から105歳の何氏が台北市内で健在だと聞いた。

4　鹿地亘『日本兵士の反戦運動』（下）同成社、1962年、209-210頁。
5　鹿地亘『日本兵士の反戦運動』（下）同成社、1962年、210頁。
6　鹿地亘資料調査刊行会編『日本人民反戦同盟資料』第4巻、不二出版、1994年、205-207頁。
7　元「反戦同盟」メンバーで、帰国後、東京でも鹿地夫妻と頻繁に行き来し、特に鹿地亘と離婚後の池田幸子とは、内山書店店主の内山完造とともに日中貿易会社を設立し仕事をするなど、鹿地夫妻と深い付き合いがあった長谷川敏三氏は、鹿地亘、池田幸子夫妻の自由主義的気質について次のようにふれている。「鹿地という人間は学生時代東大新人会で進歩分子のプロレタリア作家として無産階級解放を目ざしていた。しかし民衆の日常生活の労苦の細部に心を配るような人間ではなかったように思われる。夫人の池田幸子もそうであったが、帰国後、その日の生活費がなくても、米が一升いくらで大根一本いくら、公衆電話一本かけるといくらかかるということにはまったく無頓着な人間だった。食事なんぞは周囲の誰かが何とかしてくれるものだと考えていた。またじっさいその日その日何とか、誰かが心配してくれていたのである。そのしわ寄せは在東京の小林、木村、私（元「反戦同盟」メンバーたち）に背負わされた。それでも誰がどんなに苦心して生活費を貢いでくれたか考えて感謝して人に接するということがなかった。当たり前と考えていたのではないだろうか。それが鹿地に不満を持つ人間に反感を与えた。彼はそのことに感ずかず、平然としていた。だから、国民党反動派、特務が鹿地の身辺の不満分子と密着して行くのが分からなかったのである」（長谷川敏三「「反戦同盟」の危機とその克服」『中国研究月報』第538号、中国研究所、1992年12月号、27頁）。鹿地が、「反戦同盟」の一部メンバーに誤解された原因を、長谷川は乳母日傘育ちで他人の労苦をくむことができない鹿地の性格にあったとみていた。
8　鹿地亘資料調査刊行会編『日本人民反戦同盟資料』第4巻、不二出版、1994年、205-207頁。
9　鹿地亘資料調査刊行会編『日本人民反戦同盟資料』第4巻、不二出版、1994年、279頁。
10　注9と同じ。
11　鹿地亘『日本兵士の反戦運動』（下）同成社、1962年、237頁。
12　鹿地亘資料調査刊行会編『日本人民反戦同盟資料』第10巻、不二出版、1994年、348頁。
13　南京第二歴史档案館全宗号772-637（11783-3～4）「政治部第三庁工作」。
14　菊地一隆『日本人反戦兵士と日中戦争』御茶の水書房、2003年、105-106頁、南京第二歴史档案館全宗号772-12「日本人民反戦革命同盟会編制」。
15　鹿地亘『火の如く風の如く』講談社、1958年、358頁。

16 宗十郎は沢村幸雄の別名。沢村幸雄は1943年12月に山川要や岸本勝とともに身柄を重慶の「鹿地亘研究所」に移され、研究助手となった。
17 三本襄二はおそらく三木襄二の誤りである。
18 文中の山本要はおそらく山川要の誤りである。山川要は1943年12月に「鹿地亘研究所」に移され研究助手になっているからである。山川要は鹿地亘が最も信頼を寄せた早期の「反戦同盟」員。
19 南京第二歴史档案館全宗号772-638「鹿地亘担負連係敵俘中共産主義分子之工作」。
20 国民党秘密工作機関の呼称。中心的人物蒋介石の腹心陳果夫、陳立夫兄弟の姓ChenのCからCCと呼ばれた。1928年以降国民党中央組織を掌握し特務組織を設け、共産党や反政府人士の監視を行った。
21 鹿地亘資料調査刊行会編『日本人民反戦同盟資料』第10巻、不二出版、1995年。
22 鹿地亘『日本兵士の反戦運動』（下）同成社、1962年、240頁。
23 注22と同じ。
24 鹿地亘『中国の十年』時事通信社、1948年、173頁。
25 長谷川敏三「反戦同盟の危機とその克服」『中国研究月報』538号、中国研究所、1992年、29頁。
26 康大川「私の抗日戦争」『中国研究月報』470号、471号、中国研究所、1987年34頁。
27 康大川「私の抗日戦争」『中国研究月報』470号、471号、中国研究所、1987年34-35頁。
28 鄒任之は国民政府軍事統計局（通称：軍統）戴笠の直系で行政的には国民政府軍政部第2捕虜収容所初代所長として、常徳、鎮遠、重慶と転任したが、常に不在で代理人が任務を代行した。
29 菊池一隆『日本人反戦兵士と日中戦争』に収められている10名の元反戦同盟員の口述の中で、多くの元同盟員が康天順の援助をとりあげている。10名は、小林己之七（工作名：桜井勝）、平井高志（同：林長吉）、朝永吉郎（同：江川洋）、若林春雄（同：小林光）、渡部冨美男（同：林誠）、木村福治、三谷直之、橋本雅雄、松原健二、長谷川暢三。2003年までにこの中の2名の「反戦同盟」員が逝去している。
30 鹿地亘資料調査刊行会編『日本人民反戦同盟資料』第5巻、70-294頁に掲載。
31 南京第二歴史档案館全宗号772-1378「該部鹿地研究室編印〈鹿地研究室報〉第七集第12期」。
32 鹿地亘資料調査刊行会編『日本人民反戦同盟資料』第5巻、不二出版、1995年、297-304頁。
33 長谷川敏三「重慶で聞いた日本降伏のニュース」『人民中国』1985年8月号、人民中国雑誌社、40頁。
34 鹿地亘資料調査刊行会編『日本人民反戦同盟資料』第11巻、不二出版、1995年、294頁。

第5章　鹿地亘の反戦平和活動の継続

35　OCI（アメリカ情報調整局）はOWIとOSS（The Office of Stratogic Service、後のCIA）の2機関に改組した。元の海外広報部がOWIとなり、元の調査分析部と特別工作部がOSSになった。OWIは主としてホワイト・プロパガンダ（事実広報活動）を担当し、OSSは主としてブラック・プロパガンダ（謀略広報活動）を担当した。

36　J・K・フェアバンク『中国回想録』みすず書房、1994年、256頁。フェアバンクは1945年10月～46年7月まで、OWI中国事務所長などとして戦後の中国にもいた。

37　J・K・フェアバンク『中国回想録』みすず書房、1994年、280頁。

38　J・K・フェアバンク『中国回想録』みすず書房、1994年、271頁。

39　鹿地亘『続 火の如く風の如く』講談社、1959年、203頁。

40　鹿地亘『日本兵士の反戦運動』（上）同成社、1962年、271頁。

41　「反戦同盟」本部のメンバーは政治部第三庁第1科長の曹先鋸に引き渡され、8月25日に重慶を離れた。同盟員は重慶から平和村まで780kmの距離を移動する間、ずっと手枷足枷に繋がれた状態であった。これは三庁長の郭沫若が厳しく拒否したことであったが、守られなかった。西南支部の16名のメンバーは9月2日に桂林を離れた。

42　鹿地亘資料調査刊行会編『日本人民反戦同盟資料』第10巻、不二出版、1995年、30-31頁。

43　「青山研究室」は重慶にある青山和夫が主催する敵情研究室。青山のほかに4、5名の日本人がおり、国民党頑固派の指導下で活動していたため、「鹿地亘研究室」とはつながりがなく、むしろ対立していた。

44　康大川「私の抗日戦争」『中国研究月報』471号、中国研究所、1987年、35頁。

45　鹿地亘資料調査刊行会編『日本人民反戦同盟資料』第10巻、不二出版、1995年、41頁。

46　康大川「私の抗日戦争」『中国研究月報』471号、中国研究所、1987年、37頁。

47　鹿地亘資料調査刊行会編『日本人民反戦同盟資料』第11巻、不二出版、1995年、435頁。

48　鹿地亘資料調査刊行会編『日本人民反戦同盟資料』第11巻、不二出版、1995年、10頁。

49　春名幹男『秘密のファイル──CIAの対日工作』（上）新潮文庫、2003年、199-200頁。

50　鹿地亘『続 火の如く風の如く』講談社、1959年、296頁。

51　鹿地亘『日本兵士の反戦運動』（上）同成社、1962年、282頁。

52　鹿地亘資料調査刊行会編『日本人民反戦同盟資料』第8巻、不二出版、1994年、199頁。

53　山本武利『ブラック・プロパガンダ』岩波書店、2005年、60頁、原著：中山龍次『戦争と電気通信』教育科学社、1944年、55-56頁に掲載。

54　鹿地亘資料調査刊行会編『日本人民反戦同盟資料』第10巻、不二出版、1995年、

392-393 頁。

55 鹿地亘資料調査刊行会編『日本人民反戦同盟資料』第10巻、不二出版、1995年、47頁。
56 鹿地亘資料調査刊行会編『日本人民反戦同盟資料』第11巻、327頁参照。当時の国民党支配地区における物価の上昇については、多くの人が書いている。フェアバンクは1942年9月23日、友人に書いた手紙の中で次のように述べている。「異常なインフレが出現している。中国の教授のひと月の給与は600元以下なのに、一回の宴席費用は1000元を下ることはない、アメリカのパーカー万年筆は6000元する」(フェアバンク『中国回想録』みすず書房、1994年、270頁)。鹿地亘も「物価上昇で生活は困窮、池田は栄養失調で夜盲症になった」と書いている（鹿地亘『日本兵士の反戦運動』(下) 同成社、1962年、267頁)。
57 鹿地亘資料調査刊行会編『日本人民反戦同盟資料』第11巻、不二出版、1995年、135頁。
58 注57と同じ。
59 康大川「私の抗日戦争」『中国研究月報』471号、中国研究所、39頁。
60 鹿地亘『日本兵士の反戦運動』(上) 同成社、1962年、284頁。
61 野坂参三は1940年3月26日に周恩来、任弼時、鄧穎超らとともにモスクワから延安に入った。しかし、この事実は1943年5月にコミンテルンが解散するまでは公開されなかった。野坂参三『風雪のあゆみ』第8巻、新日本出版社、1989年、282頁参照。
62 延安の「日本人民解放連盟」は1944年1月15日に華北各地の反戦団体の代表が参加して開かれた「在華日本人反戦同盟華北連合会拡大執行委員会」において組織発展のために「反戦同盟」を解散し、「解放連盟」を新設するとの決定がなされて設立された。鹿地亘資料調査刊行会編『日本人民反戦同盟資料』第9巻、不二出版、1994年、10-11頁参照。
63 鹿地亘資料調査刊行会編『日本人民反戦同盟資料』第7巻、不二出版、1994年、9-10頁。
64 鹿地亘が国民政府の同意を受けて3名の「反戦同盟」員（山川要、岸本勝、沢村幸雄）を迎えに自ら鎮遠「平和村」へ行ったのは1943年12月である。
65 鹿地亘『続 火の如く風の如く』講談社、1959年、332頁。
66 鹿地亘資料調査刊行会編『日本人民反戦同盟資料』第7巻、不二出版、1994年、5-8頁。
67 鹿地亘資料調査刊行会編『日本人民反戦同盟資料』第9巻、不二出版、1994年、140-143頁。
68 鹿地亘資料調査刊行会編『日本人民反戦同盟資料』第7巻、不二出版、1994年、37-38頁。
69 鹿地亘『日本兵士の反戦運動』(下) 同成社、1962年、318-322頁。
70 "Yenan Report" 52は計14頁で、早稲田大学の山本武利教授がアメリカの国立公文書館で収集したものである。『日本人民反戦同盟資料』には未収録。山本教

第5章　鹿地亘の反戦平和活動の継続

授は出版前に資料のコピーと使用を許可して下さった。山本教授に心から感謝の意を表します。

71 "*Yenan Report*" 52, RG165E79 "P" FileB2616、アメリカ国立公文書館、1頁。
72 "*Yenan Report*" 52, RG165E79 "P" FileB2616、アメリカ国立公文書館、2頁。
73 "*Yenan Report*" 52, RG165E79 "P" FileB2616、アメリカ国立公文書館、11頁。
74 "*Yenan Report*" 52, RG165E79 "P" FileB2616、アメリカ国立公文書館、7頁。
75 鹿地亘『続 火の如く風の如く』講談社、1959年、357頁。
76 鹿地亘『続 火の如く風の如く』講談社、1959年、358頁。
77 注76と同じ。
78 春名幹男『秘密のファイル——CIAの対日工作』(下) 新潮文庫、2003年、430-431頁で、春名氏は「1944年初めから、鹿地とその妻（池田幸子）は重慶でアメリカ当局と緊密に協力した。重慶、昆明の中国戦場で日本人捕虜を再教育する集中的な計画を実施するため、彼は米戦時情報局（OWI）の顧問となり、後に米戦略情報局（OSS）に雇われた。1947年6月16日付けのCIC(防諜部隊)秘密文書はそう明記している」と書いている。しかし文庫本のため公文書番号はない。
79 鹿地亘『続 火の如く風の如く』講談社、1959年、360頁。
80 連合国軍最高司令官総司令部（GHQ：マッカーサー最高司令官）は1945年8月28日、日本の神奈川県横浜市に設置された。9月15日、本部は東京日比谷にある第一生命館に移る。1945年9月から10月にかけて、アメリカ軍が日本全国に進駐し、兵士の総数は約43万人に達した。『近代日本総合年表』岩波書店、1997年、344頁；『日本通史』第19巻、岩波書店、1995年、53頁参照。
81 ジョン・エマーソン『嵐のなかの外交官——ジョン・エマーソン回想録』朝日新聞社、1979年、189-190頁。
82 鹿地亘資料調査刊行会編『日本人民反戦同盟資料』第6巻、不二出版、1994年、122頁。
83 鹿地亘『日本兵士の反戦運動』(下) 同成社、1962年、300頁。
84 「反戦同盟」総部メンバー新井田寿太郎は結核を患い収容所で病死した。
85 鹿地亘資料調査刊行会編『日本人民反戦同盟資料』第11巻、不二出版、1995年、298頁。
86 鹿地亘資料調査刊行会編『日本人民反戦同盟資料』第6巻、不二出版、1994年、158頁。
87 鹿地亘資料調査刊行会編『日本人民反戦同盟資料』第2巻、不二出版、1994年、238-240頁。
88 鹿地亘資料調査刊行会編『日本人民反戦同盟資料』第6巻、不二出版、1994年、219頁。
89 鹿地亘資料調査刊行会編『日本人民反戦同盟資料』第8巻、不二出版、1994年、249-253頁、『工作隊編成表』。
90 長谷川敏三「重慶で日本投降の消息を聞く」『人民中国』人民中国雑誌社、1985

年8月号、41頁。
91 鹿地亘資料調査刊行会編『日本人民反戦同盟資料』第11巻、不二出版、1995年、99頁。
92 〔表5-1〕「反戦同盟員名簿（1945年12月6日）」によると合計で172名おり、その中に鹿地亘夫妻は含まれていない。鹿地亘資料調査刊行会編『日本人民反戦同盟資料』第6巻、不二出版、1994年、294-297頁。
93 長谷川敏三『日中戦争回憶——長谷川部隊祖国に還る』『中国研究月刊』中国研究所、1990年10月号に掲載。
94 長女暁子は1939年3月15日桂林で生まれた。長男は1940年4月重慶で生まれたが半年後マラリアで死亡した。
95 真は1942年重慶で生まれたが、1946年3月19日上海国際飯店の窓から誤って転落し死亡した。
96 鹿地亘『もう空はなくもう地はなく』光書房、1959年、41-44頁。
97 鹿地亘資料調査刊行会編『日本人民反戦同盟資料』第10巻、不二出版、1995年、407頁。
98 鹿地亘が発起人のひとりとなって作った「自由大学」（自由大学はドイツの思想家ルドルフ・シュタイナーによる人智学の思想とその思想に基づく平和運動）活動。1947年ごろに日本で活動した。立命館大学国際平和ミュージアム所蔵の「鹿地亘資料」の中にある「帰国後」の部分（未製本）、59-4-24『自由大学発起人名簿』。
99 鹿地亘『中國の十年』時事通信社、1948年、198頁。
100 戦前と戦中部分は、研究者による整理をへて『日本人民反戦同盟資料』第1～12巻、別巻に編纂されている。
101 立命館大学国際平和ミュージアム「鹿地亘資料」「帰国後」部分、59-3-8/分類2-3。
102 立命館大学国際平和ミュージアム「鹿地亘資料」「帰国後」部分、52-3-3/分類2-3。
103 立命館大学国際平和ミュージアム「鹿地亘資料」「帰国後」部分、52-3-32/分類2-3。
104 『東京朝日新聞』1946年5月14日、第1面。
105 1975年に行った鹿地亘の口述録音の起こし原稿。坂田暁子氏から提供されたもの（録音者：坂田暁子、1975年4月6日収録。録音テープは合計6巻）。
106 鹿地亘と藤枝文夫の対談「反戦の旗の下に」『週刊朝日』朝日新聞社、1946年6月9日号、9頁。
107 （1912-2004年）島取県に生まれる。若い時からプロレタリア文学運動に参加した。1933年、上海の邦字紙『改造日報』の編集委員になる。この時、重慶から上海にやって来た鹿地亘夫妻と頻繁に行き来していた。1946年に帰国後、日中友好協会の設立に参画し、その後35年間にわたって当協会機関紙『日本と中国』の主編を務めた。日中友好協会顧問。著作に『戦後日中関係五十年』（共著）等が

第5章　鹿地亘の反戦平和活動の継続

あり、その他中国の文芸作品を多数翻訳している。生前中国の中日友好協会から「中日友好使者」の称号を授与された。

108 鹿地亘『もう空はなくもう地はなく』光書房、1959年、157頁。
109 キャノンの名称は「キャノン機関」を率いていた米軍中佐、ジャック・キャノン（Jack Canon）の名前からきている。「キャノン機関」に関する各種の見解は共同通信社がアメリカ国立公文書館で行った資料調査によると、いわゆる「キャノン機関」というものは存在しないが、それはGHQの諜報機関に関連する組織であった。この組織のリーダーの存在は共同通信社が1998年にリーダーを取材するまで不明であった（春名幹男『秘密のファイル——CIAの対日工作』（上）新潮文庫、2003年、438-441頁参照）。共同通信社が調査したCICの書類は1947〜1949年のものだけである。
110 アメリカの諜報機関が不法に拘束・監禁した事件であったため、日本の法廷では「電波法違反」として争われた。「鹿地事件」は1969年6月26日まで日本の法廷で争われ、最終的には鹿地亘の無罪判決が確定した。
111 鹿地亘・山田善二郎共著『だまれ日本人！』理論社、1953年、125-126頁。
112 「CICは日本の軍事警察、憲兵隊に相当するアメリカ陸軍の防諜部隊」（秦郁彦『昭和史の謎を追う』（下）文藝春秋、1999年、334頁）。
113 『東京朝日新聞』1969年6月26日、第3版「鹿地亘氏无罪」。
114 『救援消息』1953年5月25日、第4号、第8版。
115 菊地一隆『日本人反戦兵士と日中戦争』御茶の水書房、2003年、435頁；鹿地亘『続 火の如く風の如く』講談社、1959年、417頁。
116 長谷川敏三「日中戦争回憶——長谷川部隊祖国に還る」『中国研究月刊』中国研究所、1990年10月号、40頁。
117 長谷川敏三「重慶で日本投降の消息を聞く」『人民中国』人民中国雑誌社、1985年8月号、42頁。
118 長谷川敏三「日中戦争回憶——長谷川部隊祖国に還る」『中国研究月刊』中国研究所、1990年10月号、40頁。
119 書簡はすべて1946年に書かれたもの。
120 内山完造が社長、池田幸子が取締役、長谷川敏三が会長を務めた。
121 同盟員たちの戦後状況は主に『崑崙関の子守唄』の作者、春日嘉一氏（元日中友好協会職員）から提供された個人資料と菊地一隆『日本人反戦兵士と日中戦争』御茶の水書房、2003年、219-391頁にある同盟員の口述記録およびいくつかの論文と鹿地亘資料調査刊行会編『日本人民反戦同盟資料』第6巻、不二出版、1994年、292-304頁を参考にした。春日嘉一氏の温情に心から感謝の意を表します。
122 鹿地亘資料調査刊行会編『日本人民反戦同盟資料』第6巻、不二出版、1994年、303頁。
123 四川会のほかにも日本人捕虜たちの「和光会」がある。同会は、一緒に帰国した鎮遠の収容所「平和村」の捕虜約380人の有志が中心となり、中国の収容所

で亡くなった多くの日本人捕虜の慰霊のために、滋賀県の月心寺内に「和光会」を設立して毎年供養した。

124 菊池一隆『日本人反戦兵士と日中戦争』御茶の水書房、2003年、455頁の（註）。
125 日中友好協会は1950年10月、原則政党政派、思想信条、国籍の違いに問わず結集し日中両国の友好をはかることを目的に発足するが、日中両国市民による互恵平等、友好的交流確立の信条が時に中国追従「中国一辺倒」になり、50年代～70年代は中国国内の政治闘争をそのまま映したような会員幹部間の政治論争・抗争が多発した。特に1965～76年の文化大革命前後時期は、日本共産党系とその他政党系との抗争が激化し、日本共産党支持派以外の人たちが袂をわかち「日中友好協会正統本部」を作る。「正統本部派」は文革を支持し中国との往来を保った。以後現在まで2つの「日中友好協会」は別々に活動している。三谷氏のいう「正統派」が「正統本部」だとすれば鹿地は文革支持派になるので、考えにくい。菊地一隆氏がいうように日共の正統派と考えるのが自然だろう。
126 菊池一隆『日本人反戦兵士と日中戦争』御茶の水書房、2003年、357頁。
127 高汾「慷慨悲歌话当年——与原在华日本反战同盟战友晤話記」『経済日報』1985年8月29日、第4面掲載。
128 菊地一隆『日本人反戦兵士と日中戦争』御茶の水書房、2003年、343頁。
129 注128と同じ。
130 2012年6月20日に発表された、中国英字紙「チャイナ・デイリー」と日本の特定非営利活動法人「言論NPO」が共同で行った世論調査の結果。

むすび
鹿地亘らの反戦平和活動とは

　第２次国共合作の破綻とともに「反戦同盟」は解散させられるが、次のステージを見据えて鹿地は、中国での反戦活動を継続する。日本の敗戦による戦争終結で、日本に帰国した鹿地は、文筆や講演活動とともに中国との友好関係樹立活動を展開し、自身の反戦平和思想の実現を模索した。

　日中戦争時期、鹿地が中国で行った反戦平和活動は、日本人が自らの意思で侵略戦争を終結させ、平和で民主的な日本の建設を目指すという、明確な原則を貫いた。そのために彼は中国大陸の各地に分散され、孤立して自暴自棄になっていた日本人捕虜を教育し、自発的に参加を表明した捕虜による「反戦同盟」を組織した。

　国際戦争で捕虜となった将兵が敵陣営側に駆り出され抗戦に協力することは、過去あることはあるが、鹿地と「反戦同盟」による反戦平和活動の重要な特徴は、祖国日本の平和をとり戻すためには、侵略戦争の速やかな終結しかなく、そのための抗戦協力だったことである。またその活動が、戦中、戦後を通じて常に中国の人々、特に中国文化界の人々の支持、援助のもとで、彼らと並行して行われたこと、さらには、戦争終結後も交戦した両国の安定的平和関係と友好的往来の扉を開く、平和友好運動と形を変えて活動を継続していった点にある。具体的には以下のようなものであったといえるだろう。

1．平和で民主的な日本建設のために

　鹿地は捕虜教育において、当時の日中戦争の正確な戦況や世界情勢、中国侵略戦争を行う日本の目的等を日本兵捕虜に理解させるため、捕虜の教育を重視した。日中戦争はいかにしておこったか、中国人民はどうみているのか、

学習を通じて捕虜たちが自身で理解し、自発的に活動に乗りだすことを望んだ。

鹿地の捕虜工作の追い風となったのは、中国側が「捕虜優待政策」をとり、中国軍兵士と民衆に敵軍捕虜の保護とその意義をある程度教育していたことで、日本人捕虜の心理は比較的早く安定し、捕虜教育によい環境をもたらした。とりわけ共産党陣営では「日本兵は虐げられた大衆の子弟であり、日本の軍閥と財閥に騙され強制されてやむなく我々と戦ったのであるから、危害や侮辱を加えることはしない……」という、軍国主義者と駆りだされた兵士を峻別する思想が徹底され、思いがけない優待に捕虜となった日本兵が逆に困惑すら覚えたことが、捕虜調査に示されている。なぜならば、軍隊において皇軍思想を深く植え付けられた日本兵は、捕虜は必ず虐待され殺されると教えられてきたからである。

戦後復員した元「反戦同盟」員の手紙に、村人が「支那は食う物はあったのか？」と聞き、元同盟員が「あった」と答えると、「はあーそれはよかった」と、彼の幸運を喜ぶシーンがある。中国の捕虜優待政策があっても、捕えられた日本軍将兵は当初自暴自棄となって落ち着きがなく、せっかく助かった命を自ら縮める者も少なくなかった。鹿地の教育を経て、侵略する側の兵士も侵略される側の人々もともに悲惨である、この戦の行く末に目覚めた捕虜たちは、反戦活動をする意味を理解する。

侵略戦争の真実を認識するだけでは捕虜が反戦平和に向かうことはない、と鹿地は言う。「厭戦は反戦の母体となるが、両者は明らかに異なっている。反戦とは、前途に対する希望を抱きつつ奮闘すること、即ち、祖国の平和を取り戻そうとする自主的で積極的な行為であるが、厭戦の段階にとどまっているのであれば、そのような行為はない」[1]。

鹿地は、民主的で平和な日本を建設するという、彼らの反戦平和活動目標を明確に日本兵捕虜に示した。鹿地の捕虜工作は、日本兵捕虜に侵略戦争から離脱する、加担しない意義を自覚させ、多くの日本兵捕虜の生命を救った。当初中国で捕捉された日本兵捕虜の死亡率は非常に高かった。原因は病死と

自暴自棄になっての自殺であった。

　気力消失から体が衰弱し病死に至るケースも多かった。鹿地と「反戦同盟」のメンバーは、覚醒した日本兵捕虜を中心に、収容所内でさまざまな生活改善活動に取り組んだ。「反戦同盟」メンバーでない捕虜たちもその活動に加えていき、一緒に耕作をし農作物を補給したり、工芸品を作って市場で販売するなど、「明日のことを考えることができる」活動を創出した。郭沫若、馮乃超らの中国人の友人たちも、これら鹿地と「反戦同盟」の活動に対して、物心両面からの援助を惜しまなかったのである。

　前途を悲観して収容所の中で自殺する捕虜は、最も悲惨な日本兵士だ。戦後取材を受けた「反戦同盟」のメンバーたちは、「自殺を考えたか」の質問に、国統区、共産党根拠地域にかかわらず、その多くが「考えたことがある」と答えた。ある者は、「何度も死のうと思いました。一度は舌を噛んだが死ねませんでした。また一度は頭を柱にぶつけたけれども、だめでした」[2]と語っている。

　戦後米軍が実施した「日本軍捕虜調査」でも、捕虜たちの悲惨な心理状況が浮かびあがる。「捕虜となっていたときに自殺を考えたことがあるか」という設問に、80％の日本兵捕虜が「自殺すべきであった」（傍点は筆者による）と答えているのである[3]。「すべきであった」と答えた日本兵捕虜の心情は、なお哀れである。

　入所当初自暴自棄になって荒れていた日本兵捕虜は、鹿地らとの長い会話を通して自身の命をみつめ反戦平和に希望を見出すようになっていったのである。

　平和で民主的な日本を建設し、日本軍国主義による中国侵略戦争に反対するという鹿地の反戦平和教育の目標は、戦後日本に戻ってからも「反戦同盟」メンバーの中にとどまった。元同盟員たちの戦後の生き方がそれを示している。

　戦後、鹿地と「反戦同盟」メンバーはそれぞれの故郷で生活を始め、多くの元同盟員が鹿地と同じように日本で平和と民主の運動にかかわり、日中両

国の国民同士の友好的交流を築くことに力を注いだ。戦後27年もの長きにわたり日本と中国の国交正常化は実現しなかったが、日中交流が困難であった時期に、鹿地と多くの元「反戦同盟」のメンバーは、日中国交正常化実現を求める市民運動を支えて活動を続けたのである。

2. 中国人民の理解と援助

　1935年、鹿地は単身中国に逃亡し、魯迅との出会いを経て1938年、三庁に顧問として招聘される。そこで彼を待っていたのは、郭沫若や大学の同窓であった馮乃超など、友人たちとの出会いだった。鹿地は国統区で友人らの深い理解と協力のもと、日本人捕虜を教育、訓練して組織する活動に踏みだした。

　1939年末、桂林において国統区で最初の自主的日本人捕虜の反戦平和組織「反戦同盟」西南支部を結成する。続いて1940年には臨都重慶で「反戦同盟」（重慶）総部を結成する。しかし、鹿地が日本人捕虜を教育し、「反戦同盟」の工作隊を率いて前線で反戦平和活動に従事するなど活発な活動をしたのは、1年8か月だけだった。

　時間と組織した捕虜の人数だけでいうならば、国統区における鹿地と「反戦同盟」の活動は広い中国での一沫の動きである。しかし日本軍の将兵と国統区以外にいる日本人捕虜、中国の民衆にもたらした影響は小さくなかった。

　1945年秋、日中戦争終結から間もないころ、鹿地は重慶で毛沢東と会見する。この時鹿地は数名の「反戦同盟」メンバーと、重慶の「鹿地研究室」で、国民党に制限されつつ限られた敵情研究活動を行っていた。鹿地と毛沢東は向かい合わせに座り、毛沢東が鹿地に質問した。「幹部はどのくらいいるのかね」。鹿地が4、5人ほどだと答えると、毛沢東は真面目な顔でうなずき、「そういった幹部は大切です。今は少なくてもその4人は、将来100万人にもなるでしょう。このことは我々が経験済みです。中国共産党は今30万人の党員を擁しているが、上海で創立した時は指で数えるほどしかいなかったのです」[4]と話し、鹿地を励ましている。

戦争当時、中国の「反戦同盟」員の数は、国統区が170余名、共産党根拠地は800余名。2つの地区をあわせても1000名あまりに過ぎなかった。極めて貴重な経験をした彼らは、日本社会に戻ると、戦後日本の社会的潮流の中で、中国との正常な関係樹立を目指すひとつの勢力となった。

鹿地ら「反戦同盟」員の活動と、それを理解し誠実な援助を続けた中国人たちとの経験は、日中両国関係が最悪だった戦争下での日本人と中国人の勇気ある協力として、とりわけ中国人民に強く記憶された。このよき記憶は、戦後中国政府で要職についた郭沫若ら鹿地のかつての協力者たちが中国側の先頭となり、日中の友好的交流を希求する鹿地らを力強く支援する流れをつくり、日本社会の日中友好運動を後押しした。中国における鹿地らの活動が、中国の友人と民衆の援助がなければ不可能であったように、戦後日本の民間の日中正常化運動も、中国の友人、協力者の尽力なくしては進まなかったであろう。

鹿地は上海時代、魯迅から物心両面で大きな援助を受けた。暗さを増していく日本社会の中で軍国主義に反対する鹿地のような人の困難を、魯迅は深く理解し同情した。魯迅は自作を日本語に訳す仕事を、鹿地に与え、病身をおして自ら熱心に鹿地の原稿を校正し添削した。「初めての原稿を持ち帰ると私は感動の余りものも言えなかった。魯迅は丁寧に作った正誤表を原稿に付け加え、またメモ用紙に毛筆で詳細且つ周到な注釈を書いてくれた。そのために魯迅は一晩中寝なかったそうだ」[5]と鹿地は感謝した。この魯迅自らが添削した原稿を、鹿地は風呂敷に包み大切に抱えて上海の街を転々と逃げまわっていたが、上海抗戦が始まり命からがら池田幸子と香港に逃避する中で残念なことに紛失している。魯迅が鹿地の原稿を丁寧に添削したというくだりを読むと、多くの人は『藤野先生』という魯迅の美しい作品を思い出すだろう。

魯迅が宮城県仙台医学専門学校で勉強していた時（1904年）、同校の藤野厳九郎教授が日本語が不得手な清国（中国）の学生魯迅に同情して、熱心に魯迅のノートを添削してくれた。その後魯迅は、医学から文学への転向を決意

し、同校を離れ（1906年3月）、魯迅と藤野教授はその後死ぬまで再会することはなかった。しかし藤野教授から受けた恩情の「よき記憶」は、魯迅の胸奥に深く刻まれ、『藤野先生』という珠玉の作品を生み出した。

　魯迅と、藤野教授との出会いから30年後、かつての藤野教授と同じように、魯迅は中国語の不得手な逃亡の日本人作家鹿地亘の面倒をみた。魯迅は生涯「惜別」と書かれた藤野教授の写真を飾っていた。魯迅の恩情を受けた鹿地も「中国で奮闘している間、魯迅の写真を身から離さなかった」。「よき記憶」は必ずや後の時代に受け継がれ、もう一度頑張ってみようと人を励ましてくれるものだということを、魯迅や鹿地の経験は我々に教えてくれるのである。

3. 中国の歴史に忘れられた鹿地亘

　筆者は上海市虹口区多倫路257弄34号の鹿地亘と池田幸子の旧居を何度か訪れた。鹿地夫妻の旧居があった虹口区は、多くの著名文化人の旧居がある文化地区である。郭沫若、胡風、馮雪峰らの旧居には、金属製の大きなプレートがかかげられ見学者の目印になっている（写真6-1～4参照）。しかし鹿地夫妻の旧居にプレートはかかっていない。上海で魯迅はじめ多くの文化人と密接な関係を持ち、魯迅の柩を担いだ唯一の外国人、その後中国の抗日戦争陣営に身を投じ中国人とともに奮闘した鹿地亘の足跡は、新しい中国の歴史の中で忘れられている。

　2011年6月、复亘大学出版社から出された呉中傑『魯迅的抬棺人：魯迅后伝』（魯迅の柩をかついだ人：魯迅後伝）は、1936年10月22日上海で行われた魯迅の葬儀で柩をかついだ12人の青年のうち、蕭軍、胡風、巴金、黄源らのその後の人生を叙述したものだが、この本のカバーになっている写真（写真2-4）の一番前にいる日本人青年鹿地亘については、ふれられていない。

　鹿地亘は三庁で捕虜工作を行っていた時に、馮乃超という信頼すべき協力者を得た。馮乃超は当時三庁共産党特別支部の責任者であり、共産党南方局責任者で政治部副部長でもあった周恩来配下の共産党員であった。馮乃超は誠心誠意鹿地亘の反戦平和活動を支持した。後輩の丸山昇氏がかつて鹿地亘

むすび　鹿地亘らの反戦平和活動とは

〔写真6-1〕　郭沫若寓居

〔写真6-2〕　郭沫若寓居（全体）

〔写真6-3〕　左：魯迅寓居（下に日本語で魯迅の寓居と書かれている）
右：柔石寓居（下に日本語で柔石の寓居と書かれている）

〔写真6-4〕　右から茅盾の寓居、馮雪峰の寓居、葉聖の寓居

に「中国での抗日戦争期間中、あなたが最も信頼していた同志は誰でしたか」と尋ねた時、鹿地は即座に、「馮乃超です！」と答えたという[6]。馮乃超は国統区の複雑な政治状況下で鹿地が反戦平和活動を行うのを、鹿地の身辺にあって常に助け続けた友人だった。馮は東京帝国大学在学中、大学で鹿地の講演を聞いたことがあった。彼は日本語力を活かして鹿地の日本軍捕虜訪問ルポルタージュ『平和村記』を中訳し、中国社会と国際社会に、「反戦同盟」の存在を示す手助けをした。

戦後の1955年、馮乃超は中国訪日科学代表団[7]の事務局長（団長は郭沫若）として日本を訪問する。この時鹿地亘と馮、郭は東京で再会したが、これが3人の最後の再会であった。馮乃超こそ、国統区での鹿地の反戦平和活動を最も正確に叙述できる人であったが、彼は寡黙にほとんど何も書き残さず鹿地逝去の翌年、1983年9月北京で病没した。83歳だった。

帰国後鹿地は、上海で魯迅を紹介してくれた内山書店店主の内山完造らとともに、「日本中国友好協会」の設立に奔走した（1950年10月1日正式に設立）。その後、鹿地が肋骨切除の手術をした直後に上海帰りの島田正雄が訪れ、「共和国（中国）の出版物の翻訳権を獲得する方法はないか」と相談したことは、前述（183頁）の通りだ。

当時日本には中国の正確な情報が入らず、毛沢東ら共産党が内戦に勝利した中国の歴史と現在の中国を日本に紹介する意味を鹿地は感じていた。ほどなく中国から五十数名の中国人作家の翻訳権を鹿地らに委託するという通知が届き[8]、鹿地も呉強の『真紅的太陽』、馮雪峰の『回憶魯迅』、毛沢東の『文芸講話』、趙樹理の『李有才板話』などを翻訳して日本の読者に提供した。鹿地の反戦平和活動は、中国にあっても日本にあっても、中国の友人の存在、その協力と支持が不可分であった。

戦後日本で、中国の人々との連携の中で、自らの反戦平和思想を貫こうとした鹿地の不器用な生き方には、誤解や批判がついてまわった。だが、現在の我々日本人に貴重な歴史経験を伝えている。一衣帯水の細い海しか間にない隣国同士の日中関係は、地理的、文化的に近いがゆえに、戦えば両国民と

もに暗澹の苦しみに陥り、うまく共存すれば共栄する。同文同種かと思うと、ささいな誤謬に翻弄される。理解しあうには、強い信念と辛抱が不可欠であることを、中国での鹿地と「反戦同盟」の経験は示している。そして同時に、日中関係が困難に直面した時、「よき記憶」を持つ者は、もう一度忍耐し道を切り拓く希望を持ち得ることも、彼らの体験は教えている。

現在中国国内で、鹿地亘と「反戦同盟」の研究はほとんど忘れられている。専門の研究者は孫金科（江蘇連雲港市歴史学会副会長）ほか数名にもみたないだろう。鹿地が蔣介石の国民政府の中で活動したことや、戦後日本に帰国したことも、中国での鹿地研究への関心が遠のく原因のひとつだろう。

拙書が、中国現代史における鹿地亘と「反戦同盟」の足跡とその意義の再考の一助になることを願う。

注
1 鹿地亘『日本人民反戦同盟闘争資料』同成社、1982年、302頁。
2 菊地一隆『日本人反戦兵士と日中戦争』御茶の水書房、2003年、223頁。元「反戦同盟」のメンバー桜井勝（本名小林己之七）氏の口述。
3 秦郁彦『日本人捕虜』（上）原書房、1998年、572頁。アメリカ国立公文書館所蔵文書：RG208 E370 B390 "P. W. Morale Survey, 3rd Report" より。
4 鹿地亘『可信頼的人格、重如泰山』（『参考消息』1976年第4版）；鹿地亘『続火の如く風の如く』講談社、1959年、368頁。
5 鹿地亘『中國の十年』時事通信社、1948年、27頁。
6 丸山昇『魯迅・文学・歴史』汲古書院、2004年、7頁。
7 中国訪日科学代表団は日本学術会議の招きで1955年11月27日〜12月25日、日本を訪問した。期間中、東京、京都、大阪、岡山、福岡を訪れ、郭沫若の母校である九州大学と岡山大学、および馮乃超の母校である京都大学と東京大学などを訪問し、日本の学者、友人と交流を行った。
8 鹿地亘『もう空はなくもう地はなく』光書房、1959年、157頁。

鹿地亘略年譜

1903 年（明治 36 年）
5 月 1 日　大分県西国東郡三浦村（現豊後高田市堅来町）に生まれる。本名瀬口貢。

1923 年
9 月 1 日　関東大震災が発生。

1924 年
4 月　第七高等学校（鹿児島県）から東京帝国大学文学部国文科に入学。

1925 年
1925～1926 年　大学 2、3 年時社会主義に沈溺し、社会文芸研究会、マルクス主義芸術研究会、東大新人会に参加する。
4 月 22 日　「治安維持法」公布。
9 月 20 日　日本共産党の合法機関紙『無産者新聞』創刊号をはじめとして言論活動を開始。

1926 年（昭和元年）
5 月　新人会から新潟県木崎村に派遣され、当地の農民的労働争議を支援。
10 月　『無産者新聞』に短編小説『他如何做？』を連載（全 5 回）。

1927 年
2 月　論文「所謂社会主義文芸を克服せよ」を『無産者新聞』で発表。
6 月 5 日　読売講堂で開かれた「無産階級芸術講演会」で講演を行う。
6 月 27 日　「東京帝国大学文芸研究会」で作家林房雄らと討論を行う。
8 月　小説『兵士』を発表。
10 月　小説『喜三太』を発表。
年末　ロシア十月革命を記念して、東京・築地小劇場で鹿地亘の 1 作目の戯曲『1927 年』が上演される。

1928 年
3 月　東京帝国大学文学部国文科を卒業。

3月28日　「全日本無産者芸術連盟」（ナップ）が成立し、鹿地亘も参加、中央委員になる。河野さくらと結婚。
4月24日　東京・築地小劇場で鹿地亘の戯曲『風』が上演される。

1929年
「全日本無産者芸術連盟」が「日本無産階級作家同盟」（「作家同盟」）に改組される。鹿地亘は常任中央委員、および機関誌『戦旗』の編集者に就任。

1931年
3月　小説『太平の雪』を発表。
9月18日　満洲事変。
11月　「日本無産者文化連盟」（コップ）成立。鹿地も参加。

1932年
1月　日本共産党に入党する（紹介者は「作家同盟」中央委員のひとりであった小林多喜二）。
7月10日　政府の左翼文化運動に対する弾圧に伴い、鹿地亘は特高に逮捕され、9月に拘置所に収容される（1931～1934年初にかけて、鹿地亘は計18回拘置所に収容されている）。

1933年
2月　小林多喜二が逮捕され虐殺される。その2日後に鹿地亘も再逮捕される。
7月20日　陸軍省が、「九・一八（満洲）」事変後の日本軍の戦死者2530人、負傷者6896人と発表。
9月　出所。

1934年
2月　最後の書記長として「解体声明」を発表し自ら「作家同盟」の活動を終結させる。
3月　「治安維持法違反」で逮捕され、禁固2年、執行猶予5年の判決を受ける。

1935年
7月25日　モスクワで開かれた「コミンテルン第7回大会」において「ディミトロフ報告」すなわち反ファシズム統一戦線の方針が採択される。
11月　出獄。その後間もなく河野さくらと離婚。

1936 年

1月15日　中国巡業中の「遠山満一座」の一員として身を隠し、神戸から中国に逃亡。
1月23日　青島を経て上海に至る。
2月6日　上海の内山書店で初めて魯迅と会う。胡風が同席。
2月10日　モスクワで野坂参三ら『日本の共産主義者への手紙』を発表。
10月19日　魯迅上海にて逝去。
12月10日　青島で反戦史詩『海岸砲台』を執筆（1938年2月8日『光明』誌上に発表される）。
12月12日　西安事変。

1937 年

2月14日　日本の改造社から鹿地亘が翻訳に加わった『大魯迅全集』全7巻が出版（8月21日まで）。
7月7日　七・七盧溝橋事件。
8月13日　八・一三事変（淞滬会戦）が上海で勃発、鹿地亘と妻池田幸子、日本租界を離れる。
9月22日　中国国民党政府が「国共合作宣言書」を発表、第2次国共合作が正式に始まる。
10月15日　中国国民党政府が「俘虜処理規則」を公布。
10月25日　中国共産党が「対於日軍俘虜的問題」を発表。
11月23日あるいは24日　鹿地亘夫妻、国際友好人士のレウィ・アレー（Rewi Alley）らの援助のもとで船で香港に避難。劉仁、長谷川テル夫妻も同じ船に乗船。
12月13日　日本軍が「南京大虐殺」を行う。
12月中旬　署名入りで中国で発表した最初の反戦文『現実の正義』および『所謂"国民の総意"』を執筆（『現実の正義』は1938年1月31日に広州の『救亡日報』誌に、『所謂"国民の総意"』は1938年3月9日に武漢の『新華日報』誌に発表される）。

1938 年

2月6日　武漢にて国民政府軍事委員会政治部が設立される（1946年5月廃止）。
3月16日　政治部長陳誠、郭沫若と相談して鹿地亘夫妻の招請を決定。
3月18日　国民党政府の招請を受け、香港を離れ武漢に赴く。
3月23日　鹿地亘夫妻、武漢に到着。郭沫若、胡風と会う。

3月24日　武漢にて陳誠と会見、郭沫若が通訳にあたる。12日後に国民政府軍事委員会政治部設計委員会委員の「招請状」を受け取る。

3月27日　漢口のYMCA講堂で開かれた「抗敵文芸家協会発会典礼」に出席、鹿地亘は講演を行い胡風が通訳にあたる。アメリカの記者・エプスタイン、タス通信社の支局長・ロゴフほか国内外の新聞の取材を受ける。

4月1日　日本政府、「国家総動員法」公布。同日、中国で政治部第三庁（以下、三庁）が設立される。

4月2日　武漢の11の文化団体の主催による「日本反戦作家鹿地亘夫婦茶会」に出席。

4月12日　漢口にて日本国内向けのラジオ放送で演説を行う。

4月14日　初めて2名の日本軍捕虜と面会する。

5月　徐州会戦。

5月20日、中国の飛行機が九州上空にて反戦ビラを散布。

6月　三庁に「共産党特別支部」が設立される（馮乃超が書記、劉季平が組織委員、張光年が宣伝委員にそれぞれ就任）。

7月6～10日　7・7一周年記念大会。献金100万元に達する。

9月1日　鹿地亘夫妻、「記者節」の行事に出席。

9月17日　前線慰問団に参加し、北方戦線（第5戦区）に赴く。

10月初　三庁の一部の人員が武漢から長沙へ撤退を開始、途上、鹿地亘は廖体仁とともに湖南省常徳の第2捕虜収容所を視察する。

10月25日　武漢と広州相次いで陥落。

11月12日　長沙で大火災、鹿地亘ら汽車で衡陽に赴く。

11月20日　国民政府、重慶への遷都を宣言。

11月25日　南嶺会議開催。

12月11日　中華職業教育社主催の「第七次時事講座」において鹿地亘「中日戦争的新階段」と題する講演を行う。聴衆は2000人以上に達する。

12月28日　広西大学にて講演。

1939年

1月8日　朝鮮義勇隊、台湾独立革命党の共催による茶話会に出席。

1月12日　鹿地亘のルポルタージュ『平和村記』、『救亡日報』誌上にて連載開始。

1月20日　国民党五届五中全会開催、「溶共、防共、限共、反共」の方針を採択。

2月中旬～3月中旬　馮乃超とともに桂林にて「日語宣伝訓練班」の設立準備を行う（後に両名は特約教官に就任）。

3月7日　鹿地亘が事情により広西を離れたため、『平和村記』の送稿が暫時停止。

3月15日　長女暁子生まれる。
3月30日　ルポルタージュ『平和村記』、『救亡日報』誌の文化面「文化崗位」で連載再開。
4月27日　広西建設幹部訓練班で鹿地講演。
5月5日　馮乃超とともに桂林を離れ重慶（頼家橋）に赴く。
9月1日　第2次世界大戦勃発。
10月19日　文芸界抗敵協会桂林分会、および全国木刻界抗敵協会が桂林の楽群社で「魯迅先生逝去三周年紀念和木刻展覧」を開催、鹿地亘も出席し講演を行う。
10月22日　「蘇生学園」で日本軍捕虜全員と親しく対話を行う。
11月27日　桂林南郊外の南崗廟で「在華日本人民反戦同盟」西南支部（以下「反戦同盟」西南支部と略す）の設立準備会を開催。
12月10日　「反戦同盟」西南支部出版部によるガリ版誌『人民之友』第1期に反戦戯曲『三兄弟』を発表。
12月22日　遷江前線の呉石将軍より「工作隊ヲ率イ崑崙関前線ニ急行サレタシ」旨の至急電報を受けとる。
12月23日　桂林の楽群社で「反戦同盟」西南支部成立大会を開催。
12月25日　「反戦同盟」西南支部、「反戦同盟」西南支部第1工作隊を組織し広西省南部の崑崙関前線工作に向けて桂林を出発（計6名、鹿地亘は1940年1月5日に重慶へ戻る）。

1940年

2月2日　前線で活動中の「反戦同盟」西南支部第1工作隊隊員3名が殉職。
2月20日　鹿地亘、団を率いて桂林前線に赴き対敵宣伝を行う。
3月3日　鹿地亘作の反戦劇『三兄弟』が『救亡日報』「文化崗位」で連載される。
3月5日　「反戦同盟」西南支部、『三兄弟』の公演準備会を開催。
3月8日　「反戦同盟」西南支部、桂林新華戯院にて『三兄弟』の日本語による公演を3日連続で行う。呉剣声が演出、欧陽予倩、夏衍、焦菊隠が演出顧問を担当、坂本秀夫、浅野公子らが出演。
3月11日　『三兄弟』、各界からの要望にこたえて12日まで2日間公演を延長。
3月12日　国防芸術社が桂鎮本部にて、「反戦同盟」西南支部の『三兄弟』スタッフ・キャスト全員を招いて茶話会を行う。
3月29日　重慶の頼家橋にて「反戦同盟」重慶総部が設立される。鹿地亘が会長に就任。
4月　長男が生まれる。半年後マラリアで夭折。

4月　野坂参三がモスクワから延安に到着。
6月5日　重慶の国泰大劇院で『三兄弟』が上演される（〜8日）。
6月20日　「反戦同盟」西南支部および総部の全メンバーで夏期特別訓練を行う。
7月　鹿地亘夫妻、引き続き軍事委員会政治部設計委員会委員に招聘される。
7月7日　中国共産党が改めて「俘虜優遇方針」を発表する。
7月20日　「反戦同盟」西南支部および総部の全メンバーで重慶にて「在華日本人民反戦革命同盟会」総部設立大会を開催し、改組を行う。
8月　政治部が再三にわたり、三庁全体で国民党に入党するよう迫り画策したので、郭沫若が赴金剛坡下の三塘院子に急行して全体大会を開催、国民党の妄言を批判。
9月　国民党が政治部の改組を名目に郭沫若らの三庁を撤廃。郭沫若は庁長の職務を辞し、その他の職員も連名で集団辞職する。蒋介石は彼らが共産党の勢力地域にいくのを恐れ、三庁の科長以上の幹部を招き、「庁を離れても部を離れず」と通達、文化工作委員会を組織すると述べる。
9月2日　三庁長の郭沫若と政治部副部長の周恩来陳誠が同時に免職される。
9月18日　何浩若が李寿雍を引き継いで三庁長に就任。
9月22日　鹿地亘を隊長とする「反戦同盟」総部前線工作隊9名が1941年1月末まで第6戦区湖北省宜昌前線に赴き活動する。
9月27日　日独伊三国軍事同盟締結。
10月21日　「反戦同盟」西南支部前線工作隊（先鋒隊）、1941年1月17日まで広東方面にて活動。
10月30日　政治部文化工作委員会が設立され、郭沫若が主任委員、陽翰笙が副主任委員に就任（正式発足12月7日）。下に以下の3部会を設ける。①国際問題研究部会、②文芸研究部会、③敵情研究部会。馮乃超が「文工会」党内書記および敵情研究部会長に就任するとともに、鹿地亘研究室の活動に協力する。文化工作委員会は1945年3月30日国民党によって解散させられる。

1941年

1月6日　皖南事件おこる。
1月8日　日本陸軍、「戦陣訓」を定める。
2月1日　鹿地亘、軍事委員会政治部名誉設計委員に就任。
2月11日　楽群社にて「反戦同盟」西南支部設立1周年記念大会が開催される。
3月初め　博愛村収容所長鄒任之より「反戦同盟」改編プラン出される。
3月15日　鄒任之と「反戦同盟」改編プランの件について協議。
3月16日　「反戦同盟」総部の8名のメンバーが逃亡する事件発生。

7月20日　「在華日本人民反戦革命同盟会」設立1周年記念。
8月22日　政治部22日付けの同盟解散訓令。
8月23日　鹿地亘、張治中の同盟解散訓令を郭沫若の舎宅で見る。
8月25日　「反戦同盟」国民党政府の命令により解散。
8月26日　鹿地亘、政治部長張治中に休暇申請。「反戦同盟」のメンバーの日本軍捕虜が重慶から貴州省鎮遠第2捕虜収容所に移送される。政治部が重慶に「軍事委員会政治部鹿地研究室」を設置を決定。鹿地亘が室長に就任、その他池田幸子と他2名が所属メンバー。
9月4日　軍事委員会「鹿地研究室」設立。
11月　鹿地亘主編『鹿地研究室報』（ガリ版、月刊）発行開始。
12月8日　太平洋戦争勃発。
12月9日　中国政府、正式に日本に宣戦布告するとともに、独、伊に対しても宣戦布告。
12月28日　イギリスが「反戦同盟」工作隊のシンガポール派遣を国民政府に要請する。

1942年
1月6日　鎮遠平和村の同盟員6名がイギリス政府の要請を受け重慶に赴く（戦局の急変でシンガポール派遣計画は実現しなかった）。
6月　元「文工会」科員康大川が鎮遠平和村の中校（中佐）・主任管理員として就任。
秋　鹿地亘、米軍参謀バートン氏および米軍参謀第1課長キッティ大佐と会談、キッティ氏鹿地に対し、「反戦同盟」のアメリカの対日工作協力を要請する。
10月　国民党政府、鹿地亘を中央宣伝部対敵宣伝委員会顧問に招請。

1943年
3月17日　鹿地亘、遠征司令長官（陳誠）司令部顧問に就任、交通費として月額1000元を支給されるようになる。
12月6～13日　鹿地亘、鎮遠の平和村を訪問し3名の同盟メンバー（山川要、岸本勝、沢村幸雄）を「鹿地研究室」メンバーとして重慶につれ戻る。

1944年
4月5日　鹿地亘、延安の野坂参三から手紙を受け取る。
5月28日　鹿地亘、国民党政府に対し、戦争最終段階における日本人反戦組織「自由日本民族同盟」を組織することを提案。

12月　鹿地亘、情報調査局・OWI（Office of War Information）が重慶で発行する邦字紙の顧問に就任。日系2世アメリカ人有吉氏を通じて米国務省秘書官エマーソン氏と知り合い、野坂参三、およびアメリカ在住の大山郁夫を紹介する。
12月17日　鎮遠の平和村の379名の捕虜が四川省巴県鹿角郷に移送される。
12月26日　重慶でエマーソン氏と会談、主な内容はアメリカの公文書"*Yenan Report*" 52に記載される。

1945年

6月5日　鹿地亘、エマーソン氏に、「在外日本人組織」に対し日本軍国主義をコントロールする政治的組織の計画を許可するように提案。
6月15日　鹿地亘、山川要を連れて昆明の米軍基地OSSに赴き、昆明発行の邦字紙に関する問題をアメリカ側と協議。
7月24日　鹿地亘、OSSの雇用契約への署名を拒否。
8月7日　鹿地亘、再びOSSを訪問。
8月10日　日本政府「ポツダム宣言」受諾を通告。鹿地亘は昆明でこの知らせを聞く。
8月15日　日本無条件降伏、第2次世界大戦終結。
10月　鹿地亘、重慶で毛沢東と会見。

1946年

1月10日　日本敗戦の事実を受け入れようとしない日本兵捕虜のため、鹿地亘はOWIの協力を受け、鎮遠の平和村にて「第二次世界大戦、太平洋戦史、ニュース写真展覧会」を2日間にわたり開催。
2月27日　「文工会」と文化界が鹿地亘夫妻日本帰国歓送会を開く。
3月13日　重慶の21の文化団体が「鹿地夫妻及び反戦同志帰国歓送宴会」を開催。
3月14日　鹿地亘夫妻および「鹿地研究室」のメンバー4名の日本人、政治部帰国許可書を受け取る。
3月18日　鹿地亘夫妻ら重慶を離れ空路上海へ行く。
3月19日　鹿地亘の次男が上海国際飯店の窓から転落死する。
4月　鹿地亘、フェアバンクと会い、「反戦同盟」に関する資料を日本に送ってくれるよう依頼する。同月、国民党政府軍事委員会収容所の380名の日本軍兵士捕虜が釈放される。捕虜たちは帰国のため上海に行く。
4月15日　GHQが国民党外交部に対し「鹿地亘ノ（日本）帰還ハ宜シカラズ」旨の打電をする。
5月7日　鹿地亘夫妻、「鹿地研究室」のメンバー4名の日本人とともに福岡県

博多港に帰国。
5月13日　母危篤により鹿地亘帰郷（郷里で母の葬儀を終えた後再び東京に戻る）。
5月20日　鹿地亘、「私は重慶から帰ってきた鹿地亘です」で始まるラジオ演説をする。
6月14日　同盟員ら170名からなる「長谷川部隊」が福岡県博多港に帰国。

1949年

10月1日　中華人民共和国成立。同日、東京で内山完造、鹿地亘夫妻ら日本各界の著名人八十数名を発起人とする「日本中国友好協会設立準備会」が発足。
12月28日　「日中貿易促進議員連盟」成立。

1950年

10月1日　「日本中国友好協会」正式に成立。内山完造が理事長、鹿地亘夫妻は理事に就任。

1951年

11月25日　神奈川県藤沢市で療養中、路上で米軍諜報機関（キャノン機関）に拉致され、その後1年間米軍機関に監禁される（鹿地事件）。
12月2日　監禁中の鹿地亘、自殺を図るが未遂に終わる。米軍機関で働いていた山田善二郎氏が、鹿地が米軍諜報機関に拉致されたことを鹿地の家族と内山完造ら友人に連絡、「鹿地事件」は日本を揺るがす大事件となる。

1952年

12月7日　鹿地亘、米軍から釈放される。

1953年

1月　鹿地亘、「電波法違反」により起訴され、法廷闘争が始まる。
2月26日　北京在住の旧友レウィ・アレーが鹿地亘夫妻に詩を贈る。

1955年

12月　鹿地亘、「中国訪日科学代表団」で来日した郭沫若（国長）と事務局長の馮乃超に戦後初めて会う。

1961年

4月初　鹿地亘夫妻、元『救亡日報』編集者林林と鎌倉の旅館「和光」で会う。

林林は中国作家代表団の団員としての訪日で、団長は魯迅の柩をともに担いだ巴金だった。

1965 年
8 月　鹿地亘、「日本民主主義文学同盟」設立に参加。

1967 年
4 月　鹿地亘、清瀬市市長選挙に立候補するが落選。

1969 年
6 月 26 日　鹿地亘、米ソ二重スパイ事件と騒がれた「鹿地事件」で無罪判決を受ける。

1973 年
池田幸子病没、享年 72 歳。

1982 年
7 月 26 日　鹿地亘、結腸癌のため清瀬市の国立療養所にて逝去、享年 79 歳。
7 月 27 日　日本および中国、ソ連の新聞メディアが鹿地亘の訃報を掲載。

参考文献：
鹿地亘の著作と文、および本文中で用いた資料、書籍。

索　引

■ア　行

青山和夫	76, 145, 181
青山研究室	145, 159
秋田雨雀	14
秋山盛	144
秋山竜一（瀬戸栄吉）	122, 160, 191, 197
アグネス・スメドレー	110-1
浅野公子	110, 144
安部策馬	196
鮎川誠二	94, 105
新井田寿太郎	122, 161
慰安婦	160
郁達夫	(3)
郁風	(3)
池田幸子	26-7
囲剿	48
今井清一	11
「所謂"国民の総意"」	39
「所謂社会主義文芸を克服せよ」	13
尹伯休	55
内山完造	25
内山書店	26
于立群	120
江川洋（内島吉郎・朝永吉郎）	161, 189, 198
江口渙	16
淮原三	69
江都洋（柳原誠一）	122
MO (Morale Operations)	170
"Yenan Report" 52	169
袁守謙	118
汪恰民	107
王（司長）	143
汪精衛	100
応戦而不求戦	38
翁沢永	(2)
王東原	118
王芃生	143, 145
欧陽山	30-1
欧陽凡海	110
欧陽予倩	110
OSS（戦略情報局）	158, 161
大杉栄事件	11
OWI　→戦時情報局	
大山郁夫	169
大山邦男	94, 105
岡野進　→野坂参三	

■カ　行

カー大使	158
改造社	29
夏衍	10
華嘉	109
覚悟連盟	130
覚醒連盟	133
郭沫若	(2), 39
鹿地研究室	151, 216
鹿地事件（キャノン事件）	184, 204
鹿地亘（瀬口貢）	1-2, 181
賀衷寒	115
河野公平	19
河野さくら	19, 24
関東大震災	10
皖南	141
皖南事件（新四軍事件）	124, 130
菊池一隆	204
木崎村争議	15
岸本勝（山野井長一郎）	122, 174, 200
キッティ大佐	162
木村福治	196
キャノン機関	(5), 184

『救亡日報』	40
共産党の八路軍（国民革命軍第八路軍）	37
龔徳伯	143
許広平	37
靳以	35
金若山	127
蔵原惟人	28
呉剣声	110
呉山貿易	179, 193
呉郎西	35
攘外必先安内	26
軍事委員会（大本営）	64
軍事委員会政治部鹿地研究室	151
軍政部	78
軍政部第1捕虜収容所	68
軍政部第2捕虜収容所	68
軍民合作体制	53
軍令部	78
訓練班	155-6
倪愛如	(2)
景雲里	(5)
桂林行営	92
研究班	155
「現実の正義」	39
項英	141
黄琪翔	50
航空委員会	68
黄源	30, 35, 141
黄崇庵	109
洪深	55, 117
広西派	96
康大川	131, 153
康沢	91
康天順	153
河野聖	192
高汾	202-3
呉強	183, 187
国際抗日統一戦線	56
『国際文学』	108
国際友好人士	26
国民政府軍事委員会政治部	40
国民党宣伝部国際宣伝処	47
国民党中央宣伝部	163
小倉中学	7
国立西南大学	108
呉子澗	118
呉石将軍	78-9, 97
国家総動員法	47
『国家と革命』	11
湖南省・常徳の軍政部第2捕虜収容所（平和村）	64
近衛文麿	8, 99
小林多喜二	9, 17
小林光（若林春雄）	192, 197
胡風	28, 31
胡愈之	55
崑崙関前線	101

■サ 行

崔万秋	143
坂田暁子	6, 19, 122, 178
坂本敬二郎（伊東秀郎）	96
坂本秀夫 →汐見洋	
作戦懲奨弁法	68
桜井勝（小林己之七）	160, 195
佐々木正夫（佐々木正男）	144
笹康信	192
作家同盟	17
佐藤辰之助	201
佐野碩	14
左連	14
沢村幸雄（久保芳造）	156, 161, 173-4, 199
『三兄弟』	(4), 108
三庁特支	117
山東出兵	18
サンフランシスコ講和条約	179
GHQ	178-9
汐見洋（坂本秀夫）	75, 96, 110

索　引

CC系	149
四川会	201
『七月』	33
七星巌	92
島田正雄	183
社会文芸研究会	12
社団法人中国研究所	193
上海魯迅記念館	(2)
周恩来	50, 62, 123
周海嬰	35
周行	109
重慶・鹿角郷収容所	173, 188
周国偉	27
周子昆	141
柔石	219
周文	35
朱潔夫	58
朱喆	148
ジュネーブ条約	65
蒋介石	8, 71
蕭軍	28, 30
蕭紅	28
邵子力	68
徐会元	118
徐可陞	10
徐寿軒	55
徐悲鴻	55
ジョン・エマーソン	169
ジョン・キング・フェアバンク	157
新華戯院	108
『新華日報』	39, 109, 113
新人会	7
『人性的恢復』	36
新生班	155
『新中華報』	128
新日本文学会	187
新波	39, 109
『人民の友』	95
新銘号	10
新四軍	141
鄒任之	142
スティルウェル	157
西安事件	37
政治部設計委員会	40
政治部文化工作委員会	118
正統派	202
盛	14
世界平和評議会東京大会	187
瀬口えり	2, 4
瀬口孫二	1
瀬口允子	3
瀬口春	2, 4
瀬口ひろ	2, 4
瀬口真喜郎	3
瀬口真	178
瀬戸栄吉　→秋山竜一	
『戦旗』	16
戦時情報局（OWI）	157, 162, 169
戦陣訓	71
仙台医学専門学校	218
全日本無産者芸術連盟	15
全民徹底抗戦体制	56
宋慶齢	37
曹白	33-4
甦生学園	93
孫金科	221

■タ　行

第1次近衛声明	47
抬棺人	218
大後方	115
第3次近衛声明	99
第三庁	48
台児荘戦	63-4
台児荘大勝	63
対敵宣伝処	57
第2次国共合作	37
第2次近衛声明	99

太平洋戦争	157	田漢	55
『大魯迅全集』	30	『天声人語』	181
高野誠	144	董維健	55
谷村貫（三谷直之）	195	鄧穎超	123
治安維持法	12	東京帝国大学文学部	16
陳固亭	20	東大新人会	7
中国左翼作家連盟	14	遠山満一座	25
中国左翼作家連盟東京分連盟	14	徳永直	14
『中国の呼声』（ザ・ボイス・オブ・チャイナ）	37	杜国庠	55
		杜心如	107
中ソ軍事航空協定	65	富崎義次	188
中米合作社（SACO）	170	トラウトマン（駐華ドイツ大使）	47
趙安博	134		
張季鸞	143	■ナ　行	
張光年	117	内戦停止、団結抗日	26
張作霖事件	18	中条百合子	14
張志譲	55	中野重治	12
張治中	117-8, 145	中村一夫	144
趙樹理	183, 187	ナップ	15-6
朝鮮義勇隊	161	七処3科	57
張天翼	35	成倉進	144
趙僕初	34	南京大虐殺事件	47
張令澳	9, 125	南京第二歴史档案館	59
張励生	115	何浩若	115
張厲生	50	南崗廟	94
陳烟橋	39	南部実	96
鎮遠・第2収容所	92, 152, 154-6	南方局	115
陳畸	39	西尾陽太郎	7
沈起予	30, 35	日軍俘虜問題について	66
陳残雲	109	『日寇暴行実録』	76
陳子谷	110	日中国交正常化	216
陳誠	40, 50	日中貿易促進会	179
沈趙予	148	日中貿易促進議員連盟	179
陳博生	140	日本共産党	10, 16
鄭伯奇	30	日本語幹部訓練班	92
鄭用之	55	日本語訓練班	9
ティンパリー	76	日本人民反戦同盟西南支部	75, 216
『敵情研究』	59	日本中国友好協会	179
デューリン	170-1	日本中国友好協会設立準備会	179

日本民主革命工作隊	173-4
日本民主主義文学同盟	187
日本民族解放同盟	168
日本民族解放同盟綱領試案	166
根本新平	144
野坂参三（岡野進・林哲）	131, 165, 181
野本家六	190
野本岸子	4-5

■ハ　行

バートン中佐	162
巴金	35
博古	115
白崇禧	79
長谷川テル　→緑川英子	
長谷川敏三	153-4
長谷川部隊	174, 188
八・一三淞滬会戦	37
8人逃亡事件	144
早川義男	190
林誠　→渡部冨美男	
範寿廉	55
反戦同盟（重慶）総部	216
久坂栄二郎	16
日高清磨瑳	29
馮乃超	9, 24, 26, 55
平井高志（林長吉）	161, 189, 198
平野義太郎	187
広瀬徹	191
広瀬雅美	122
馮雪峰	183, 187, 219
藤枝文夫	182
藤野厳九郎	29, 218
『藤野先生』	218
プロレタリア作家	16
平型関の戦い	37
平和工作	8
『平和村記』	(4), 74
平和村教育隊	173

茅盾	219
彭康	26
ポツダム宣言	172
堀井正吉	191
捕虜教育	38, 63, 68-70, 72-5, 77-8, 85, 213-4
捕虜工作	62-3, 75, 91-2, 107, 126, 134, 151, 214
捕虜処理規則	66
『香港大衆報』	39

■マ　行

マクス・グラーニッチ	37
益田一郎	161
松野博	144
松山速夫	94, 105
丸山昇	24
満洲事変	18
三木襄二	149
水島俊夫	69
溝上俊一	190
緑川英子（長谷川テル）	58, 123
源正勝	96
宮崎滔天	7-8
宮崎龍介	7
民族飯店	202
『無産者新聞』	12
村上清	110
村奈清	191
毛沢東	183
孟超	109
森健	129, 133

■ヤ　行

安井研二	170
山川要	122, 149, 171, 174
山田善二郎	184
山田渡（秋田寛）	193
友好商社	179

陽翰笙	58, 91	廖済寰		92
葉君健	108	廖体仁		148
葉剣英	91	林蔚		105
姚克	35	林驍（団長）		11
葉慎斉	10	林長埔		92, 110
葉聖	219	林彪		37
葉挺	141	林林		14, 110
吉岡昇	110	黎烈文		35-6
吉野作造	7	レウィ・アレー（Rewi Alley）		26, 97
		老舎		121
		楼適夷		40

■ラ 行

楽群社	97	6・4天安門事件	201
李初梨	26	盧溝橋事件	8, 47
李若泉	110	魯迅	28, 219
李寿雍	118	魯迅記念館	27
リトル大佐	170		
劉維熾	143		

■ワ 行

『龍渓』	202	若林春雄　→小林光
劉峙	143	渡部冨美男（江見治・林誠）　174, 189, 192, 194
劉仁	58	
梁寒操	92	

著者略歴

井上　桂子（いのうえ・けいこ）

日本大学文理学部卒業後、三井鉱山株式会社人事部勤務。社団法人日本中国友好協会事業部副部長を経て1998年北京大学漢語センターに留学。1999年統一試験を受けて北京大学歴史学部修士課程に入学。2002年博士課程に入学。2006年博士学位取得卒業。2008年から日本大学国際関係学部准教授。専門は中国近現代史、日中交流史、日中人間国際交流学、現代中国文化論。
著書に『鹿地亘的反戦思想与反戦活動』（吉林大学出版社）、共著に『孫中山研究論文集』（北京図書館出版社）、『中国近現代史史料学国際学術討論会論文集』（新華出版社）、『宮崎家藏——来自日本的中国革命文献』（中国中央美術出版）。共訳『満洲国とは何だったのか』中国側論文（小学館）など。

中国で反戦平和活動をした日本人
―鹿地亘の思想と生涯―

2012年7月30日第1版1刷発行

著　者　━　井上桂子
発行者　━　大野俊郎
印刷所　━　新灯印刷
製本所　━　渡邊製本
発行所　━　八千代出版株式会社
　　　　　　〒101-0061　東京都千代田区三崎町2-2-13
　　　　　　TEL　03-3262-0420
　　　　　　FAX　03-3237-0723
　　　　　　振替　00190-4-168060

＊定価はカバーに表示してあります。
＊落丁・乱丁本はお取替えいたします。

ISBN 978-4-8429-1581-4　　Ⓒ 2012 Printed in Japan